밤의 이발소

옮긴이 박정임

경희대학교 철학과, 일본 지바 대학원에서 일본 근대문학 석사 과정을 마쳤다. 옮긴
책으로 마스다 미리의 '수짱 시리즈'를 비롯하여 다니구치 지로, 온다 리쿠, 미야자와
겐지 등 굵직한 작가들의 작품과 『고독한 미식가』, 『꽃 아래 봄에 죽기를』 등 개성 있는
작품들을 번역하였다.

YORU NO TOKOYA

by Kosuke SAWAMURA

Copyright © 2011 by Kosuke SAWAMURA

First published in Japan in 2011 by TOKYO SOGENSHA CO., LTD.

Korean translation rights arraged with TOKYO SOGENSHA CO., LTD.

through JM Contents Agency Co.

Korean edition copyright © 2020 by Finis Africae

夜の床屋

사와무라 고스케 지음 ㅣ 박정임 옮김

밤의 이발소

피니스
아프리카에

차 례

밤의 이발소

1

나와 다카세는 수풀이 우거진 산길을 걷고 있었다.

등산 초행길에서 길을 잃은 우리는 낮인데도 어두컴컴한 산속을 몇 시간이나 헤맸지만 미처 마을로 내려가는 길을 찾지 못한 채 밤이 다가오고 있었다.

지나는 사람도 없고 핸드폰도 연결되지 않고, 물론 침낭도 없다.

현재의 우리 상황을 표현하는 데에 딱 맞는 단어가 있다.

"저기, 다카세." 결국 나는 그 단어를 입 밖으로 내뱉었다. "혹시 우리, 조난된 걸까."

"말이 씨가 돼, 사쿠라." 앞서 걷고 있던 다카세가 돌아봤다. "조난이라고 단정하기는 아직 일러. 중요한 건 마음가짐이야."

그럴까?

"이를테면, 우리는 지금 인적미답의 깊은 산골짜기를 탐험하고 있는 거야."

절대 그런 것 같지는 않다. 우선 우리는 탐험가가 아니라 길 잃은 행락객이다.

"이 산에 들어온 사람은," 다카세가 스스로에게 말하듯 중얼거린다. "유사 이래 우리가 처음인지도 몰라. 엄청난 쾌거 아닌가."

"유사 이래 아무도 들어온 적 없는 산에 길이 있다니 희한하군."

내가 나직이 중얼거리자 다카세가 헛기침을 했다.

"이건…… 짐승의 길이겠지."

"짐승의 길을 따라가 봐야 마을이 나올 것 같지는 않다만." 다카세는 아무 말 하지 못했다. "뭐, 모든 길은 사람이 사는 곳으로 통하겠지."

나는 말투를 누그러뜨려 말했다. 다카세가 살짝 미소를 짓는다. 거북한 분위기가 조금 부드러워졌다.

하지만 땅거미가 바로 코앞까지 다가와 있었다. 채 30분도 지나지 않아 해가 질 것이다.

그렇게 되면 늦가을 추위에 마을에서 떨어진 산속에서 노숙하는 것 외에 방법이 없다.

밤이슬에 젖은 차가운 풀 위에서 자는 자신의 모습을 상상하자 저절로 몸이 떨렸다.

그때 앞쪽의 나무숲 사이로 작은 불빛이 보였다.

불빛을 향해 걷다 보니 선로가 나왔다. 차단기도 경보기도 없는 작은 철도 건널목이 느닷없이 나타난 것이다.

무심코 선로 끝으로 시선을 향하자 짙은 남빛에 잠긴 해 질 녘 풍경 속에 자그마한 노란 불빛이 빠끔히 빛나고 있었다.

그 불빛은 아무래도 기차역의 상야등인 듯했다.

"근데 골치 아프군." 나는 친구에게 말했다. "여기서 역까지 어떻게 가지?"

산길은 선로를 가로질러 다시 나무숲 너머로 사라진다. 이대로 길을 따라간다고 해도 역에 다다를 수 있을 것 같지 않았다.

밤의 이발소

자, 어떻게 할까.

"뭐 해. 빨리 가자."

다카세의 행동은 명쾌했다. 건널목을 통해 선로로 들어가더니 그대로 레일 사이를 걷기 시작한 것이다.

"선로로 걸어가려고?"

내가 놀라서 물었다.

"당연히 그래야지." 다카세가 아무렇지 않게 말했다. "보니까 역까지 대충 오백 미터 정도야. 괜찮다니까."

"전철이 오면 어떡하려고?"

"옆으로 굴러서 피하면 되지." 다카세가 태연하게 말한다. "여하튼 가 보자."

말을 끝내기도 전에 다카세는 이미 걷고 있었다.

어쩔 수 없다. 나는 앞쪽을 살펴보고 위험이 없음을 확인한 후, 웅크리고 앉아 레일에 손끝을 대 보았다. 만약 열차가 다가오고 있다면 레일에 진동이 전해질 것이다. 다행히 그런 기색은 없었다.

나는 한숨을 한 번 쉬고, 다카세 뒤를 쫓았다.

2

운이 좋으면 역 근처의 호텔이나 여관에 방을 잡고 차가운 맥주와 함께 따뜻한 식사를 할 수 있을지도 모른다.

그런 덧없는 희망은 역에 다가갈수록 안개처럼 사라져 갔다.

이제 겨우 오후 7시가 지났을 뿐인데 플랫폼에는 인기척 하나 없었다. 한밤중처럼 고요하다.

그도 그럴 것이 간신히 도착한 우리의 오아시스, 다데이 역은 무인역이었다.

플랫폼은 한쪽 선로에만 있고, 플랫폼 중간쯤에 있는 아담한 역사는 기와지붕의 목조건물이다. 플랫폼 반대쪽으로도 선로가 보이지만 그쪽은 통상적인 선로가 아니라 인상선引上線 역 구내에서 환차 작업에 쓰이는 선 같았다. 키 큰 마른 풀로 거의 뒤덮여 있어서 확실하게 확인할 수는 없지만 인상선은 역 귀퉁이에 있는 낡은 창고까지 이어져 있다.

역사 개찰구를 빠져나오자 대합실이 있었다. 좌우 벽 쪽으로 나무 벤치가 하나씩 놓여 있을 뿐인 간소한 공간이다. 천장에는 깜박거리는 형광등. 출입구에 문 따위는 없어서 통풍 하나는 나무랄 데 없다.

한 가닥의 희망을 품고 벽에 붙은 시간표를 들여다봤다. 다데이 역을 출발하는 상행선은 겨우 하루에 다섯 편밖에 없었다. 막차는 오후 5시 32분. 다음 열차는 다음 날 아침 7시 18분이다.

우리는 몇 차례 한숨을 쉰 뒤 운명을 받아들일 각오를 했다.

"아무래도 오늘 밤은 이곳에서 일박을 하는 수밖에 없겠군."

"뭐, 어쩔 수 없지. 일단 밥이라도 먹으러 가자."

하지만 대합실 밖으로 나온 우리를 맞이한 것은 상상을 뛰어넘는

밤의 이발소

풍경이었다.

역 주변에는 아무것도 없었다.

"……말도 안 돼. 호텔은커녕 편의점도 카페도 없잖아."

"하물며 자동판매기도 없어."

역 앞에는 잡화점이나 이발소 등 상점으로 보이는 건물이 몇 군데 있었지만 전부 셔터가 내려져 있거나 문이 잠겨 있었다. 상점 앞의 지저분한 상태를 보니 이미 오랫동안 영업하지 않은 듯하다. 어쩌면 거주민조차 없는 폐가일지도 모른다.

우리는 힘없이 역사 안으로 돌아왔다.

"그래도 노숙하는 거에 비하면 여기는 천국이야."

다카세가 쾌활하게 웃었지만 허세를 부리고 있음이 또렷하게 보였다.

대합실의 딱딱한 벤치에 앉아 짐을 발밑으로 던지고 나니 갑자기 피로가 몰려왔다.

"샤워도 할 수 없고, 허기를 채우겠다는 꿈도 확실히 무너졌어. 하지만 기뻐하시라. 우린 갈증 걱정은 없으니."

다카세가 배낭에서 버너와 원두커피를 꺼냈다.

"자, 일단은 맛있는 커피로 무사히 끝난 여행을 자축하자. 어딘가에 수도가 있을 거야. 사쿠라, 물 좀 받아다 줄래?"

장래에 대한 꿈부터 옛 친구의 여자 친구 이야기까지 두서없는 대화를 나누는 동안 나도 다카세도 하품하는 횟수가 늘어났다.

시계를 보니 어느새 11시를 넘어서고 있었다.

"그만 잘까." 내가 기지개를 켜면서 말했다.

"그러자. 잠깐 화장실 다녀올게." 다카세가 대합실을 나갔다.

나는 벤치 끝에 배낭을 놓고 그 위에 머리를 대고 누웠다. 눈을 감자 당장이라도 잠이 들 것 같다.

발소리에 다카세가 돌아왔음을 알았다.

"사쿠라, 벌써 잠들었어?"

다카세의 목소리에서 미묘한 긴장감이 느껴졌다. 나는 한쪽 눈을 뜨고 다카세를 올려다봤다.

"왜 그래?"

다카세는 혼란스럽다는 듯 머리를 긁적였다. "이발소가 영업을 하고 있어."

"뭐? 무슨 소리야, 이발소가?" 나는 나도 모르게 몸을 일으켰다.

"왜, 역 앞에 이발소가 있었잖아." 다카세가 말했다.

"혹시, 아까 봤던 그 폐가 말하는 거야?"

다카세가 고개를 끄덕였다.

"화장실 가다가 별생각 없이 교차로 쪽을 봤는데 불이 켜져 있는 거야."

"거짓말하지 마. 사람이 사는 것 같지도 않았거든."

"믿기 힘들겠지만," 다카세가 어깨를 으쓱했다. "진짜야. 내 말이 거짓말 같다면 직접 가서 봐."

나는 잠시 친구의 얼굴을 응시한 후 일어섰다. 표정을 보니 농담이 아닌 듯했다.

청바지 주머니에 지갑을 찔러 넣고 개찰구를 가로질러 밖으로 나갔다.

다카세의 말은 사실이었다.

가장 먼저 눈에 들어온 것은 발랄하게 회전하고 있는 간판 기둥 불빛이었다.

그리고 큰 유리창 너머로 새어 나오는 부드러운 실내등 불빛.

먼지로 뒤덮여 있던 간판이 깨끗하게 닦여 있어서 광장 반대쪽에서도 '미카미 이발소'라는 글자가 선명하게 보였다.

"대체 이게 무슨 상황이냐."

"내가 묻고 싶은 말이야."

나는 손목시계로 시간을 확인했다. 오후 11시 7분. 정상적인 이발소가 영업을 시작할 시간이 아니다.

우리는 교차로를 가로질러 미카미 이발소 앞까지 가 보았다.

상점은 몰라볼 정도로 깨끗해져 있었다.

출입문도 창문도 간판도 반짝반짝하게 닦이고, 문에는 '영업 중'이라는 팻말이 걸려 있다.

이제 인정할 수밖에 없었다. 미카미 이발소는 정말로 영업을 하고 있다.

유리창 너머로 몰래 내부를 살펴보니 하얀 상의에 갈색 바지와 검은 샌들이라는 전형적인 차림을 한 쉰 살 전후의 이발사가 거울 앞 트레이에 가위를 늘어놓고 있었다.

"손님은 없는 것 같군." 다카세가 중얼거렸다.

나는 주변을 둘러보며 어깨를 움츠렸다. "아침까지 기다려도 한 명도 안 오는 거 아닐까."

"하지만 손님이 있으니까 문을 열겠지?" 다카세가 말했다.

"그야 그렇지만."

대체 주인은 어떤 타산이 있어서 가게 문을 열었을까. 강렬한 호기심이 들었지만 짐작이 가지 않았다.

"뭐, 확인해 보면 알겠지."

다카세가 문에 손을 뻗었다.

"어쩌려고?"

"어쩌긴. 주인에게 직접 물어봐야지."

"잠깐만." 나는 황급히 다카세의 손을 잡으려고 했다. "역시 그만두자. 뭔가 불길한 예감이 들어. 저길 봐."

나는 건물과 블록 담 사이의 어둠을 가리켰다. 그곳에는 부서진 지붕에서 떨어져 나온 기왓장 잔해가 잔뜩 흩어져 있었다.

확실히 이 가게는 정상의 범주에서 벗어나 있다. 하지만······.

"뭔 소리를 하는 거야. 괜찮다니까."

다카세가 문손잡이를 획 당겼다.

경첩이 끼이익 소리를 낸다.

주인이 깜짝 놀란 듯 돌아봤다.

밤의 이발소

3

"아, 그러셨구나."

나와 다카세가 다데이 역에 오게 된 사정과 미카미 이발소를 찾아온 경위가 미카미 씨를 상당히 즐겁게 해 준 모양이다.

"거참, 힘드셨겠습니다. 이런, 웃어서 죄송합니다만."

미카미 씨는 그렇게 말하면서도 한동안 웃음을 그치지 못했다.

"하지만 손님들이 갑자기 들어와서 놀랐습니다. 이곳에 낯선 손님이 들어오는 일은 거의 없으니."

"죄송했습니다."

"아니, 아닙니다. 신경 쓰지 마세요."

미카미 씨는 무척이나 영업적인 붙임성이 있는 인물이었다.

"그런데 확실히 두 분 모두 얼굴이 꽤나 지쳐 보입니다."

"앗, 그런가요."

나는 무심코 뺨에 손을 대 보았다. 다박나룻이 따끔하게 손바닥을 찌른다. 피부에 기름이 번질번질했다.

"네, 머리도 부스스하고." 미카미 씨가 미소 지었다. "도쿄에서는 그런 헤어스타일이 유행하나 싶었습니다."

우리는 쓴웃음을 지었다. 확실히 처참한 꼴을 하고 있으리라.

"괜찮으시면 샴푸해 드릴까요?"

"샴푸요?"

"네. 면도도 해 드리죠. 개운할 겁니다."

"그게…… 저흰 돈이 별로 없어서."

"물론 강요하는 건 아닙니다만. 요금은 오백 엔이면 됩니다."

"오백 엔이라고요……."

"어떻게 할까?"

우리는 소곤거렸다. 사실은 샤워를 하고 싶지만 그게 안 된다면 머리만이라도 개운하게 하는 것도 나쁘지 않을 것 같았다.

"오늘은 예약이 한 분 있지만 열두 시 예약이라서 아직 시간도 있으니 전 상관없습니다."

"손님이 옵니까?" 다카세가 물었다.

"오죠." 미카미 씨가 고개를 끄덕였다. "그러니까 문을 열었지."

"왜 이런 시간에?"

"뭐, 그건 말하자면 길고……." 미카미 씨가 살짝 목소리 톤을 낮췄다. 별로 말하고 싶지 않은 투였다.

"혹시 샴푸를 하면 가르쳐 주시겠습니까?" 다카세가 조심스럽게 물었다.

"가르쳐 달라니, 뭘?"

"왜 이런 한밤중에 영업을 하시는지. 그 이유 말입니다."

"딱히 나쁜 짓을 하는 건 아니니까," 미카미 씨가 코끝을 긁었다. "궁금하시다면 얘기해 드리죠."

다카세가 나를 슬쩍 봤다. 나는 고개를 끄덕였다.

"샴푸 부탁드리겠습니다."

"그럼 딸에게 좀 도와 달라고 하겠습니다."

밤의 이발소

미카미 씨의 말에 나는 조금 놀랐다. 왠지 미카미 씨 혼자 일하고 있다고 느꼈기 때문이다.

미카미 씨는 가게 안쪽을 향해 "나쓰미!" 하고 불렀다. "잠깐 도와줘."

안쪽에서 "네." 하는 대답이 들렸고, 드르륵하며 미닫이문이 열렸다.

스무 살 정도의 젊은 여성이 샌들을 끌고 가게로 나왔다.

"안녕하세요." 그녀는 느긋한 어투로 그렇게 말하더니 우리에게 꾸벅하고 고개를 숙였다.

'오호.' 나는 마음속으로 감탄했다.

미카미 나쓰미는 눈매가 시원한 것이 세련된 분위기가 있었다. 올리브색 여름 스웨터에 청바지라는 수수한 복장인데도 신비한 매력이 느껴진다. 그녀에게는 향수 냄새가 강하게 풍겼는데, 이곳과는 조금 어울리지 않을 정도로 달콤하고 진한 향기였다.

"안녕하세요." 다카세가 활달하게 말했다. "잘 부탁합니다, 나쓰미 씨."

"네, 저도요." 나쓰미가 미소 지었다.

다카세가 냉큼 그녀 옆의 의자에 앉았다.

"그럼 손님은 이쪽으로."

나는 미카미 씨가 시키는 대로 입구 쪽 의자에 앉았다.

목 아래쪽으로 미용 가운이 덮이고 등받이가 젖혀져 천장을 바라보는 자세가 된 상태에서, 뜨거운 타월이 부드럽게 얼굴에 덮였다.

그것만으로도 황홀할 정도로 기분이 좋다. 잠시 뜨거운 기운을 쐬어 말랑말랑해진 얼굴 위로 면도 크림이 듬뿍 발렸다. 그리고 면도칼이 닿았다.

너무 편안한 기분에 그대로 잠이 들 것 같았다.

의도하지 않았지만 옆에서 대화하는 소리가 들렸다.

예상대로 이야기를 하는 쪽은 거의 다카세다. 나쓰미는 꽤 솔직한 성격인 듯 다카세의 이야기가 재미없으면 "흐음.", "아하." 하며 무심한 반응을 보였고, 반대로 다카세 이야기에 집중했을 때는 "뭔지 알아요!", "그럴 수도 있겠네." 하고 맞장구를 친다. 졸린 듯한 맞장구가 정말이지 묘하게 애교스러웠다.

"아까 왜 이런 시간에 가게를 여는지 물었죠?"

면도칼을 움직이면서 미카미 씨가 말을 걸었다.

"네. 무척 궁금합니다."

"이유는 정말 별거 아닌데." 미카미 씨가 조금 쑥스러운 듯 말했다. "듣고 나면 분명 실망할 겁니다."

"사실 전 작년 말에 이발소 문을 닫았지요."

"네?" 나는 의외의 이야기에 놀랐다. "무슨 말씀이세요?"

"손님도 이 주변에 사람들이 거의 없다는 사실은 눈치챘을 겁니다. 이곳은 농사로 살아가는 마을인데, 후계자도 없고 돈벌이도 안 되죠. 딱히 달리 할 일도 없으니 젊은 사람들은 점점 도시로 떠날 수밖에요. 이미 이십 년 전부터 계속 인구가 줄고 있습니다."

나는 미카미 씨의 얼굴을 올려다보았다. 그는 진지한 눈빛으로 턱 선을 따라 면도칼을 미끄러뜨린다.

"저도 아버지 대부터 이곳에서 영업을 해 왔지만 손님이 줄어서 생계를 꾸릴 수가 없게 됐습니다. 그래도 어떻게든 버텨 봤지만 더 이상은 힘들었죠. 저는 가게를 접고 지인 소개로 이웃 마을 공장에서 일하기 시작했지요. 이발 일밖에 모르는 내가 이 나이에 다른 일을 한다는 게 녹록하지가 않습니다."

미카미 씨는 담담하게 이야기했다.

"하지만 모아 둔 돈도 없으니 일을 안 할 수도 없고. 그쪽에서의 생활이 안정되면 이곳도 처분할 생각이었죠."

나는 말없이 귀를 기울였다.

"하지만 인구가 줄었다고는 해도 아직 살고 있는 사람도 있는데, 내가 폐업을 하는 바람에 그들이 곤란해졌죠. 이 주변에 이발소는 이곳밖에 없으니까요. 몇몇 손님이 그만두지 말고 계속해 달라고 부탁했습니다. 그래서 손님들이랑 여러 가지로 이야기를 나눈 결과, 사전에 예약을 받고 그때만 문을 열기로 했습니다."

아, 그렇게 된 거였구나.

"물론 낮에는 공장에서 일하니까 가게 문을 여는 건 아무리 빨라도 밤 열 시, 열한 시죠. 하지만 손님들이 그래도 괜찮다고 하니."

"그래서 밤에 문을 여셨군요."

"그렇죠. 그래 봐야 물론 돈도 안 돼요. 지금까지 찾아 주신 손님과, 내가 나고 자란 이 땅에 대한 보답 같은 거죠."

미카미 씨는 미소 지었다.

"어때요? 알고 나니 이상할 것도 없는 얘기죠?"

"하지만 좋은 얘기였습니다." 진심이었다.

"시시한 얘기죠."

미카미 씨는 나지막이 중얼거리고는 거울을 밀쳐 세면대를 끄집어내 물의 온도를 조절했다.

"자, 이쪽으로."

나는 머리를 내밀었다. 미카미 씨의 힘센 손가락이 샴푸를 칠한 머리카락에 거품을 냈다.

"가려운 곳 있어요?" 나쓰미가 묻자 다카세가 "거기, 그 귀 뒤쪽, 아, 거기. 아, 기분 좋다." 하고 대답하는 소리가 들린다. 어쩔 수 없는 녀석이다. 수작을 걸고 있는 게 분명하다.

그때 문이 삐걱거리며 열렸다.

"오, 별일이네. 손님인가?" 하는 남자의 목소리가 들렸다.

"아, 어서 오세요, 사토 씨. 곧 끝납니다. 아버님을 안으로 모시고 소파에서 잠시 기다려 주시겠습니까."

"아니, 그게 있지." 남자가 미안한 듯 말했다. "아버지가 열이 좀 있으셔서 말이지. 미안하지만 오늘은 취소해야 할 것 같은데."

"저런. 아버님께서 감기라도 걸리셨습니까?"

미카미 씨는 머리를 헹구면서 남자와 이야기를 나눈다.

"아무래도 그런 모양이야. 뭐, 아버지도 연세가 있으시니까."

"얼른 쾌차하셔야 할 텐데요."

"기껏 가게를 열게 해 놓고 미안하네."

"아니요, 괜찮습니다." 미카미 씨가 대답했다. "아버님께 안부 전해 주십시오."

"알았네. 그럼 가네."

"네, 들어가세요."

문이 다시 삐걱거리더니 탕 하고 닫혔다.

미카미 씨가 샤워기를 잠그고 수건으로 내 머리를 쓱쓱 닦았다.

"자, 이걸로 얼굴 닦아요."

건네받은 수건으로 얼굴을 닦자 더할 나위 없이 개운했다.

미카미 씨가 드라이어의 스위치를 켰다. 온풍이 나오는 소리에 섞여, 조금 전의 남자가 타고 온 듯한 오토바이의 멀어져 가는 엔진 소리가 들렸다.

역 대합실로 돌아온 우리는 잘 자라는 짧은 인사를 나누고 벤치에 누웠다.

"그 나쓰미라는 여자애, 꽤 귀엽더군." 다카세가 혼잣말처럼 말했다.

"근데 향수를 너무 뿌렸어." 내가 말했다.

"우리를 위해 뿌린 거야."

"그럴까."

"당연하지."

이내 다카세의 고른 숨소리가 들렸다. 마침내 나도 잠에 빠져들었다.

딱 한 번 이상한 기적에 눈을 떴지만, 그건 다카세가 화장실에 가는 소리였다.

화장실에서 돌아온 다카세가 조그맣게 속삭였다.

"이발소 불이 꺼졌어."

나는 잠결에 웅얼웅얼 대답했다.

4

다음 날 아침, 우리는 정각에 도착한 첫차를 타고 시내로 향했다.

승객도 별로 없는 세 량 열차가 농염한 단풍 아래로 느긋하게 달려간다.

굳이 걷지 않더라도 이렇게 전철을 타고 바라보는 것도 좋았을 텐데.

우리가 하루 걸려 걸었던 거리를 30분 만에 통과한 열차는 종착지인 도잔구치 역에 도착했다.

"일단 아침을 먹자."

다카세가 선언했다. 나도 이의는 없었다. 건강한 대학생이 열두 시간 넘도록 크래커 몇 조각밖에 먹지 않은 것이다. 보통 심각한 상황이 아니다. 만약 인간에게 공복의 정도를 알려 주는 센서가 달려 있다면 우리의 센서는 분명 최고 음량의 사이렌을 울렸을 것이다.

우리는 가장 먼저 눈에 들어온 통나무집풍의 찻집으로 뛰어들어 핫도그와 미니 샐러드가 나오는 모닝 세트를 주문했다.

주문한 음식을 정신없이 입속으로 밀어 넣었고, 다 먹고 나서야 핫도그가 꽤 맛있었다는 사실을 깨달았다. 커피도 훌륭했다.

"후우." 만족의 한숨이 새어 나온다. 나와 다카세는 딱딱하지만 의외로 착석감이 좋은 의자에 등을 기대고 천천히 남은 커피를 음미했다.

그때 출입문에 걸린 방울이 울렸고, 한 남자가 가게 안으로 들어왔다.

"점장, 늘 먹던 거 부탁해. 최대한 빨리."

남자는 카운터석에 앉으면서 말했다. 출근 전인 직장인일까. 직장인치고는 머리가 좀 길고, 얼굴도 길었다. 나이는 서른이 조금 안 돼 보였다.

"좋은 아침. 오늘도 아침부터 힘이 넘치네."

남자는 단골인 듯하다. 점장이 친근하게 말을 건넨다.

"무슨 소리야. 나 어제 잠도 한숨 못 잤거든."

남자가 투덜거렸다.

"밤새 유흥이라도 즐기셨나." 점장이 커피를 내리면서 말한다. "조간신문에 큰 뉴스도 안 나왔던데, 밤새 일했을 리는 없고."

"나도 여러 가지로 바쁘거든." 남자가 불만스럽게 대답한다.

"하지만 아무리 바빠도 밥 먹는 시간은 안 줄이지, 아키 씨는." 점장이 놀리듯 말했다.

"당연하지. 이 상태에서 밥까지 거르면 쓰러져."

남자가 부루퉁하게 카운터에 한쪽 팔꿈치를 대고 담배에 불을 붙였다.

"자, 다 됐습니다."

점장은 아무리 봐도 3인분은 될 듯한 많은 양의 믹스 샌드위치를 남자 앞에 놓았다. 남자가 올 것을 미리 알고 준비해 둔 듯하다.

남자는 샌드위치를 집어 들고 허겁지겁 먹는다.

"맛이라도 좀 보면서 먹지."

점장이 쓴웃음을 지으며 수증기가 피어오르는 머그잔을 카운터에 놓았다. 남자는 무심하게 커피를 마시고는 다시 샌드위치를 먹었다. 어지간히 부산스럽게 먹는 사람이다.

내 맞은편에서 다카세는 턱을 괸 채 멍하니 창밖을 보고 있었다.

"뭐 하냐. 나쓰미 씨 생각이라도 하는 거냐?" 나는 생각에 잠긴 친구를 놀렸다.

다카세가 내게 시선을 돌리고는 조금 묘한 표정을 지었다. "그녀를 어떻게 생각해?"

"몰라." 나는 기가 막혔다. "네가 알아서 생각해."

"어제는 피곤해서 깊게 생각하지 않고 잠이 들었는데," 다카세는 나의 가벼운 대답에 개의치 않고 말을 이었다. "지금 생각해 보니 그 두 사람, 뭔가 기묘해."

"그건 그래." 나도 동감이었다.

"생각하면 할수록 하나부터 열까지 이상해." 다카세가 다시 한번 말했다. "미카미 씨는 자기 일도 힘들 텐데 왜 굳이 그 시간에 가게를 열었을까?"

"그야 오랫동안 찾아 준 단골손님이 부탁해서 그랬다잖아. 시골 사람이라 의리가 있는 거지."

다카세는 내 대답에 납득이 가지 않는 듯했다.

"그럼 나쓰미 씨는? 그녀가 미카미 씨의 부인이라면 이해가 가. 오랫동안 남편과 함께 이발소를 운영했고, 다데이 지역 사람들에게 신세를 졌다면. 하지만 나쓰미 씨는 그런 느낌은 아니었어."

"그녀도 의리파 아닐까. 겉보기와는 달리."

"정말 그렇게 생각해?" 다카세가 의외라는 듯 나를 빤히 봤다.

"아니, 그렇게 생각 안 해." 나는 어쩔 수 없이 대답했다.

"그런데도 그녀는 부친과 함께 그 쓰러져 가는 이발소에서 일하고 있어. 왜일까?"

나는 침묵했다.

"만약 미카미 씨 집이 이발소 수입만으로 생활한다면 나쓰미 씨도 가업을 도울 수밖에 없겠지." 다카세가 말했다. "하지만 미카미 씨는 공장에서 버는 돈으로 생활하잖아. 이발소를 여는 건 고향에 대한 보답이나 뭐, 자원봉사 같은 걸까?"

"그러게."

"게다가 밤 열한 시라고. 나쓰미 씨라면 부친의 의리에 부합하기보다는 친구들과 노는 쪽을 선택할 것 같은데."

"흐음." 우리는 생각에 빠졌다.

"미안. 잠깐 전화 좀 하고 올게. 커피 리필해 줘."

카운터의 남자가 점장에게 양해를 구하고 밖으로 나갔다. 유리창 너머로 남자가 휴대전화를 들고 열심히 통화하는 모습이 보였다.

"하지만 나쓰미 씨는 가게에 있었고, 네 수염을 밀어 줬잖아." 내가 말했다.

"그렇긴 한데," 다카세가 턱을 쓰다듬었다. "역시 이상해."

우리는 찜찜한 기분을 품은 채 미지근해진 커피를 마셨다. 한참을 곰곰이 생각해 봤지만 납득할 만한 대답을 찾지 못했다.

"꽤 흥미로운 이야기를 하시더군요."

갑자기 머리 위에서 목소리가 내려왔다. 놀라서 고개를 들어 보니 카운터에 있던 남자가 수증기가 피어오르는 머그잔을 들고 우리 옆에 서 있었다. 남자를 등진 채 앉아 있던 다카세가 의아한 듯 남자를 올려다본다.

"실례. 이런 사람인데." 어딘가 애교스러운 표정으로 남자가 명함을 내밀었다. 명함에는 '하야부사 통신사 기자 아키모토 도시후미'라고 인쇄되어 있었다. "괜찮으면 방금 한 이야기 좀 자세히 들려줄 수 있을까?" 아키모토는 그렇게 말하고 빙긋 웃었다.

우린 가게 안쪽의, 네 명이 앉을 수 있는 칸막이 자리로 옮겼다.

나와 다카세는 어젯밤에 있었던 일을 최대한 정확하게 아키모토 씨에게 이야기했다.

아키모토 씨는 거의 말을 자르지 않고 우리가 이야기하도록 내버

밤의 이발소

려 두었다. 그동안 그는 담배를 세 개비 피웠고, 커피를 리필했다.

"……대략 이런 느낌이었습니다만."

"그렇군."

아키모토 씨는 다리를 꼬고 천천히 의자에 기대더니 어딘가 아득한 눈길로 우리를 바라봤다.

"재밌네."

"재밌습니까?"

"응. 미카미 씨가 왜 거짓말을 했는지, 아주 흥미로워."

"거짓말이라고 어떻게 단언하시죠?" 다카세가 물었다.

"식사 중에 자네들의 이야기를 우연히 들었지."

아키모토 씨는 새 담배를 꺼내 물며 말했다.

"뭔가 재미있는 얘기 같아서 다데이 주민 센터에 전화를 걸어 물어봤어. 미카미 이발소가 지금도 지역 주민을 위해 영업을 하고 있다고 들었다면서. 그랬더니 그쪽에서 뭐라고 대답했게? 깜짝 놀라면서 그런 이야기는 처음 듣는다더군. 전화를 받은 사람은 미카미 이발소의 단골이었어. 그런 그가 몰랐다는 거지."

"정말입니까?" 나는 어안이 벙벙했다.

"미카미 씨가 이발소를 폐업하고 이웃 마을 공장에서 일하는 건 사실이었어. 공장 근처의 연립에서 혼자 생활하는 것도 사실인 것 같고. 하지만 그 외에는 다 엉터리야."

"혼자 산다고요? 그럼 나쓰미 씨는," 다카세가 물었다. "그녀는 미카미 씨의 딸이 아닙니까?"

아키모토 씨는 천천히 연기를 내뿜었다. "미카미 씨에게는 딸이 없어. 두 해 전에 아내와 사별하고 고독한 신세가 된 모양이야."

"없다고요?" 나와 다카세는 얼굴을 마주 본 채 말을 잇지 못했다. 어딘가 비밀스러운 느낌이 있는 여성이라고 생각은 했지만, 설마 존재하지 않는 인물이었다고는……

"대체 어떻게 된 겁니까?" 나는 그렇게 묻는 것이 고작이었다.

아키모토 씨가 미소 지었다.

"그걸 지금부터 셋이서 밝혀 보지 않겠나."

5

"자, 먼저 첫 번째 의문이다." 아키모토 씨가 말했다. "미카미 씨는 왜 자네들에게 꾸며 낸 이야기를 했을까?"

"그야 우리가 물어봤으니까요. 왜 밤늦게 가게를 열었냐고요." 다카세가 대답했다.

"하지만 미카미 씨는 진짜 이유를 말하고 싶지 않았고," 내가 말을 이었다. "그래서 순간적으로 지어낸 이야기로 얼버무렸다."

"뭐, 그런 거였겠지." 아키모토 씨가 고개를 끄덕였다. "그러면 미카미 씨가 숨기려고 했던, 심야 영업의 진짜 이유는 뭘까?"

"흐음. 뭘까……" 다카세가 생각에 잠긴다. "모르겠어."

"다시 한번 묻지. 자네들이 역에 도착했을 때는 미카미 이발소가 굉장히 지저분했다고 했지?"

아키모토 씨는 그 점이 걸리는 듯했다.

"네." 나는 고개를 끄덕였다. "처음에 봤을 때는 폐가라고 생각했을 정도였죠."

"그런데 자네들이 모르는 사이 이발소가 깨끗하게 청소되어 있었고, 심야 열한 시가 돼서 영업을 시작했다."

"맞습니다.

"마키미 씨는 단골손님의 부탁으로 가게를 열었다고 답했다. 그리고 자네들은 실제로 가게를 찾아온 손님의 목소리를 들었고."

"네, 맞습니다."

"하지만 원래의 단골은 미카미 씨가 영업한다는 사실을 몰랐다." 아키모토 씨가 관자놀이를 손가락으로 툭툭 쳤다. "어느 한쪽이 거짓말을 한다는 거군."

"우리는 거짓말 안 했어요." 다카세가 불쾌하다는 듯 입을 삐죽 내밀었다. "믿고 안 믿고는 그쪽 자유지만."

"알았어." 아키모토 씨가 잠시 생각한 후 말했다. "자, 미카미 씨가 정말로 손님의 요청으로 가게를 열었다고 가정해 보자."

다카세가 표정을 누그러뜨리며 고개를 끄덕였다.

"예를 들어 손님이 열 명 있다고 해 볼까. 그리고 그들이 한 달에 한 번 머리를 자르러 온다고 치자. 만약 심야에 두 시간만 영업한다고 하면 한 번의 영업으로 대응할 수 있는 손님은 둘이나 셋이다. 그렇다고 치면 일주일에 한 번 가게를 연다는 계산이 나오지."

"손님이 더 있을지도 모르죠." 내가 말했다.

"그럴 수도 있지. 그런 경우에는 일주일에 두 번 이상 영업하는 게 되겠지. 반대로 손님이 더 적을 가능성도 있고. 만약 손님이 한 명이라면 한 달에 한 번만 문을 열면 돼."

"그렇죠." 다카세가 고개를 끄덕인다.

"그러면 미카미 씨는 적어도 한 달에 한 번은 가게를 청소했어야 해. 여기서 묻고 싶은 게," 아키모토 씨는 나와 다카세를 동시에 바라보면서 말했다. "자네들이 처음에 봤을 때 미카미 이발소의 먼지는 어느 정도였지? 일주일 치? 아니면 한 달 치의 먼지가 쌓여 있었나?"

"그게," 다카세가 조금 분하다는 듯 대답했다. "미카미 이발소는 틀림없이 몇 달은 청소를 하지 않은 상태였습니다."

"그렇다면 정기적으로 영업을 한다는 미카미 씨의 말은 거짓이 된다."

"그러면 그때 찾아온 남자는 정체가 뭘까요?" 다카세가 이상하다는 듯 물었다.

"내 생각에," 아키모토 씨는 신난 듯 말했다. "그 남자에게는 중요한 역할이 맡겨져 있었어."

"역할이 맡겨졌다? 누구한테요?"

"물론 미카미 씨지."

"그 남자는 미카미 씨의 부탁을 받고 가게를 방문했던 겁니까?"

아키모토 씨는 그 질문에는 대답하지 않고 미소 지었다.

"그러면 역할이라는 건?" 내가 다시 물었다.

"하나는 미카미 씨와의 대화를 자네들에게 들려주는 것이겠지."

"부친이 이발소에 올 수 없게 되었다는 이야기를 말입니까?"

"그것도 있고."

"뭐가 뭔지 모르겠군." 다카세가 곤혹스러운 듯 중얼거렸다. "우리에게 그런 이야기를 들려준들 무슨 이득이 있다는 겁니까?"

"덕분에 자네들에게 진짜 목적을 들키지 않고 끝냈지 않나." 아키모토 씨가 말했다. "오랫동안 사용하지 않았던 가게를 급하게 청소하고 한밤중에 문을 열고도 충분히 남는 장사였겠지."

그 말을 듣고도 우리는 전혀 짐작이 가지 않았다.

"아키모토 씨는 마키미 씨의 진짜 목적을 알고 있습니까?"

"아마도. 내 생각이 맞는다면 미카미 씨의 목적은 자네들의 머리를 감기는 거였을 거야."

"설마." 나도 모르게 소리를 높였다. "미카미 씨가 우리 머리를 감겨 주려고 일부러 가게를 열었다는 말입니까?"

"그렇다고 생각해." 아키모토 씨가 자신만만하게 끄덕였다.

"하지만 말이죠," 다카세가 반론했다. "우리가 샴푸를 하게 된 건 이야기를 하다 보니 우연히 그렇게 됐을 뿐입니다."

"이 녀석 말이 맞아요." 나도 거들었다.

"샴푸를 하도록 권한 사람은 미카미 씨였지?"

"분명히 그렇습니다. 하지만 그건 우리가 가게를 찾아간 결과였고, 그대로 대합실에서 잠이 들었다면 미카미 씨와 대화할 일도 없었을……."

나는 대답하면서 고개를 갸웃했다. 잠깐, 그렇다는 건 결국…….

"그 부분이 미카미 씨의 치밀한 계획이야." 아키모토 씨가 빙긋 웃었다. "폐가라고 생각했던 이발소에 갑자기 불이 들어오고, 문에 '영업 중' 팻말이 걸려 있으면 쟤네들은 어떻게 생각할까? 분명 호기심이 발동해서 가게를 엿보러 오겠지. 그리고 의문에 대답해 줄 테니 샴푸하고 가라고 권한다면 틀림없이 응할 거라고 미카미 씨는 생각한 거야."

"그게 그렇게 생각대로 될까요?" 다카세가 다시 반론을 감행했다. "대합실에서는 이발소가 보이지 않습니다. 애써 가게를 열어 봐야 우리가 발견하지 못하면 미카미 씨의 노고도 물거품입니다."

"산에서는 밤이 되면 생각 이상으로 기온이 내려가는 법이야." 아키모토 씨가 말했다. "자네들이 하룻밤을 보낸 곳은 외풍이 들이닥치는 대합실이야. 한두 번은 화장실에 가겠지. 플랫폼 끝에 있는 화장실을 오가다 보면 이발소가 시야에 들어온다. 역 주변은 깊은 어둠. 그중에 한 곳만 불이 켜진 건물이 있다면 싫어도 시선이 향하게 되지."

"뭐, 확실히 바로 눈에 들어오기는 했지만……." 다카세가 나지막이 중얼거렸다.

"보통의 호기심이 있는 자라면 이 이상한 상황에 무관심할 수는 없어. 실제로 자네들은 불빛에 꼬이는 나방처럼 정확하게 이발소로 찾아갔지."

우리는 말문이 막혔다.

"그러한 정황을 볼 때 결론은 한 가지. 미카미 씨가 가게를 연 목적은 자네들을 유인하는 것이었어."

"알겠습니다. 미카미 씨의 목적이 우리였다는 것은 인정하겠습니다." 내가 말했다. "하지만 그래서 미카미 씨에게 어떤 이득이 있는지 설명해 주시겠습니까?"

"그걸 설명하기 전에 또 한 가지 의문점을 정리하지." 아키모토 씨가 말했다.

"또 있습니까?"

"당연히 있지. 미카미 씨는 작년 말에 가게를 접었고, 현재는 이웃 마을의 연립에서 살고 있어. 그리고 손님의 요청으로 부정기적인 영업을 하고 있다는 그의 주장이 거짓말이었다는 것은 우리의 노력으로 증명됐지. 결국 이발소에는 아무도 살지 않고, 가게가 사용된 적도 없어. 그렇다면……."

아키모토 씨는 말을 끊고 우리를 보았다.

"가게의 전등은, 머리를 감기기 위한 온수는, 온수를 위한 가스는 어떻게 사용할 수 있었지?"

"앗!" 나와 다카세는 조그맣게 소리를 질렀다.

"맞아. 그 집에 살지 않는다면 전기도 가스도 수도도 끊었겠지."

"그런데도 미카미 이발소에는 그 모든 것이 들어왔다……."

"왜?"

"뭣 때문에?"

우리는 제각기 떠들었다.

"여기서 미카미 씨의 감춰진 수수께끼를 나열해 볼까."

아키모토 씨가 미소 지었다.

"일단 첫 번째로, 우연히 무인역에 흘러들어 온 자네들을 유인하려고 일부러 가게를 연 점. 두 번째로, 생활 거점을 이웃 마을로 옮긴 후에도 이전 집의 전기와 가스와 수도를 사용할 수 있도록 해 두었던 점. 그리고 세 번째로, 딸로 위장한 젊은 여자와 수상한 남자가 미카미 씨와 함께했다는 점."

"그 모든 게 뭔가 목적이 있었던 거군요."

"당연히 그렇지." 아키모토 씨가 고개를 끄덕였다.

"그 목적이 뭐라는 거죠?"

"미카미 씨의 목적이 뭐든 적어도 한 가지만은 분명히 말할 수 있어. 그는 뭔가 뒤가 구린 일을 꾸미고 있어."

"뒤가 구린 일? 그게 어떤 건지 아키모토 씨는 알고 있습니까?"

다카세의 질문은 휴대전화 벨 소리에 차단됐다. 아키모토 씨는 테이블 위의 휴대전화를 집어 들고 발신자를 확인했다. 그의 얼굴이 묘하게 긴장한 듯 보였다.

"금방 돌아올게. 잠시만 기다려 줘."

그 말과는 달리 아키모토 씨는 좀처럼 돌아오지 않았다.

"어떻게 된 걸까. 사건이 생겨서 불려 간 걸까."

"장난하나. 이야기가 이제 절정에 들어가려는 참에." 다카세가 얼굴을 찡그린다.

"그러게. 전화가 십 분만 늦게 왔으면 좋았을걸."

"제길, 누군지 모르겠지만 눈치 한번 없네."

그렇게 쓸데없는 소리를 떠들고 있자 마침내 아키모토 씨가 돌아왔다.

"기뻐해라. 좋은 뉴스가 있어."

아키모토 씨의 표정이 밝아져 있었다.

"무슨 일이 있었습니까?"

미카미 씨의 수수께끼에 사로잡혀 있던 우리는 건성으로 물었다.

"아직 보도되진 않았지만, 사실 이 동네에서 유괴 사건이 일어났었다."

"유괴 사건! 정말요?"

이번에는 나도 다카세도 몸을 내밀었다.

"그런데 보도되지 않은 사건을 저희에게 말해도 괜찮습니까?"

유괴 사건의 경우 인질이 무사히 풀려날 때까지는 보도를 보류한다고 들은 적이 있다. 우리에게 이야기하는 것도 일종의 보도가 아닐까.

"상관없어. 유괴된 여성이 조금 전에 무사히 구조됐어."

그렇다면 확실히 좋은 뉴스다.

"축하드립니다." 이렇게 말하는 것도 이상하지만 솔직한 심정이었다. "무사해서 다행이네요."

"응. 정보 확인 때문에 어젯밤부터 한숨도 못 잤는데. 어깨의 짐을 내려놓은 기분이야."

마치 수사를 담당했던 형사처럼 말하는 것이 이상했다.

"그래서 범인은?" 다카세가 물었다.

"아직 도주 중인 모양이야."

"그렇습니까······." 범인이 검거되지 않았다면 마냥 기뻐할 수는 없다.

"하지만 곧 검거될 거야." 아키모토 씨는 우리에게 미소를 지었다. "너희 덕분이야."

"네? 저희 말입니까?"

"그래." 아키모토 씨는 새 담배에 불을 붙였다. "사실 너희 이야기를 듣기 전까지는 경찰도 언론도 범인이 어떤 자인지 전혀 감을 잡지 못했어."

"잠깐만요." 나는 조급하게 말했다. "설마 그 범인이라는 자가······."

"그 설마가 맞아." 아키모토 씨가 기쁜 듯 손가락을 튕겼다. "범인은 우리의 미카미 씨와 그 일당이야."

6

"유괴된 사람은 이 마을에서 손꼽히는 자산가의 외동딸이야."

아키모토 씨는 담배를 맛있게 피우면서 유괴 사건의 개요를 말해 주었다. 여하튼 담배를 참 많이 피우는 사람이다. 담배를 좋아하지 않는 나는 조금 진력을 내며 이야기를 들었다.

"사람을 사람으로 생각하지 않는 냉혹한 남자들일수록 가족에게는 아낌없는 애정을 쏟기도 하는데, 그 자산가가 딱 그런 유형이야. 육 년 전에 아내를 잃었고 가족은 딸 한 명뿐. 당연히 그 딸은 맹목적인 사랑을 받으며 자랐지. 풍족한 용돈으로 많은 추종자를 이끌고 밤마다 유흥을 즐겼던 모양이야. 그 추종자 중에서도 특히 그녀가 마음에 들어 했던 나미라는 여자가 있었어. 그 나미가 어느 밤 자산가의 딸을 교묘한 말로 유인해서 인적 없는 곳으로 데려갔지. 그러자 남자들이 기다리고 있었고, 그녀는 비명을 지를 틈도 없이 차에 태워졌어. 나미는 유괴범의 일당이었던 거야."

"설마 그 나미라는 사람이?" 다카세가 낮은 목소리로 물었다.

"그래. 자네들 앞에서는 나쓰미라고 했던 모양이지만."

다카세가 말없이 고개를 저었다.

"이야기를 계속하자면, 유괴에 성공한 범인들은 자산가에게 전화해서 몸값을 요구했어. 삼천만 엔을 들고 한 시간 후에 지정한 장소로 오라고 지시했지. 물론 경찰에 연락하면 딸의 목숨은 없다는 틀에 박힌 말도 덧붙였고. 자산가는 그대로 그 조건을 받아들였어."

"경찰에는 알리지 않았습니까?"

"자산가는 법이 아닌 자신의 손으로 범인들을 심판하려고 했을 거야. 그가 자신이 알고 있는 폭력배들을 불러들여 논의했다는 게 그 증거지. 폭력배들은 이렇게 제안했다고 해. 딸을 무사히 되찾기 전에는 범인을 거스르지 않는 게 좋다, 녀석들에게 건넬 몸값에 발신기를 달아 두고 딸이 풀려나면 우리가 녀석들을 붙잡아 당신에게 넘기겠다, 그때 찌든 굽든 하고 싶은 대로 하라고."

저절로 한숨이 나왔다.

"도긴개긴이군요."

"맞아. 여하튼 그래서 자산가는 발신기를 장착한 돈 가방을 들고 지정된 장소로 달려갔어. 그런데 자산가의 계획은 범인도 충분히 예상했던 바였지. 처음부터 그들은 다른 수를 생각하고 있었어."

"……어떤?"

"나미는 그 딸과 밤마다 붙어 다니면서, 그녀의 부친이 자택 금고에 늘 일억 엔의 현금을 보관하고 있다는 것, 그리고 금고의 비밀번호를 딸이 알고 있다는 것을 교묘하게 알아냈지. 범인들은 유괴한 딸을 칼로 위협해서 자택 열쇠를 빼앗고 금고 비밀번호를 알아냈어. 나머지는 간단해. 나미는 자산가가 자택에서 나가기를 기다렸다가 현관으로 당당하게 들어갔고, 금고가 있는 방으로 직행해서 비밀번호를 눌러 금고를 열었지. 그리고 금고에 있는 것들을 남김없이 가방에 담아 그 집을 나왔어. 한편 자산가는 아무리 기다려도 범인이 나타나지 않자 어쩔 수 없이 집으로 돌아왔고, 텅 빈 금고를 발견하지. 자산가는 그제야 경찰에 연락했어."

나도 다카세도 기가 막혀서 말이 나오지 않았다.

"그렇게 해서 범인은, 아니 이제 미카미라고 해도 되겠군. 의기양양하게 은신처로 철수했다. 그 은신처가 바로 미카미 이발소라는 건 설명 안 해도 알겠지."

"그때 미카미 이발소에 유괴된 딸이 있었습니까?"

다카세가 눈을 동그랗게 떴다.

"있었어. 입에 재갈이 물리고 눈가리개를 한 딸이 가게 안쪽 방에 붙잡혀 있었지."

"그러면 마키미 씨는 무슨 생각으로 우리에게 샴푸를?"

"그들은 처음부터 인질을 돌려줄 생각이었어. 밤이 깊어지기를 기다렸다가 산 아래에 있는 마을까지 보내 줄 계획이었지. 그런데 예상치 못한 문제가 발생한 거야." 아키모토 씨는 우리에게 윙크를 했다. "뭘 거 같아?"

다카세가 조심스럽게 자신을 가리켰다.

"정답. 기진맥진해서 눈이 퀭해진 수상한 남자 둘이 불쑥 나타나서 역 대합실에 자리를 잡은 거지."

우리는 간신히 신음만 하고 있었다.

"어쩌면 미카미는 처음에 자네들을 형사로 의심했는지도 몰라." 아키모토 씨가 우리를 놀렸다. "가까이서 봤다면 이렇게 매가리 없는 사람들이 형사일 리 없다는 걸 바로 눈치챘겠지만."

"피곤해서 그런 겁니다." 다카세가 불쾌한 듯 항의했다. "평상시의 우리였다면 멀리서도 씩씩하고 유능한 형사로 보여서 얌전하게 자수했겠죠."

아키모토 씨는 싱긋싱긋 웃으면서 이야기를 듣고 있었다.

"농담은 그만하고. 형사가 아니어도 일이 번거로워진 건 매한가지였지. 왜냐면 두 사람이 그대로 대합실에서 밤을 지새울 작정임을 파악했으니까."

"우리가 대합실에 있는 게 왜 문제가 된 거죠?"

나는 그 점이 이상했다.

"이발소에 불만 켜지 않았다면 우리는 그곳에 사람이 있다는 상상조차 안 했을 겁니다. 우리가 잠들기를 기다렸다가 몰래 차에 태웠으면 됐을 텐데."

"범인은 차를 이용할 생각이 없었기 때문이야." 아키모토 씨가 대답했다. "차를 타고 마을로 이동하다가는 검문에 걸릴 가능성이 있지. 잠복 중인 경찰차도 돌아다닐 거고. 만약 경찰이 수상하게 여겨서 차를 세우라고 한다면 끝장이야. 미카미가 그런 위험을 무릅쓸 리 없지."

"그러면 걸어서 산을 내려가면……,"

"그러다간 날이 새겠지."

"하지만 도보나 자동차 외에 다른 방법이 없지 않습니까?" 나는 입술을 삐죽 내밀었다.

"왜? 바로 코앞이 역인데. 그걸 이용 안 할 리가 없지."

"그건 무리죠." 다카세가 말했다. "다음 날 아침까지 열차가 안 올 텐데요."

"알아." 아키모토 씨는 지친다는 표정을 지었다. "어차피 정규 열차를 타는 게 아니야."

"무슨 말씀입니까?"

"그러니까." 아키모토 씨는 다시 빙긋 웃었다. "미카미는 '임시 열차'를 증차할 생각이었던 거야."

"설마." 나도 모르게 반론했다. "설령 미카미 씨가 가와세미고원 철도의 사장이라도 그런 건 못 할걸요."

"자, 반대로 물어보지." 아키모토 씨가 강한 어조로 말했다. "역을 사용할 게 아니라면 자네들을 대합실에서 떨어뜨려 놓을 필요가 어디 있지? 인질을 산기슭까지 보내야 하는 위험한 과정이 기다리고 있는데, 왜 자네들을 가게로 끌어 들여 샴푸를 해야 했지?"

"그건……."

"미카미는 인질을 플랫폼에 데려가야 했기 때문이야. 플랫폼에 가려면 대합실을 통하지 않을 수 없지. 하지만 대합실에는 자네들이 있어. 자네들을 잠시 대합실에서 나오게 하려면 어떻게 해야 할까. 미카미가 생각해 낸 대답이." 아키모토 씨는 턱으로 우리의 머리를 가리켰다. "그거였어."

다카세가 손가락을 뻗어 자신의 머리카락을 살짝 만졌다.

"그리고 샴푸에는 또 하나의 목적이 있었어."

거기까지 듣고 나니 그다음은 나도 알 수 있었다.

"미카미 씨가 우리를 샴푸해 주는 동안 다른 남자가 인질을 데리고 나간 거군요."

"그런 거지." 아키모토 씨가 고개를 끄덕인다. "하지만 인질을 데리고 나가는 데에는 한 가지 문제가 있었어."

"문을 여닫을 때 경첩에서 소리가 난다는 거죠."

"그래. 경첩 소리와 그 외의 소리를 어떻게 위장할까. 거기서 미카미가 생각해 낸 것이, 누군가가 가게를 찾아오는 상황을 만드는 것이었어."

"샴푸 중이라 눈을 뜰 수 없는 우리는 문이 안에서 열렸는지 밖에서 열렸는지 판단할 수 없으니까요."

"남자는 인질의 손을 끌고 너희 등 뒤로 빠져나갔어. 그리고 문을 열면서 마치 밖에서 들어온 것처럼 미카미와 대화를 나눴지. 그리고 유유히 밖으로 나간 거야."

"그 추리에는 조금 수긍하기 힘든 부분이 있습니다."

나와 아키모토 씨의 대화를 잠자코 묵묵히 듣고 있던 다카세가 끼어들었다.

"인질은 가게 안쪽에 있는 주거 공간에 붙잡혀 있었죠. 그렇다면 굳이 가게 안을 통과해서 데리고 나갈 게 아니라 뒷문으로 나가는 편이 안전하다고 생각합니다만."

그렇군. 확실히 맞는 말이다. 나는 아키모토 씨를 쳐다봤다.

"근데 그게 아니야." 아키모토 씨가 미소 지으며 말했다. "이발소 주변에 수많은 기와 조각이 널려 있었다고 자네들이 말하지 않았나. 한밤중에 눈을 가린 사람을 데리고 사방에 기와 조각이 굴러다니는 곳을 빠져나간다고 상상해 봐. 인질이 기와 조각에 발이 채어 넘어진다거나 큰 소리를 내면? 그런 점에서 가게 안은 환하고 넘어질 염려도 없지. 게다가 나미의 향수가 무엇보다 확실한 증거야. 인질을 데리고 나갈 때 향수 냄새가 나면 들킬 염려가 있으니까 나미는 일부러 인질과 똑같은 향수를 잔뜩 뿌렸을 거야. 세련미를 뽐내는 그녀로서는 짙은 향수 냄새가 맘에 안 들었겠지만."

그렇군. 그래서 어딘가 나쓰미의 심기가 불편해 보였던 거군.

"알겠습니다. 항복입니다." 다카세가 양손을 살짝 들어 올렸다. "남자가 인질을 데리고 역으로 향했다는 걸 믿겠습니다."

"고맙군." 아키모토 씨가 만족스러운 듯 고개를 끄덕였다. "그러면 마지막으로, '임시 열차'의 정체를 밝혀 볼까. 이발소에 예약을 취소하러 왔던 남자가 돌아갈 때, 무슨 소리가 들렸다고 했지?"

"아," 다카세가 눈을 가늘게 뜨며 대답했다. "그건 분명히 오토바이 엔진 소리였습니다."

"자네들은 궤도 오토바이를 아나? 이런 느낌의 탈것인데……."

아키모토 씨가 수첩을 펼치더니 사인펜으로 빠르게 그림을 그려서 보여 줬다. 거기에는 선로 위를 달릴 수 있도록 네 개의 철제 바퀴가 장착된 오토바이 그림이 개성적인 필치로 그려 있었다.

"와, 이런 것도 있군요."

"그래. 나도 실물은 본 적 없지만 선로 보수 작업에 사용하는 모양이야."

"그들은 이 궤도 오토바이로 인질을 마을로 보낸 거군요."

"인질 여성이 역에서 오토바이에 태워졌다는 이상한 진술을 하고 있어. 형사는 그 말을 무시했나 본데, 궤도 오토바이를 이용했다고 생각하면 앞뒤가 맞지. 역 어딘가에 미리 숨겨 놓았을 거야."

"분명히 역 옆으로 인상선과 창고가 있었습니다." 내가 말했다.

"별로 사용하지 않는지 수풀이 무성했지만요."

"그렇군. 그 수풀이 의심스러워. 하지만 궤도 오토바이를 사용한 건 제법 괜찮은 아이디어 같군. 설마 경찰도 막차가 떠난 역이나 선로까지는 감시하지 않았을 테니."

"즐거웠다. 또 재밌는 경험을 하면 알려 줘."

"네, 꼭 그렇게 할게요. 수고하세요."

"이 이상 수고했다가는 쓰러진다. 잘 가라."

우리의 어깨를 툭툭 치고 아키모토 씨는 떠났다. 바쁜 걸음으로 멀어져 가는 뒷모습을 잠시 지켜본 후 우리도 걷기 시작했다.

"있지, 사쿠라." 다카세가 차분한 어조로 말했다.

"응."

"우리가 길을 잃고 다데이 역으로 가지 않았다면, 그 사람들은 완전범죄에 성공했을까?"

"그건 힘들지 않았을까." 나는 잠시 생각한 후 대답했다. "우리가 있었건 없었건 언젠가는 붙잡혔을 거야."

"그렇겠지." 다카세가 조그맣게 중얼거렸다.

"하지만 모르지." 나는 밝은 목소리로 말했다. "길을 지나다 우연히 이발소를 들여다봤더니 미카미 씨와 나쓰미 씨가 시치미를 뚝 떼고 손님의 머리를 감겨 주고 있을지도."

다카세가 천천히 미소 지었다. "나쁘지 않네, 그건."

　　　　　　　　　　　　　밤의 이발소

하늘을 나는
양탄자

1

도쿄에서 살다 보면 친구들이 가끔 네가 태어난 곳은 어떤 곳이냐고 물을 때가 있다.

그럴 때 나는 늘 '해무海霧의 마을'이라고 대답한다.

그러면 친구들은 모두 그 풍경을 상상해 보는 듯하다. 부럽다는 표정을 지을 때도 있다.

내가 자란 마을에서는 늦봄부터 여름까지 안개가 자주 낀다. 해질 무렵이면 바다에서 짙은 안개가 밀려온다.

안개가 마을을 완전히 감싸면 주위는 기이할 정도로 고요해진다.

마을에서 오래전부터 살았던 사람들은 어째서인지 해무가 낀 밤에는 외출을 꺼렸다. 물론 안개는 수증기가 모인 것에 지나지 않는다. 예전에 집 근처에 경찰직을 은퇴한 사람이 살았는데, 그는 이 마을에서 안개 낀 밤에 이상한 일이 일어난 사실이 없다고 내게 얘기해 주었다.

하지만 난 왠지 그들의 심정이 이해가 되었다.

수험 공부에 여념이 없던 무렵, 한밤중에 무심코 창밖을 보면 서늘한 젖빛 안개가 소리도 없이 유리창 너머로 흐르고 있을 때가 있었다. 하지만 이웃집 주인이 정성을 들여 키우고 있는 등나무 꽃은 조금도 흔들림이 없다. 바람이 전혀 없는 것이다. 그런데도 안개는 내 눈앞을 미끄러지듯 지나간다. 마치 해무가 자신의 의지로 어딘가를 향하고 있는 듯이.

그 안개는 대체 어디로 가려고 했던 걸까.

나는 고향의 골목길을 걸으면서 완전히 잊고 있던 한밤중의 그 에피소드를 떠올리고 있었다.

골목길은 좁았고 집들 사이를 누비듯 뻗어 있었다. 달력은 이미 가을을 가리키는데, 초가을이라는 청량한 어감과는 완전히 동떨어진 폭력적인 열기가 나를 감싸고 있었다. 누군가가 엄청나게 큰 렌즈를 푸른 하늘에 씌워서 이 마을에 빛이 집중되도록 초점을 맞추고 있음이 분명하다. 꿈속처럼 마술적인 더위였다.

골목길에는 나 외에 사람의 그림자가 보이지 않았다. 그 대신 고양이가 곳곳에 있었다. 그늘에 누워 느긋하게 네 발을 뻗고 있다. 나와 눈이 마주치자 녀석들은 무심하게 하품을 했다.

미로처럼 뒤얽힌 골목길은 동네 아이들의 좋은 놀이터였다. 시간이 흘러 우리는 성인이 되었지만 골목길 풍경은 그때와 변함없었다. 아니, 유일하게 변한 건 고양이들일지도 모른다. 내가 초등학생이었던 무렵에 녀석들은 조심성이 많고 늘 경계를 게을리하지 않아서, 내가 근처에만 가도 담장 위로 뛰어올라 도망가 버렸다.

그런 일들을 떠올리며 나는 골목길을 빠져나갔다. 마침내 길다운 길이 나온다. 두 번째 교차로에서 오른쪽으로 꺾자 길은 가파른 오르막길로 변했다.

아지랑이를 쫓아 언덕길을 오르자 마침내 파란 기와지붕 집이 한 채 보인다.

문기둥 앞에서 숨을 고르고 초인종을 누른다. 이내 "네." 하는 쾌활한 목소리와 함께 미닫이문이 가볍게 열렸다.

"차우ciao, 사쿠라." 야기 미키가 웃는 얼굴로 맞이해 준다. 1년 만에 만나는 그녀는 얼굴이 조금 어른스러워졌다. 그 외에는 변함없이, 늘씬한 큰 키에 얼굴이 동그란 미인이다.

"차우는 무슨 차우!" 나는 도쿄에서 사 온 선물이 담긴 종이 가방을 야기에게 떠맡기며 투덜거렸다. "이탈리아로 유학 가는 거 왜 말안 했어. 요시나가 씨가 안 가르쳐 줬으면 계속 몰랐을 거 아냐."

요시나가 씨는 야기의 가장 친한 친구다.

"그게, 갑자기 결정된 일이기도 했고, 남자들은 바쁘겠지 싶어서. 가서 안정이 좀 되면 그림엽서라도 보내려고 했지." 야기가 쑥스러운 듯 변명했다.

나는 변함없이 천하태평인 야기의 모습에 어이가 없었다.

"알았어, 알았어. 잔소리는 나중에 들을 테니까 일단 들어와." 야기가 밝은 목소리로 말했다.

"애들은 벌써 다 왔어?"

"고토랑 마쓰오는 조금 전에."

"바바는?"

"감기 걸려서 못 온대. 너한테 안부 전해 달라고 했어."

"헐, 녀석이 감기라니 별일이네."

바바는 중학교와 고등학교 시절 내내 럭비에만 전념했던, '착하고 힘센'이라는 표현에 딱 맞는 거구의 친구다. 내가 알고 있는 한 감기 바이러스와는 가장 어울리지 않는 남자였다.

"개도 안 걸린다는 여름 감기를."

그렇게 말했다가 조금 반성한다. 바바는 대학에 진학하지 않고 가업인 인테리어업을 이었다. 아버지가 하나부터 열까지 가르쳐 줘서 편하고 좋다며 본인은 웃지만, 상점가의 절반이 문을 닫은 이 동네에서 장사를 계속한다는 게 보통 힘든 일은 아닐 터다. 여름 감기에 걸릴 만도 할 것이다.

앞서 걷던 야기가 나를 돌아보았다.

"애들은 안쪽의 큰 방에 있어. 난 커피 가져갈게."

"오케이."

2

"그래서 출발이 언젠데?"

고토가 커피를 마시면서 물었다. 굵직한데도 어딘가 따뜻한 울림이 있는 목소리다. 고토도 원래 럭비부였고 바바와는 중학교 친구다. 야성미 넘치는 얼굴과는 안 어울리게 커피에 설탕을 듬뿍 넣어 마시고 있었다.

"다음 달 칠 일이야." 야기는 내가 가져온 와플을 입 안 가득 베어 물며 대답한다.

우리는 마당을 향해 있는 다다미 여덟 장 크기의 방에서 편안한 자세로 앉아 있었다.

"벌써 짐을 다 꾸렸어?" 마쓰오가 묻는다. 앳돼 보이는 주근깨 얼굴을 고슬고슬하고 부드러워 보이는 머리카락이 덮고 있다. 톤이 살짝 높은 목소리와 가느다란 손발이 소년 같다.

"거의." 그녀는 손가락을 구부려서 OK 사인을 했다. "하지만 짐을 좀 줄여야 할지도 몰라."

"이탈리아어는 할 수 있고?" 고토가 놀리듯 물었다.

"물론이지. 최근에는 엘자랑 이탈리아어로 대화해." 야기는 여유 있는 미소를 보이면서 이탈리아에서 유학 온 친구의 이름을 들먹였다. "엘자도 괜찮다고 했고, 엘자 아버지가 밀라노에서 아르바이트할 곳도 소개해 주시기로 약속했어."

"와, 아르바이트까지 생각하고 있었구나." 마쓰오가 감탄한 듯 말했다.

"그래도 부모님이 용케 허락해 주셨네." 내가 말했다.

2년 전 부친의 전근으로 부모님이 후쿠오카로 이사하게 됐을 때 야기 혼자 이곳에 남겠다고 하자 부친이 크게 반대했다고 들었다. 국내에서조차 그랬는데, 딸이 일본에서 1만 킬로미터나 떨어진 곳으로 가겠다고 했을 때는 당연히 한바탕했을 게 분명하다.

"당연히 장난 아니었지." 야기가 차분하게 말했다. "우리 아버지로 말하자면 희대의 고집쟁이잖아. 하지만 결국엔 허락해 주셨어. 아니, 포기했다고 해야 할까."

"난 아버님에게 동정이 가." 고토가 말했다. "갑자기 이탈리아에 가겠다는데, 당연히 반대하셨겠지."

"갑자기가 아니야." 야기가 차분하게 반론한다. "이탈리아에 가는 건 어렸을 때부터의 꿈이었어."

"그랬구나." 고토가 어깨를 으쓱했다. "내가 이탈리아에 갈 일 있으면 가이드해 줘."

"알았어."

"예쁜 여자랑 친구가 되면 소개해 줘. 꼭!" 마쓰오가 말했다.

"그래, 기억해 둘게."

"너무 객기는 부리지 마시고." 내가 말했다.

야기가 경례하는 시늉을 한다. "로저roger."

"그건 이탈리아어가 아닐 텐데."

"비슷한 거야." 야기가 새초롬하게 대꾸한다.

못 말려. 우리는 커피를 마셨다. 근처 어딘가에서 조용히 풍경이 울린다.

"그러고 보니." 나는 야기에게 말했다. "요시나가 씨에게 들었는데, 도둑이 들었었다며?"

"도둑이라니?" 처음 듣는 모양인지 마쓰오의 눈이 휘둥그레졌다. "그게 진짜야?"

"음, 뭐." 별로 올리고 싶지 않은 화제였는지, 야기가 떨떠름한 표정을 지었다. "벌써 두 달 전 일이야."

"괜찮았어? 피해는?" 마쓰오가 걱정스레 묻는다.

"그냥 조금." 야기는 왠지 말하기 싫은 듯했다.

"큰일 날 뻔했네. 뭘 도둑맞았어?"

밤의 이발소

"양탄자."

"양탄자?"

우리는 저도 모르게 얼굴을 마주 보았다. 꽤 소박한 물건을 도둑맞은 것이다.

"양탄자뿐? 돈이나 귀금속은 안 없어졌어?" 마쓰오가 이해가 가지 않는다는 듯 물었다.

"이상하지?" 그녀도 그 점이 이상했던 모양이다. "서랍 속에는 현금이 삼만 엔 정도 있었고, 비싼 건 아니지만 나름대로 보석도 있었는데."

"양탄자만 없어졌다는 거야?"

내 질문에 야기가 고개를 끄덕였다.

"엄청 비싼 양탄자였나 보네. 진짜 페르시아 양탄자 같은?"

"그럴 리가." 그녀가 쓴웃음을 지었다. "아주 평범한 양탄자야. 바바네 가게에 놀러 갔을 때 발견했어. 색 배합이 너무 예쁘고 문양도 세련돼서 한눈에 맘에 들었거든. 하지만 용돈 정도로 살 수 있는 가격이야."

"정말 도둑이 한 짓이야?"

마쓰오가 고개를 갸웃거리는 것도 무리는 아니다. 지극히 평범한 양탄자를 누가 굳이 훔치려고 할까.

"그치만 달리 생각할 수가 없잖아." 야기는 입술을 삐죽 내밀었다. "내가 모르는 새 없어졌으니까."

"그래도 양탄자 같은 걸 어떻게 훔쳐? 말아도 상당히 클 텐데."

고토가 말한다.

"그러니까 이상하다는 거야. 더구나 내가 자고 있는 동안에."

"뭐?" 나와 마쓰오가 동시에 말했다. "자고 있는 동안에?"

"잠깐!" 나는 설마 하면서도 물었다. "도둑맞은 게 네 방의 양탄자였어?"

"그래." 야기가 작은 목소리로 대답했다.

"즉, 양탄자 위에 침대를 놓고 거기서 자고 있었다는 거잖아."

"응, 맞아." 그녀의 목소리가 더욱 작아졌다.

"그런데 아침에 깨 보니 양탄자가 없어진 거고?"

저절로 신음이 나왔다. 얼마나 실력이 좋은 도둑인지는 모르겠지만 그녀가 눈치채지 못하게 양탄자를 들고 갈 수 있다니 믿을 수 없었다. 하지만 실제로 양탄자는 사라졌다. 머릿속에서 호기심이 뭉게구름처럼 솟아났다.

"경찰은 뭐래?" 나는 야기에게 물어보았다. 경찰들이 이 불가사의한 상황을 어떻게 판단했을지 궁금하지 않은가.

"아무 말도. 경찰에는 신고하지 않았거든." 야기가 낮은 목소리로 대답했다.

"뭐? 왜?"

"그야," 그녀가 입술을 삐죽거렸다. "자는 동안에 양탄자를 도둑맞았다는, 그런 창피한 이야기를 할 수는 없잖아."

흐음, 그런 건가.

"아무래도 우리 손으로 해결할 수밖에 없겠군." 마쓰오가 팔짱을 끼며 고개를 끄덕였다. "여하튼 현장을 가 보자. 뭔가 찾아낼 수 있을지도 모르지."

"저기요, 현장은 제 침실이거든요." 야기는 그렇게 말했지만 결국 포기한 듯 한숨을 쉬었다. "알았어. 하지만 보기만 해야 돼. 함부로 서랍을 열거나 하면 가만 안 둬."

"걱정하지 마." 마쓰오가 흔쾌히 대답했다. "우리, 신사야."

야기를 선두로 줄줄이 그녀의 방으로 향했다. 집의 안팎은 적당히 낡아 있어서 쇼와 시대 주택의 정취가 가득했다. 요즘의 집들과 달리 구석구석 어두운 곳도 있었지만 복도도 문도 커서 답답한 느낌이 들지 않는다.

침실은 집의 서쪽 끝에 있었다. 우리는 방 입구에 서서 실내를 관찰했다. 다다미 여섯 장 크기의 서양식 방이었으며, 서향과 북향으로 창문이 있고 복도로 통하는 문은 동쪽에 있었다. 남쪽 벽을 따라 침대가 놓여 있고, 북향 창가에는 책상이, 문 옆에는 오픈 랙과 서랍장이 나란히 놓여 있다. 서랍장은 텔레비전 거치대도 겸하고 있어서 20인치 액정텔레비전이 올려 있다.

"여기에 있는 가구가 전부 양탄자 위에 놓여 있었어?" 마쓰오가 물었다.

"그래." 야기가 고개를 끄덕였다.

3

우린 방으로 돌아와 야기에게 그날 밤의 상세한 정황을 들었다.

사건은 7월 첫째 토요일에 일어났다.

그날은 세미나가 끝나고 회식이 있었고, 저녁 7시부터 대학 근처의 술집에서 먹고 마시며 한창 흥이 올라 있었다. 술집 앞에서 1차를 정리한 후 술이 부족한 사람은 교수를 따라 다시 밤거리로 돌아갔지만 야기는 감기 기운이 있어서 귀가하기로 했다.

"그러고 보니 회식 도중에 고토한테 문자가 왔었어. 딱히 용건은 없고 어떻게 지내느냐는 안부 정도의 느낌? 감기에 걸려서 술이 맛없다고 답장했더니, 우롱차를 마시라는 촌스러운 대답을 들었지. 기억나?"

"그랬었나." 고토가 쑥스러운지 시치미를 떼듯 중얼거렸다.

그녀가 역에 도착한 시간은 오후 10시가 넘어서였다. 개찰구를 나오자 마을은 짙은 안개에 뒤덮여 있었다.

"나랑 함께 전철에서 내린 사람들은 바쁜 걸음으로 안개 속으로 사라졌어. 평상시라면 귀가가 늦은 때는 돌아서 가더라도 사람들이 많은 큰길로 가지만 몸도 나른했고, 넓은 공간에서 앞이 잘 안 보이면 오히려 더 무섭잖아. 그래서 골목길로 가기로 한 거야. 안개 낀 밤이라서 마을은 무척 조용했고, 내 발소리만 골목길에 울렸어. 전철에서는 별로 그렇지 않았는데, 걷다 보니 점점 불안한 기분이 드는 거야. 집에 도착했을 때는 저절로 한숨이 나오더라니까. 그런데 집에 들어간 순간, 이상한 기분이 드는 거야."

"어떤?"

"뭐라고 해야 할까⋯⋯." 야기는 적당한 표현을 찾는 듯 눈을 가늘게 떴다. "이를테면, 집에 손님이 왔다 간 후에는 뭔가 집 안 공기가 다른 느낌이 들지 않아?"

"아, 맞아." 마쓰오가 말했다. "조금 전까지의 여운이 집 안에 남아 있지. 공기가 술렁거리는 느낌이랄까."

"바로 그런 느낌이었어. 아무도 있을 리가 없는데."

"그래서, 어떻게 했어?" 마쓰오가 물었다.

"일단 재빨리 집 안을 둘러봤지만 딱히 달라진 부분이 없길래 기분 탓으로 여겼지. 감기 때문에 신경이 예민해졌나 하고. 여하튼 자려고 내 방으로 갔는데⋯⋯."

"무슨 일이 있었어?" 고토가 물었다.

"그게 말이지," 야기가 회상하는 듯한 표정으로 말했다. "발밑이 몹시 폭신폭신했어. 마치 양탄자가 조금 공중에 떠 있는 것처럼."

"떠 있다고?" 내가 무심코 물었다.

"응." 그녀가 진지한 얼굴로 끄덕였다. "놀라서 '이게 뭐야.' 하면서 양탄자를 뚫어지게 봤는데, 늘 보던 익숙한 양탄자인 거야."

"그 외에 방 안에 달라진 건 없었어?" 고토가 확인했다.

"못 느꼈어." 그녀가 고개를 저었다. "양탄자가 폭신폭신했던 건 술기운에 비틀대고 있는 탓인가 보다 했으니까."

"설마 그대로 자 버린 건 아니겠지." 마쓰오가 농담처럼 말한다.

야기는 겸연쩍은 표정이 되었다. "……그게, 엄청나게 졸렸단 말이야. 술 취한 상태에서 감기약을 먹은 게 문제였는지."

"그래서, 아침이 되니 양탄자가 사라졌다?" 나는 팔짱을 꼈다.

"아, 그러고 보니," 그녀가 덧붙였다. "이상한 꿈을 꿨어. 양탄자가, 내 방의 양탄자가 하늘을 날고 있는 거야. 먼 이국의 사막 한가운데에 있는 마을 위를 두둥실. 내가 양탄자를 타고 푸른 하늘을 끝없이 날아가는 그런 꿈이었어."

잠시 침묵이 찾아왔다.

"맥주 있으면 좀 줄래?" 나는 팔짱을 낀 채 말했다. "맨정신으로 야기의 이야기를 듣기에는 우리가 조금 수행이 부족한 것 같아."

차가운 맥주를 목으로 흘려 보내고서야 우리는 마침내 한숨을 돌렸다.

"그래서 넌 어떻게 생각하는데? 이 양탄자 소실 사건에 대해."

마쓰오가 묻자 야기는 생각에 잠겼다.

"아마도 그건 하늘을 나는 양탄자의 후예였지 않을까."

나는 나도 모르게 맥주를 내뿜었다.

"왜 갑자기 그런 결론이 나온 거야?" 마쓰오가 황당해한다.

"문제는," 고토가 냉정하게 말을 이었다. "왜 도둑이 돈은 거들떠보지도 않고 양탄자만 훔쳐 갔는지야."

"양탄자에 금전적인 가치가 없다면…… 왜일까?" 나는 생각에 빠졌다. "단순히 양탄자가 필요했다면 바바의 가게에 몰래 들어가 창고에서 새것을 훔치는 편이 좋을 텐데."

"그렇지. 그러면 자신이 원하는 양탄자를 마음대로 골랐을 테고." 마쓰오가 말한다.

"그런데도 왜 굳이 남의 집에 숨어들어서 양탄자를 훔쳐 갔지?"

"분명 도둑은," 마쓰오가 말했다. "어떻게든 그 양탄자를 갖고 싶었던 거야. 새것도 아니고 비싼 것도 아닌, 야기가 마음에 들어 했던 그 양탄자를."

"그렇군." 고토가 말했다.

"좀 전에 잠깐 든 생각인데," 내가 말했다. "야기가 귀가했을 때 도둑이 이미 집 안에 있었던 게 아닐까?"

"뭐?"

"현관문을 열었을 때 공기가 술렁거렸다고 했지?" 나는 야기에게 물었다.

"아…… 그러네." 야기도 내가 하고자 하는 말을 이해한 듯하다. "그래서 집 안 분위기가 이상했구나. 이미 누군가가 들어와 있었던 거네."

"그러니까 도둑이 침입한 건 야기가 잠든 후가 아니라는 뜻?" 마쓰오가 생각에 잠긴다.

"아마도."

"하지만 그건 좀 이상해." 마쓰오는 수긍할 수 없는 듯했다. "애써 빈집에 숨어들었는데 왜 주인이 돌아올 때까지 기다려야 하지? 아무도 없을 때 재빨리 양탄자를 가져가면 되잖아. 야기가 귀가해서 잠들 때까지 기다렸다가 작업을 시작한다니 이상하잖아."

"맞아." 나는 인정했다. "나도 그 점이 이해가 안 돼."

"분명 이유가 있었겠지." 고토가 중얼거렸다. "그렇게 할 수밖에 없었던 이유가."

"이유라니, 어떤?" 마쓰오가 물었다.

"그거야 모르지." 고토가 무뚝뚝하게 고개를 저었다.

4

그 후로도 우리는 한참 동안 한 손에 맥주를 든 채 양탄자 소실의 수수께끼에 대해 떠들었다.

그러는 동안 배가 고파져서 피자를 배달시켰다. 도착한 피자가 맛있어서 맥주를 더 많이 마시게 되었고, 필연적인 결과로 우리의 사고력은 급격하게 떨어지고 있었다.

그래도 그때까지는 그나마 합리성 있는 의견이 제시되고 있었다.

하지만……

"역시 그건 해무의 소행이 아니었을까?"

마침내 마쓰오가 초자연적인 해석을 내놓고 말았다.

"이제 막 나가자는 거군. 인류의 이성과 지혜에 대한 모독이야." 나도 꽤 취했다. "사과해. 뉴턴과 아인슈타인과 레오나르도 다빈치에게 사과해."

"싫어!" 마쓰오가 소리쳤다.

"진정해, 두 사람 다." 고토가 우리를 달랬다. 하지만 그러는 그도 말투가 조금 이상했다.

"하지만 사쿠라. 정말 그런지도 몰라." 야기까지 눈이 풀린 상태로 말한다.

"뭐가 안개 짓이라는 거야. 안개 따윈 그냥 수증기의 집합체잖아." 나는 오랜 지론을 꺼내 들었다. "수증기가 양탄자를 옮긴다는 헛소리를 제임스 와트가 들었다면 무덤 속에서 눈물을 흘릴 거다."

"하지만 사쿠라," 고토가 차분하게 말했다. "제임스 와트에게는 미안하지만 이 사건에서만은 해무가 양탄자를 옮겼다고 생각하는 것 외에는 설명이 되지 않아."

"아니야. 물리법칙으로 순전히 설명할 수 있을 거야." 나는 끝까지 우겼다.

"그래. 분명 사쿠라 말이 맞을 거야. 하지만," 야기가 비어 버린 컵을 응시하면서 작은 목소리로 중얼거렸다. "그래도 이 마을의 안개에는 뭔가가 있다는 생각이 들어."

"그럴까." 나는 수긍할 수 없었다.

"그렇게 생각하는 건 분명 내가 어렸을 적에도 이상한 체험을 했기 때문이야. 물론 안개 낀 밤에."

"정말? 처음 듣는데?"

"잊고 있었어." 야기는 어딘가 겸연쩍은 표정을 지었다. "벌써 십 년이나 된 옛날 일이니까."

"역시 뭔가를 도둑맞은 이야기야?" 마쓰오가 묻는다.

"아니, 그건 아닌데……." 야기는 조금 머뭇거리면서 말했다. "하지만 어쩌면 이번 일과 관계가 있을 것 같다는 기분이 들어."

"재밌겠는데." 고토가 곧바로 반응했다. "들어 보자, 그 십 년 전 이야기."

"그래." 물론 나도 마쓰오도 이견은 없었다.

"그래? 그럼 얘기해 볼까." 야기는 조용한 목소리로 이야기를 시작했다. "내가 초등학생 때의 이야긴데……."

그것은 10년 전 초여름의 일이었다.

당시 야기 미키의 부모님은 일이 무척 바빠서 두 분 모두 늘 한밤중에 귀가했다. 미키는 혼자서 저녁밥을 먹고 숙제를 끝낸 후 부모님의 귀가를 기다렸다. 혼자 있는 시간은 진저리가 나도록 천천히 흘렀다. 집에 있는 만화도 책도 외울 정도로 되풀이해서 읽었다. 그 밖에 할 일이라고는 텔레비전을 보는 정도뿐이었다. 학교 수업이 매일 밤 9시까지 있으면 좋겠다고 그녀는 진심으로 바랐다. 싫어하는 선생님의 수업이라도 심심한 것보다 훨씬 나았다.

어느 날 밤 미키가 멍하니 텔레비전을 보고 있는데, 누군가가 노크라도 한 것처럼 유리창이 흔들렸다. 그녀는 조심스럽게 커튼을 열어 보았다. 창문 너머에는 아무도 없었다. 대신 창밖은 온통 새하얀 안개였다.

그해의 첫 해무가 마을에 찾아온 것이다. 안개 속에서 빛의 띠를

두르고 있는 가로등 불빛이 너무나 아름다워서 미키는 홀린 듯 비틀비틀 밖으로 나갔다.

한참을 걷다 돌아보자 안개 덩어리가 미키의 집을 뒤덮는 중이었다. 갑자기 불안감이 솟구쳤지만 집으로 돌아가서 기다리는 것은 지루할 뿐이었다. 그녀는 용기를 내서 앞으로 나아가기로 했다.

해무는 살아 있는 생명체처럼 복잡하게 꿈틀거렸다. 자신을 집어삼키려고 기회를 엿보고 있는 듯한 기분이 든 미키는 처음에는 공포에 휩싸여 몇 번이나 뒤를 돌아보았다.

하지만 골목골목을 헤매는 동안 공포심은 옅어졌다.

한밤중의 시골 마을이라고는 해도 인적이 아예 없는 것은 아니었다. 안개가 없었다면 미키는 금방 어른들에게 들켜 꾸지람을 들었을 것이다. 하지만 그날 밤은 안개가 그녀의 모습을 감춰 주었다. 해무는 적이 아닌 아군이었다. 미키는 누구에게도 방해받지 않고 가고 싶은 방향으로 계속해서 걸었다.

마침내 부모님이 돌아올 시간이 다가왔다. 미키는 아쉬운 마음으로 집으로 향했다. 집에 도착하고 5분도 지나지 않아 어머니가 돌아왔다.

"얌전하게 있었니?" 어머니가 묻는다.

"응." 미키가 대답했다.

다음 안개가 찾아온 날도 미키는 산책을 나섰다.

돌아다니다 보니 조금씩 안개 속을 산책하는 요령이 생겼다.

안개 속에서 누군가가 다가올 때는 안개 너머로 발소리가 먼저 들린다. 상대방이 아주 가까이 다가왔을 때에야 비로소 그 모습이 보인다.

미키는 발소리가 들리면 재빨리 길 반대쪽으로 이동해 상대방이 지나가기를 기다렸다. 몇몇 어른들이 지나쳤지만 발각되는 실수는 한 번도 하지 않았다. 딱 한 명, 멈춰 서서 주변 소리에 가만히 귀를 기울이는 예민한 사람이 있었다. 미키는 떨리는 마음으로 자신도 모르게 숨을 멈추었다. 시간이 조금 흐르자 그 사람은 "기분 탓인가." 하고 중얼거리며 떠나갔다.

미키는 후우 하고 숨을 토했다. 긴장이 풀리자 재채기가 나왔다.

한 달이 지났을 즈음, 미키는 안개 낀 마을을 산책하는 일이 그 무엇보다 즐거워졌다. 쉬는 시간에 반 친구들이 '오늘 학원 가는 날인데 집에 갈 때 안개가 끼면 어떡하지.', '무서워.' 등등의 이야기를 하면 웃음을 참기가 힘들 정도였다.

그 밤에도 미키는 안개 낀 마을로 나갔다. 자동차의 헤드라이트를 교묘하게 피해 가며 큰길을 걷다가 미키는 문득 장난이 치고 싶어졌다.

학원에서 돌아가는 같은 반 친구를 숨어서 기다렸다가 놀래려는 것이다.

학원은 분명 이 길 맞은편에 있다. 스산한 분위기가 싫어서 보통은 발을 들이지 않는 지역이었다. 미키는 주위를 헤매다 학원을 찾은 뒤 숨을 만한 적당한 곳이 없는지 주위를 둘러보았다. 그 순간 정체불명의 검은 생명체가 미키의 발밑을 소리도 없이 빠져나갔다.

"까아악!"

전혀 예상하지 못했던 만큼 충격은 컸다. 미키는 장난치겠다는 생각 따윈 잊어버리고 냅다 달렸다. 그러다가 누군가와 세게 부딪혔다. 미키도 놀랐지만 상대방도 마찬가지였다. 두 사람은 얼어붙은 듯 서로를 응시했다. 상대방은 자기 또래의 남자아이였다.

"괜찮니?" 소년이 주뼛거리며 물었다.

"……응, 괜찮아." 미키가 쑥스러워하며 대답했다. 부딪힌 어깨가 욱신욱신 아프다.

"뭐가 있었어?" 소년이 맑은 목소리로 물었다. 커다란 눈동자가 인상적인 홀쭉한 소년이었다.

미키는 엄청난 속도로 발밑을 빠져나간 검은 물체 이야기를 했다. 소년은 안심한 표정을 지었다.

"그건 고양이야. 아마 검은 고양이였을 거야."

"뭐야, 그런 거였어?" 미키가 수줍게 웃었다. 호들갑을 떨었던 자신이 부끄러웠다. 소년은 걱정스러운 듯 미키를 빤히 바라보았다.

"혹시…… 길을 잃었니?"

"실례잖아." 발끈한 미키가 대꾸했다. "너야말로 미아 아니야?"

"난…… 분명 안 믿겠지만," 그 아이의 말투는 어른스럽고 조용했다.

"뭔데?"

"산책하고 있었어. 안개를 좋아하거든."

미키는 무의식적으로 소년의 얼굴을 다시 보았다.

"정말이야? 사실은 나도 그래."

그 한마디가 계기가 되어 두 사람은 대화를 시작했다. 마음을 트자 소년은 많은 이야기를 했다. 소년이 꺼낸 이야기는 전부 재미있었고, 미키는 지루한 줄 몰랐다. 소년은 이야기도 잘 들어주었다. 미키는 소년이 완전히 마음에 들었고, 다시 만나자고 제안했다. 소년도 기쁜 듯 고개를 끄덕였다. 두 사람은 몇 번이나 손을 흔들면서 안개 속에서 오른쪽과 왼쪽으로 갈라졌다.

다음 날 아침, 어머니가 걱정스러운 표정으로 미키의 방에 들어왔다.

"미키야. 너, 어디 다쳤니?"

미키가 깜짝 놀라 어머니를 보자, 어머니는 어제 미키가 벗어 뒀던 양말을 눈앞에 내밀었다. 양말에는 빨간 얼룩이 있었다. 분명 피의 흔적이었다.

미키는 놀라서 자신의 발을 살펴보았지만 긁힌 상처 하나 보이지 않았다. 어머니는 피가 어디서 묻었는지 의아해했다.

미키는 소년과 친해지면서 밤의 안개가 더욱 좋아졌다.

그곳에 가면 반드시 소년을 만날 수 있기 때문이다. 소년과 함께 보내는 시간은 더없이 즐거웠다. 소년이 자신의 이름을 가르쳐 주지 않는 것이 유일한 불만이었지만 크게 상관은 없었다. 이름도 사는 곳도 모르는 남자아이와 안개 속에서 친근하게 이야기를 나눈다니 영화 같기도 하고, 더없이 로맨틱했다. 미키는 그것만으로도 만족스러웠다.

하지만 그런 날들도 오래가지 못했다.

어느 날 어머니는 몸이 좋지 않아서 평상시보다 일찍 퇴근했는데, 집에 돌아와 보니 미키가 없었다. 안개까지 낀 밤이었다. 당황한 어머니는 알고 있는 미키의 친구들 모두에게 전화를 걸었고, 딸이 어디에도 없다는 사실을 확인하자 집을 뛰쳐나가 찾으러 돌아다녔다.

미키는 소년에게 옛날 뱃사람의 이야기를 듣던 중이었다. 컴퍼스고 뭐고 아무것도 없이 별에만 의지해 세계 끝까지 항해했다는 바다의 남자들 이야기였다. 안개가 낀 날에는 어떻게 했을지 미키는 궁금했다. 하늘이 보이지 않으면 그들은 어떻게 할까? '드넓은 바다에서는 걱정할 필요 없어.' 하고 소년은 대답했다. '하지만 육지가 가까우면 위험해. 섣불리 움직였다가 얕은 여울을 타게 될 수도 있거든. 안개가 걷힐 때까지 가만히 있지 않으면 안 돼…….'

그때 어머니의 목소리가 들렸다. 그 순간 미키는 어떤 상황인지 바로 알아차렸다.

"미안. 몰래 돌아다닌 걸 엄마에게 들켰나 봐."

소년도 이내 사태를 파악한 듯했다.

"그럼 이제 못 만나겠네." 소년은 쓸쓸한 듯 중얼거렸다. 커다란 눈동자에 점점 물기가 어렸다. 미키도 가슴이 저렸다.

"맞다!" 미키에게 좋은 생각이 떠올랐다. "내년 오늘, 칠석날에 다시 만나자. 여기서."

소년의 얼굴이 환하게 밝아졌다. "정말?"

"물론이야. 하지만," 미키는 갑자기 걱정스러운 마음이 들었다. "만약 그날 못 오면 어떡하지……."

소년이 싱긋 웃으며 대답했다. "그럼 그다음 칠석날에 만나자. 그때도 안 되면 다시 그다음. 그러면 분명히 만날 수 있을 거야."

"그러네." 미키는 안심했다.

"약속이야!" 소년이 반짝이는 눈동자로 미키를 응시했다.

"응, 약속."

두 사람은 손가락을 걸었다.

그때였다.

"미키, 뭐 해!"

고토가 소리치며 달려와 두 사람을 억지로 떼어 놓고 소년 앞을 막아섰다.

"아얏! 고토, 왜 그래!"

"너희 엄마가 전화하셨어. 너 집에 없다고 얼마나 걱정하셨는데. 얼른 가자."

고토가 미키의 팔을 잡고 전력을 다해 걷기 시작했다. 미키가 끌려가듯 걷기 시작했다. 그러면서도 미키는 몇 번이나 뒤를 돌아보며 소년에게 손을 흔들었다.

"또 만나. 바이바이."

"바이바이." 소년은 고토에게는 눈길도 주지 않고 미키만을 가만히 응시하고 있었다.

"와, 그런 일이 있었구나." 마쓰오가 감탄한 듯 말했다. "혹시 야기의 첫사랑?"

"그런 건 아니지만," 야기는 조금 망설였다. "신비한 애였어."

"그래서? 그 남자애와 다시 만났어?" 마쓰오가 묻는다.

"아니. 까맣게 잊고 있었지." 야기가 혀를 쑥 내밀었다.

"그럼 그 애와는 그 뒤로 못 만난 거야?" 내가 물었다.

"응. 그 후로 한 번도 못 만났어."

"그 녀석, 누구였을까?" 마쓰오가 고개를 갸웃한다. "이 마을에서 또래 남자라면 거의 알고 있는데 짐작이 안 가. 넌 기억 안 나?"

"그게, 모르는 녀석이었어." 고토가 소곤거렸다. "아마도 이 마을에 사는 애가 아니었을 거야."

"해무의 요정이 아니었을까."

나는 농담하면서도 기분이 석연치 않았다. 분명 특이한 경험이지만 양탄자를 도둑맞은 이야기와는 아무런 관계도 없어 보였기 때문이다. 그 남자애가 범인이라고 하고 싶은 걸까?

야기의 표정을 슬쩍 훔쳐봤지만 그녀는 무릎을 껴안고 조금 졸린 얼굴로 내 농담에 미소 짓고 있었다.

주말을 이용한 귀성이어서, 나는 다음 날 오후 늦게 서둘러 도쿄행 열차를 탔다.

바바의 집에 갔지만 만나지 못했다. 생각보다 몸 상태가 안 좋은 모양이었다. 조금 걱정은 됐지만 그때는 그리 심각하게 생각하지 않았다.

결국 양탄자 수수께끼를 풀지 못했군. 나는 창밖으로 흐르는 경치를 바라보며 생각했다. 순간 양탄자 소실 사건이 야기의 이탈리아행과 관련이 있는 것은 아닐까 하는 막연한 추측이 뇌리에 스쳤다. 하지만 어젯밤 술기운이 아직 가시지 않은 탓에 더 이상 생각하기가 귀찮았다. 도쿄로 돌아가서 천천히 생각해 보면 된다. 나는 크게 하품을 하고는 등받이를 뒤로 젖혔다. 열차의 진동이 나를 순식간에 잠 속으로 끌어들였다.

그리고 그 뒤로는 완전히 잊고 말았다.

한 달 후, 야기 미키의 부고가 날아들었다.

5

저녁녘의 묘지는 한산했다.

나는 사정이 있어서 참배가 한참 늦어졌다.

야기의 모친에게 부고를 들은 건 작년 10월이었다.

야기가 죽은 곳은 마을에서 30분 정도 거리에 있는 현청 소재지 근처였다. 여권을 받으러 다녀오던 길이었고, 그녀는 플랫폼에서 전철을 기다리고 있었던 듯하다. 근처에 있던 사람의 말로는, 갑자기 푹 쓰러졌다고 한다. 역무원이 달려갔을 때는 이미 의식이 없었고, 이송된 병원에서 사망이 확인되었다. 사인에 수상한 점은 보이지 않았으며 심부전으로 판단되었다.

향년 20세. 너무도 이른 죽음이었다.

나는 그녀가 사망했을 때의 상황을 듣고 충격을 받았고, 그 후로도 뭔가 착오가 있지 않았을까 하는 기분은 계속 사라지지 않았다.

하지만 오늘 이곳에 와서 묘비에 새겨진 야기 미키라는 이름을 본 순간, 나는 결국 야기가 이 세상에 없다는 사실을 인정하지 않을 수 없었다.

등 뒤로 발소리가 다가왔다.

누가 왔는지 돌아볼 필요도 없었다. 내가 불렀으니까.

"바쁜데 미안해." 나는 그를 향해 몸을 돌렸다.

"괜찮아." 고토가 미소를 지었다. 완전히 다른 사람처럼 초췌한 모습이었다.

"조금 야위었네."

"그런가." 고토는 관심 없다는 듯 어깨를 으쓱했다. "그래서, 할 얘기가 뭐야?"

"너랑 그 소년 이야기를 해 보고 싶어서."

"뭐라고?"

"야기가 안개 낀 밤에 만났던, 그 어릴 적 소년 말이야."

고토는 한동안 말없이 나를 응시했다.

"그런 이야기를 하자고 나를 부른 거냐?"

"그래."

고토는 한숨을 쉬었다. "그럼 빨리 끝내. 피곤해."

"지금부터 하는 얘기는 아무런 근거도 없는 상상이야. 그 소년은
왜 안개 낀 마을을 돌아다녔을까? 야기와 마찬가지로 무료함을 달
래기 위해 안개 속을 방황했던 걸까? 그럴지도 모르지만 나는 아닌
것 같아."

"왜?" 흥미 없다는 듯 고토가 묻는다.

"소년이 끝까지 야기에게 이름을 밝히지 않았으니까. 보통은 감
출 이유가 없잖아. 어린애가 늦은 시간에 몰래 돌아다녔으니 부모
님이나 선생님께는 비밀로 해야겠지만 야기에게 자신의 정체를 감
출 필요는 없어. 실제로 야기는 자신의 이름을 소년에게 밝히기도
했고. 그런데도 소년은 이름을 가르쳐 주지 않았어. 왜 그랬을까?"

"자신의 이름에 콤플렉스가 있었던 게 아닐까." 귀찮다는 듯 고
토가 말했다.

"작년 여름," 나는 개의치 않고 계속 말했다. "너희를 만나기 위
해 귀성했을 때, 오랜만에 역 뒤쪽 골목길을 걸었어. 예전 그대로인
정경이 반갑기도 했지만 흥미 있는 변화도 있었어. 고양이."

"고양이?" 처음으로 고토의 표정에 변화가 있었다.

"초등학교 때 나는 그 골목길을 놀이터로 삼았었는데, 당시 고양
이들은 나를 굉장히 두려워했어. 옆을 지나가려고 했을 뿐인데도
마치 천적을 만난 것처럼 허둥지둥 도망갔지. 그것도 한 마리만 그
런 게 아니야. 모든 고양이가 똑같았어. 당시의 나는 고양이란 정말

로 경계심이 많은 동물이구나 생각했을 뿐 신경도 쓰지 않았는데, 지금 생각해 보면 고양이들은 '경험'을 통해 나를 두려워했던 거야. 또는 나와 비슷한 모습의 또래 소년을."

"고양이를 학대했다는 말이야?" 고토가 날카롭게 말했다. "그 소년이?"

"야기의 양말에 피가 묻어 있었다고 했던 거 기억해? 그건 분명 소년이 상처를 낸 고양이의 피였을 거야."

"그렇다고 해도," 고토가 다시 귀찮다는 말투로 돌아온다. "그 얘기를 왜 나한테 하는데?"

"죽은 야기를 제외하면 그 소년과 만난 적이 있는 사람은 너뿐이니까. 그래서 내 추측이 맞는지 아닌지를 판단할 수 있는 사람은 너밖에 없어."

고토는 어쩔 수 없다는 듯 한숨을 쉬었다.

"알았어. 그 추측이라는 걸 들어 주면 되는 거지?"

"그 전에 한 가지 확인하고 싶어. 네가 소년을 만난 건 야기의 어머니에게 전화를 받고 그녀를 찾으러 갔던 밤, 그때가 처음이야?"

"당연하지."

"그런데 너는 왜 소년에게 위협적으로 대했지?"

고토는 얼굴을 찡그렸다. "그랬었나? 기억 안 나."

"너는 절대 이유 없이 사람을 함부로 대하지 않아. 그 점은 오랫동안 친구였던 내가 잘 알아. 그래서 소년에 대한 네 행동이 이해가 되지 않는 거야."

"나도 기분 나쁠 때가 있어. 그렇게 만날 친절할 수만은 없는 거라고. 분명히 그때는 야기를 찾으러 다녀야 하는 상황에 화가 나 있었을 거야. 아니면 기다리던 텔레비전 방송을 놓쳤다거나. 그래서 걔에게 분풀이를 했겠지." 고토가 별일 아니라는 듯 웃었다. "못 믿는 표정인데."

"어쩌면 넌 그 소년의 내면에서 사악한 무언가를 느꼈던 건 아닐까. 그래서 걔가 야기와 친하게 지내는 것을 용서할 수 없었다."

"지나친 생각이야."

"그러면 그 약속에 관한 건 어때?"

"약속?"

"그래. 칠석날에 만나기로 야기와 소년이 나눈 약속."

고토가 가소롭다는 듯 입을 삐죽 내밀었다.

"어린애들은 원래 그런 약속을 잘해. 나도 유치원 다닐 때 같은 반 여자애와 결혼 약속도 했어. 하지만 그런 건 금방 잊어버리지. 실제로 야기도 잊고 있었고."

"만약 남자애가 잊지 않았다면?"

고토는 침묵했다.

"여기 한 소년이 있어. 소년은 안개 낀 마을을 홀로 배회하길 좋아했지. 걔는 말도 잘했고 들어주기도 잘했고 머리도 좋았어. 여자아이에게도 상냥했어. 그런 소년이 우연한 계기로 매력적인 소녀를 만나 친해졌지. 소년은 아마도 소녀를 좋아하게 됐을 거야."

"그딴 게 나랑 무슨 상관이야." 고토의 말투는 쌀쌀맞았다.

"하지만 소년은 모처럼 친해진 소녀와 만날 수 없게 됐어. 그래도 소년은 쓸쓸하지 않았지. 두 사람은 약속을 했으니까. 칠석날에 만나자는 약속."

"알아. 나도 그 자리에 있었으니까."

"그런데 소녀는 약속을 잊어버렸어."

고토가 나지막이 혀를 찼다.

"소년도 약속을 잊었을지 모르지. 그렇다면 아무런 문제도 없어. 쌍방이 잊어버린 약속이라면 아무런 원한도 남지 않을 테니까. 하지만 만약 소년이 잊지 않았다면?"

"그만 좀 해. 한심해." 고토가 고개를 외면했다.

"소년은 계속해서 약속을 지켰고, 소녀는 계속해서 약속을 어긴다. 일방적인 약속 파기가 쌓이고 쌓였을 때 소년은 무슨 생각을 했을까. 그리고 소녀에 대한 감정을 도저히 억제할 수 없게 됐을 때 소년은 어떤 행동을 취할까?"

"이제 그만하라고!"

"소년은 특이한 아이였다. 자신의 이름을 결코 가르쳐 주지 않았다. 그렇게 좋아한 소녀에게도. 그리고 그 애는 안개 속에 숨어서 죄도 없는 동물을 학대했다. 소녀를 향한 십 년의 분노와 증오가 다다른 곳…… 그것이 그 양탄자 소실 사건이었다고 한다면……."

"무슨 말을 하고 싶은 건데?"

나는 조용히 말했다.

"야기의 방에서 양탄자를 들고 나온 사람은…… 고토, 너잖아."

고토의 얼굴에는 아무런 반응도 나타나지 않았다. 화를 내지도 않았고 웃어넘기지도 않았다. 완전하게 무표정이었다.

"내가? 왜 내가 그런 짓을 해야 하는데?"

나는 숨을 들이마시고 용기를 쥐어짰다.

"남자의 시체를 그녀의 방에서 들고 나오기 위해서."

고토는 한동안 침묵했다. 그리고 천천히 입을 열었다.

"야기의 방에서 그 남자가 죽었다는 건가?"

"그래."

고토의 눈썹이 치켜 올라갔다. 하지만 조용한 말투는 변하지 않았다.

"야기가 그 남자를 죽였다?"

"아니, 남자를 죽인 건 너야, 고토."

"나라고?" 고토는 재미있다는 듯 말했다. "살해 동기가 뭐지?"

"남자에게서 야기를 지키기 위해."

"좋아." 고토는 미소 지었다. "내가 야기를 위해 남자를 살해했다고 치자. 문제는, 남자가 야기의 방에서 죽었다는 점이야. 그게 사실이라면 남자가 야기의 집을 찾아내서 침입했고, 그녀에게 위해를 가하려고 했다는 걸 의미하지. 그리고 그러다가 반대로 살해당했다는 의미이기도 하고. 맞지?"

"그래."

"그러면 내가 물어볼게. 남자를 역으로 살해한 인물……. 네 추리에 의하면 내가 범인인 모양이니 일단 그렇다 치고, 나는 남자가 그날 밤에 복수를 결행한다는 것을 어떻게 알았지?"

고토는 내게 날카로운 시선을 던졌다.

"나는 그 녀석의 주소도 전화번호도, 이름조차 모른다고. 그 녀석이 야기에 대해 얼마나 큰 원한을 품었든 복수를 결심했든 내가 그걸 알 방법도 없고, 녀석이 언제 복수를 실행할지 짐작할 수도 없어. 아니면 녀석이 인터넷에 범행 일시를 예고라도 했다는 건가?"

"그렇게 생각하지는 않아." 내가 말했다.

"그럼 내가 스물네 시간 야기의 집을 지켜보고 있기라도 했다는 말이야? 남자가 찾아오면 곧바로 뛰쳐나갈 수 있도록 대기하고 있었다?"

나는 말없이 고개를 저었다.

"아니면 대체 어떻게?"

"네가 매년 야기를 대신해서 그자와의 약속 장소를 찾아갔기 때문이야."

"······뭐라고?"

"그자가 약속 장소에 오는지 안 오는지 확인하는 것이 목적이었겠지."

고토는 침묵했다.

"이게 네 질문에 대한 답이야. 그자의 이름이나 주소를 몰라도 칠월 칠일에 약속 장소로 가면 그가 야기와의 약속을 잊었는지 아닌지 확인할 수 있지. 그 장소를 알고 있는 사람은 야기 외에는 너밖에 없어. 그 방법을 실행할 수 있는 사람은 너뿐이라고."

고토의 얼굴에 천천히 미소가 번졌다.

"너, 언제 그 사실을 알아챈 거지?"

"처음 양탄자 이야기를 들었을 때부터 범인이 우리 중 누군가일 지 모른다는 생각은 했었어. 하지만 그 이상은 생각하고 싶지 않았 어. 제발 내 착각이기를 진심으로 바랐고. 하지만 야기가 죽은 걸 알고 마음이 바뀌었어. 그녀의 사인은 분명 정신적인 스트레스야. 그녀가 진상을 깨달았기 때문은 아닐까. 우리 중 누군가를 감싸며 모른 척하고 있었겠지. 하지만 그건 살인을 은폐하는 일이야. 평범 한 사람이 견딜 만한 일이 아니지. 그래서 그녀는 이탈리아로 도망 가려고 한 거야."

고토가 실눈을 뜨고 나를 봤다.

"네가 진상 추구에 열정을 쏟는 것은 죽은 야기를 위해서인가?"

"그것도 있지만," 나는 대답했다. "구해 주고 싶은 또 한 남자가 있어."

고토가 조용히 고개를 끄덕였다.

"다음은 내가 이야기할 차례군."

6

"우연한 계기였어."

고토는 조금 알아듣기 힘든 쉰 목소리로 이야기했다.

"고등학교 이 학년 때였어. 아르바이트를 가는 도중에 내 또래의 남자애가 우뚝 서 있는 모습을 봤어. 낯선 얼굴이라는 생각은 했지만, 그때는 아르바이트에 늦을 것 같아서 신경 쓰지 않고 지나쳤지. 그런데 아르바이트에서 돌아오는 길에도 녀석은 여전히 같은 장소에 서 있었어. 세 시간 반 동안이나 계속 안개 속에 서 있었던 거야. 황당해서 얼굴을 유심히 봤지. 남자애는 내게 아무런 관심도 보이지 않았지만, 나는 녀석의 얼굴을 왠지 본 적이 있다는 느낌을 받았어. 혹시 하며 그 녀석을 떠올린 건 집에 돌아가서 오늘이 칠석이었다는 걸 깨달은 후였어. 안개 낀 밤에 야기와 만났었던 남자애가 아닐까 하고. 하지만 곧바로 확신할 순 없었어. 그래 봐야 초등학생 때의 약속이니까. 그런 약속을 고등학생이 될 때까지 간직할 사람은 없잖아.

하지만 그렇게 생각하면서도 무의식적으로 신경이 쓰였는지, 다음 해 칠석날이 가까워지자 다시 그 녀석이 떠올라 머릿속에서 지워지질 않았어. 그때는 수험생이라서 아르바이트도 안 했지만, 난 밤이 되자 그 장소로 가 봤어. 부디 아무도 없기를 바랐지만 남자애는 있었어. 녀석의 얼굴에 떠오른 표정과 어두운 눈빛을 본 순간 나는 물벼락을 맞은 기분이었지. 이 녀석은 정상이 아니다……. 나는 그렇게 확신했어. 집에 돌아가서도 한동안 소름이 가라앉질 않을 정도였어.

녀석은 언제까지 야기를 기다릴 생각일까. 야기는 그런 약속 따위 예전에 잊었는데. 난 무서웠어. 만약 야기와 이 남자애가 만난다면 뭔가 안 좋은 일이 일어날 것만 같아 불안해 견딜 수가 없었어."

"야기에게는 말 안 했어?"

"응. 말해 봐야 괜히 겁만 먹을 테고, 그 남자애는 야기가 상대할 수 있는 애가 아니야."

"그럴지도 모르겠군."

"나는 다음 해에도 칠월 칠일이 되면 약속 장소로 나갔어. 녀석은 역시 그곳으로 찾아왔고. 안개 속에서 솟아난 듯 나타나 콘크리트 벽에 기댄 채 몇 시간을 오로지 야기를 기다렸어. 그러는 동안 마치 조각상처럼 미동도 하지 않았지. 믿겨? 그리고 날짜가 바뀔 즈음 다시 안개 속으로 녹아들듯 모습을 감췄어."

"늘 그랬어?"

"응. 예외는 없었어. 누군가가 지나가도 눈곱만큼의 관심도 보이지 않았지. 야기 외에는 전혀 안중에 없다는 느낌이었어."

"엄청난 집념이군. 그는 분명 우리와는 전혀 다른 가치관으로 사는 사람일 거야."

"그건 확실해." 고토가 동의했다. "그리고 다시 칠석날이 찾아왔어. 부탁이니까 제발 오지 말아 줘. 나는 기도하는 마음으로 약속 장소로 향했어. 그런데 녀석이 없었어. 정말 의외였지. 아무리 녀석이라도 결국 포기했구나 생각했어. 하지만 갑자기 불길한 예감이 드는 거야. 나는 심장이 내려앉는 기분으로 야기 집으로 갔지만 집은 조용했어. 지나친 생각이었나 하고 쓴웃음을 지으며 무심코 대문을 보다가 소스라치게 놀랐지. 문에 달려 있는 빗장이 아주 살짝 기울어져 있는 거야. 야기는 이런 부분에 예민해서 반드시 꼼꼼하게 잠그는 성격이야.

나는 어중간하게 잠긴 빗장이 신경 쓰여서 그 자리를 떠날 수가 없었어. 그리고 마침내 집 안에 들어가 보기로 결심했지. 여벌 열쇠를 두는 장소는 야기에게 들어서 알고 있었어. 현관 옆 화분 뒤였지. 그런데 화분의 위치도 미세하게 다르더군. 아무래도 그 남자가 열쇠 있는 곳을 찾아낸 듯했어. 나는 열쇠로 문을 열고 안으로 들어갔어. 한 걸음 들어선 순간 난 남자가 그곳에 있다는 걸 확신했어. 집 안에 분명 인기척이 있었거든. 나는 현관에서 녀석을 불렀어.

'오랜만이군. 나를 기억하나? 너랑 이야기를 하고 싶은데 좀 나와 볼래?'

하지만 대답이 없었어. 나는 다시 한번 녀석을 불렀지만 여전히 대답은 없었어.

'알았어. 그렇다면 어쩔 수 없지. 내가 들어간다.'

그렇게 선언하고 나는 신발을 벗었어.

숨죽인 채 모습을 감추고 있는 남자를 내 나름대로 경계했다고 생각했지만, 조금은 쉽게 생각했던 거야. 설마 갑자기 식칼을 휘두르며 달려들 거라고는 생각도 못 했으니까. 녀석이 휘두른 식칼을 간발의 차로 피했지만 온몸에 소름이 돋더군. 그만두라고 소리쳤지만 녀석의 귀에는 들리지 않는 듯했어. 나는 도망가야 한다고 생각했어. 첫 공격을 피할 때 서로의 위치가 뒤바뀌었어. 불리한 쪽은 나였지. 녀석은 알 수 없는 소리를 지르면서 내 쪽으로 돌진했어.

나는 도망쳤지. 집 안을 도망 다녔어. 그러다 보니 어느새 나는 야기의 방으로 몰려 있었지.

더 이상 도망갈 곳이 없었어. 하지만 그 사실이 오히려 나를 진정시켰고, 마침내 각오가 서더군. 녀석은 내가 포기했다고 생각했는지 싱긋 웃으면서 다시 식칼을 뻗어 왔어. 나는 녀석의 팔을 잡아 있는 힘껏 비틀었고, 그대로 뒤엉켰지. 정신이 들고 보니…… 식칼이 녀석의 배에 꽂혀 있는 거야."

"그때 양탄자에 피가 묻었고?"

"맞아. 상처에서 엄청난 피가 흘렀어."

"그래서 어떻게 했어?"

"난 야기가 돌아오기 전에 시체와 양탄자를 메고 집을 나왔어. 그리고 시체를 산속에 버렸어."

"어떻게?"

"자동차. 역 앞 교차로에 세워 뒀던 차를 야기의 집으로 몰고 와서 시체와 피 묻은 양탄자를 실었어."

나는 숨을 들이마셨다.

"그건 거짓말이야."

"야기가 양탄자에 대해 했던 말을 기억하냐?" 내가 말했다. "술에 취해서 집에 돌아왔을 때는 분명 양탄자가 있었는데 다음 날 아침, 잠에서 깨니 양탄자가 사라졌다고. 즉, 양탄자가 들려 나간 건 그녀가 귀가한 후야."

"그때는 나도 정신이 없었으니까⋯⋯." 고토는 말을 바꿨다. "양탄자를 들고 나간 건 한밤중이었을 수도 있어."

"하지만 야기는 이런 말도 했지. 방에 들어가자 발밑이 폭신폭신해서 양탄자가 떠 있는 것 같았다. 그래서 이상한 생각에 양탄자를 유심히 살펴봤다고. 그때 당연히 혈흔이 보였어야지."

"취했으면 못 봤을 수도 있지." 고토의 반박에는 힘이 없었다.

"복부에서 흘러나온 다량의 피가 양탄자에 묻었어. 아무리 취했다고 해도 야기가 못 봤을 리 없을 텐데."

고토는 시선을 피했다.

"그래서 난 생각했어. 남자의 피로 물든 양탄자와 야기가 귀가했을 때 위화감을 느꼈던 양탄자는 다른 물건이 아닐까 하고. 그리고 이 추측이 성립하려면 야기의 양탄자와 똑같은 양탄자가 한 장 더 필요하지. 넌 바바의 가게에서 야기의 것과 똑같은 양탄자를 몰래 구입했던 거야."

"잠깐." 고토가 차분하게 반론했다. "내가 녀석과 문제가 생길 것을 사전에 예측할 수는 없을 텐데. 녀석이 칼을 들고 습격한 것도, 그 양탄자에 피가 묻은 것도 전부 우연히 일어난 일이야."

"알고 있어." 내가 말했다. "그러니까 네가 양탄자를 구입한 건 남자를 찌른 후의 일이야. 넌 바바에게 전화해서 새로운 양탄자를 야기 집까지 가져오게 했어."

"네 추리에는 모순이 있어." 고토가 말했다. "뭔지 알아? 만약 내가 새로운 양탄자를 피 묻은 양탄자와 바꿔치기 했다면 바꿔치기한 걸 그대로 두면 그만이잖아. 기껏 준비한 새 양탄자를 왜 다시 갖고 나가지?"

"동감이야. 아마도 양탄자를 바꿀 때 문제가 발생했겠지. 그래서 새 양탄자도 들고 나갈 수밖에 없게 된 거고."

"마치 직접 보기라도 한 말투군."

"바바가 양탄자를 가져오기 전에 해야 할 작업이 많았겠지. 먼저 야기에게 문자를 해서 그녀의 귀가 시간을 알아내야지, 벽과 가구에 피가 튀지는 않았는지 확인해야지, 방 안에 피 냄새가 고여 있다면 창문을 열어 환기도 시켜야 했을 거고. 그러는 동안에 바바가 달려왔어. 마침내 작업 개시. 그런데 예상 밖의 사태가 발생했지. 야기가 술자리를 일찍 끝내고 와 버린 거야. 절체절명의 위기였지만 넌 운이 좋았어. 창문을 열어 둔 덕에 야기의 하이힐 소리를 들을 수 있었던 거지."

고토는 말없이 어깨를 으쓱할 뿐이었다.

"만약 내가 네 입장이었다면 어떡할까. 주어진 시간은 이삼 분밖에 없다. 시체는 일단 벽장에라도 넣으면 되지만 문제는 양탄자야. 아무리 럭비 선수 출신의 거구 두 사람이라고 해도 그렇게 짧은 시간에 있던 양탄자를 걷어 내고 새 양탄자를 까는 건 불가능하지."

"너라면 어떻게 할 것 같은데?" 고토가 흥미롭다는 듯 물었다.

"있던 양탄자 위에 새 양탄자를 겹친다. 바바가 가구를 벽으로 밀고 하부를 들어 올리면 네가 바닥에 생긴 틈새로 양탄자를 밀어 넣는다. 그러면 이삼 분이라도 불가능하지는 않지."

고토가 나지막이 웃었다.

"놀랍군. 나도 같은 생각을 했어."

"그러면 마치 양탄자가 떠 있는 듯했다는 야기의 말과도 일치해. 양탄자를 겹치면 상당히 폭신폭신할 테니까. 하지만 그건 어디까지나 임시방편에 지나지 않았어. 귀가했을 때는 술에 취해 있었으니까 무사히 넘겼지만 아침이 돼서 술이 깨면 양탄자가 겹쳐 있다는 걸 금방 알아채지."

"물론이야. 그래서 우리는 야기가 완전히 잠들 때까지 벽장 속에서 기다리고 있었어."

"바바도 함께였나?"

"나와 바바와 시체가 사이좋게 같이."

상상하기도 싫은 정경이다.

"야기가 잠에 빠졌겠다 싶을 즈음에 바바와 나는 벽장에서 나왔어. 전등은 꺼져 있었지만 커튼 틈으로 가로등 불빛이 들어와서 최소한의 시야는 확보할 수 있었지. 우리는 야기가 숙면 중임을 신중하게 확인한 후 그녀의 침대를 조심스럽게 들어 올려 다른 방으로 옮겼어. 그런 다음 그녀의 방으로 돌아와 불을 켰지. 목적은 피 묻은 양탄자를 치우는 것이었어. 그러기 위해서는 새 양탄자를 다시 한번 걷어야 했지. 그런데 새 양탄자를 들어 올리고 보니 예상치 못한 사태가 발생했어."

"이전 양탄자의 핏물이 마르기 전에 그 위에 양탄자를 겹쳤지. 그래서 새 양탄자 뒷면에 피가 묻어 버렸다, 그런 거 아니야?"

"상상만으로 어떻게 그렇게 잘 알지?" 고토가 기가 막힌다는 듯 말했다. "나는 갈등했어. 핏자국은 새 양탄자의 뒷면에 있었고, 그대로 놔둬도 야기가 눈치챌 가능성은 낮았지."

"그러면 왜 두 장 다 치운 거지?"

"야기가 그 양탄자에 싫증이 났을 땐 어떻게 할까?" 고토가 심각한 말투로 말했다.

"그렇군." 나는 고개를 끄덕였다. "새 양탄자를 사 와서 바꿔 깔게 되면 단박에 들통나겠지."

"그렇게 된 거야. 나와 바바는 예전 양탄자로 싼 시체를 일단 현관으로 옮기고 방으로 돌아왔어. 그리고 쓸모없어진 새 양탄자도 말아서 예전 양탄자 옆에 놓았지. 다시 한번 방으로 돌아가서 내부를 신중하게 점검한 후 불을 껐어. 그리고 어둠에 눈이 익기를 기다렸다가 야기의 침대를 원래 자리로 돌려놨어. 침대를 옮기는 중에 야기가 잠꼬대를 중얼거렸을 때는 심장이 멎는 줄 알았지만, 좋은 꿈을 꾸는 듯하더군. 잠든 모습이 마치 천사 같았지. 그때의 그 얼굴을 평생 잊지 못할 거야."

"마법의 양탄자를 타고 하늘을 나는 꿈을 꾸고 있을 때였겠군."

"아마도." 고토의 입가에 아주 살짝 미소가 떠올랐다.

"그래서? 시체는 어떻게 했지?"

"바바가 몰고 온 밴에 실어 산으로 갔어. 사람들이 거의 오지 않는 장소를 알고 있어서 내가 운전을 했지. 그다음에는 둘이서 짊어지고 양탄자째 골짜기 아래로 떨어뜨렸어."

나도 고토도 한참 동안 말없이 서 있었다.

"그랬군. 이제 모든 걸 알았어."

내 말에 고토가 왠지 미소를 지었다. "아직 납득하기는 일러. 가장 큰 수수께끼는 그다음이야."

"무슨 말이지?"

"우린 녀석을 골짜기 아래로 던진 후 뒤도 돌아보지 않고 도망치듯 돌아왔어. 그 후로 며칠 동안은 살아도 사는 것 같지 않았지. 물론 그동안에 신문이나 텔레비전 뉴스는 한 번도 보지 않았어. 세상 모든 것이 적으로 느껴지는 그 공포를 넌 절대 이해 못 할 거야."

"사건이 드러나지 않았던 모양이군."

"그래. 내가 말하기는 좀 그렇지만 악행은 당연히 드러나고, 악인은 처벌받아야 해. 그렇게 믿고 살아왔으니까. 그런데 열흘이 지나고 한 달이 지나도 산속에서 변사체가 발견됐다는 뉴스는 나오지 않았어. 그러던 어느 날 바바가 내게 전화를 걸어 왔지. 시체를 양탄자에 싸서 버린 건 실수였다, 만약 시체가 발견되면 경찰은 양탄자를 조사할 거고, 그러면 자기 가게에서 판매했던 상품이라는 게 밝혀질 거라고 했어. 맞는 말이라는 생각이 들어 같이 방법을 강구해 보기로 약속했어. 그리고 나는 용기를 쥐어짜서 한 달 전에 시체를 버렸던 곳을 찾아갔어. 덜덜 떨면서 골짜기 아래를 내려다봤지. 뭐가 보였을 것 같아? 시체가 사라지고 없었어."

"사라졌다고?"

"그래. 말 그대로 흔적도 없이."

7

"정말로 시체가 사라졌어?"

"응."

나는 고개를 젖혀 하늘을 보았다. 양탄자 소실의 수수께끼가 해결됐다고 생각했더니, 이번에는 시체가 사라졌다는 것이다.

"시체가 사라졌다……. 넌 어떻게 생각해?"

"어떻게 알겠어." 고토는 지친 듯 말했다. "짐작도 안 가."

"뭔가 이유가 있을 거야."

"아무래도 상관없어. 야기가 죽어 버린 지금에는."

"고토……."

"하지만 이것만은 믿어 줘. 난 내 범죄를 숨기기 위해 시체를 버린 게 아니야. 야기를 위해 사건을 묻으려고 한 거야."

"알고 있어."

"……그래. 하지만 사건을 은폐하면 그걸로 끝이라고 생각한 우리가 어리석었어. 나도 바바도 두 번 다시 그전의 평온한 삶으로 돌아갈 수 없었어."

고토의 눈꺼풀이 미세하게 떨렸다.

"나는 지금도 그날 밤의 일이 머리에서 떠나질 않아. 낮에도 밤에도 녀석의 얼굴이 눈앞에 어른거려. 그럴 때마다 내 자신이 조금씩 마모되는 걸 느껴. 아니, 망가지는 거겠지. 지금의 나는 더 이상 예전의 내가 아니야. 바바도 마찬가지고."

"입원했다고 들었는데."

"응. 그 녀석은 나와 달리 심성이 착하니까. 술이 없이는 견디지 못했어. 사람들한테는 그 사실을 숨기고 감기에 걸려 누워 있다고 했지. 바보 녀석. 매일 쏟아붓듯이 술을 마시더니 결국 쓰러졌어."

고토가 어깨를 떨구고 중얼거렸다.

"난 왜 녀석을 끌어들였을까."

나는 고개를 숙인 채 고토의 말을 듣고 있었다. 그의 이야기에 절망해서가 아니다.

고토와 이야기를 나누는 동안 내 머릿속에 한 가지 추측이 떠올랐던 것이다. 그리고 추측은 조금씩 확신으로 변하고 있었다. 잘하면 이 사건을 어떻게든 착지시킬 수 있을지도 모른다. 자신은 없다. 하지만 시도해 볼 가치는 있다.

"잠깐 같이 좀 가 줄래?" 내가 말했다.

"뭐?"

"차 가져왔지? 함께 마을로 돌아가자. 내가 운전할게."

"어디 가려고?" 고토가 의아한 듯 물었다.

"일단 차 키 줘 봐. 차 안에서 설명할게."

"양탄자는 그대로 있었어?" 나는 마을 쪽으로 운전하면서 조수석의 고토에게 물었다. "시체만 사라진 거야, 아니면 양탄자도 없어졌어?"

"아, 양탄자는 남아 있었어."

전방의 신호가 노란색으로 바뀌었다. 나는 가속페달을 힘껏 밟아 무리하게 교차로를 빠져나갔다. 스스로는 침착하다고 생각했는데, 흥분하고 있는지도 모른다.

"그렇다면 장소를 헷갈린 게 아니라 정말로 시체가 사라진 거군. 아니," 나는 정정했다. "그건 시체가 아니었는지도 몰라."

고토가 황당하다는 듯 나를 보았다. 잠시 무슨 말을 할지 고민하는 듯했지만 나온 말은 "무슨 헛소리야!"였다.

"남자가 죽었다는 걸 어떻게 알지?" 내가 지적했다. "냉정함을 잃었던 네가 중상을 입고 의식을 잃은 사람의 생사를 정확하게 판단했다고 보기는 어려워."

방향 지시등을 켜면서 오른쪽으로 차선을 바꾸고, 다시 우회전 차선을 통해 지방도로 진입했다. 차량이 조금 늘었다. 마주 오는 차량의 헤드라이트가 안개 속에 빛의 선을 그린다.

"사쿠라, 너……."

"물론 나는 의사가 아니야. 그러니까 남자가 실제로 죽지 않았을 가능성을 얘기하는 건 희망적 관측에 불과해."

"그러면," 고토가 입술을 일그러뜨렸다. "의식이 돌아온 남자가 골짜기 밑에서 기어올라 와 집으로 돌아가기라도 했다는 말이야?"

"중상을 입을 사람이 급경사를 오르는 건 아무래도 무리겠지."

"우연히 지나가던 친절한 사람이 업고 올라왔다?"

"그것도 좀 가능성이 적지. 그러니까 가장 가능성이 많은 건 바닥에 떨어진 충격으로 의식이 돌아온 남자가 휴대전화로 누군가에게

도움을 요청했다는 전개 정도일까."

"너 제정신이야?" 고토가 이번에는 걱정스러운 듯 말했다. "그런 산속에서 휴대폰이 터질 리 없어. 권외 지역이 확실해."

"알아." 나는 쓴웃음을 지었다. "하지만 녀석이 통신위성을 이용하는 휴대전화를 갖고 있었다면 이야기는 달라지지."

"통신위성? 위성 휴대전화 같은 거……?"

나는 고개를 끄덕였다.

"만약 녀석이 그런 종류의 휴대폰을 갖고 있었다면 산속에서 구조 요청 전화를 걸 수 있어."

"하지만 그건 네 상상일 뿐이야."

"그렇지." 내가 말했다. "그래서 녀석이 살아 있는지 아닌지 확인하러 가는 거잖아."

"어떻게?" 고토가 말한다. "우리는 녀석의 생사를 확인할 방법이 없어."

"녀석은 특이한 남자야." 내가 말했다. "무섭도록 집념이 강한 인간일 거야. 아니, 한번 결정하면 억지로라도 생각을 바꾸지 않아. 완고하다고 할까, 점착질이라고 할까."

"제멋대로인 거지." 고토가 내뱉는다.

나는 지방도에서 떨어진 주택가로 차를 몰았다. 좁은 길을 따라 차를 천천히 달린다.

"내 기억에 따르면 이 근처일 텐데."

안개 때문에 가시거리가 짧아 답답했다. 그래도 5분 정도 근처를 배회한 끝에 찾고 있던 건물을 발견했다. 나는 비상등을 켜고 차를 세웠다.

그 건물은 개인이 자택에서 운영하는 어린이 학원이었다. 문 옆에 놓인 커다란 화분에 조릿대가 심겨 있었다. 조릿대에는 아이들이 쓴 듯한 색색의 쪽지가 묶여 있었다.

"설마 이곳에 녀석이 강사로 있다는 건가?" 고토가 눈살을 찌푸리며 창문 너머로 건너편 건물을 바라봤다.

"그게 아니야." 나는 안전벨트를 풀면서 말했다. "자, 내리자. 여기서부터는 걸어야 돼."

나는 의아한 표정으로 차에서 내린 고토에게 차 키를 돌려줬다.

"실은 여기서부턴 나도 몰라." 내가 말했다.

"무슨 소리야?" 고토가 타박하듯 나를 노려본다.

"하지만 넌 알고 있을 거야. 녀석이 어디에 있는지."

"난 녀석이 사는 곳을 모른다고 했······." 고토가 입을 다물었다.

"이제 깨달았어?" 나는 미소 지었다. "오늘이 칠석날이라는 걸."

"설마 아닐 거라고 생각하지만, 너······."

"칠월 칠일은," 난 시치미를 떼듯 말했다. "우리가 녀석을 만날 수 있는 유일한 날이야. 이 기회를 이용 안 할 수 없지."

"설마." 고토가 신음했다. "녀석이 있을 리가 없어. 그 녀석은 배에 식칼이 꽂혔고, 쓰레기처럼 골짜기 아래로 버려졌어. 그런 꼴을 당한 남자가 약속대로 야기를 기다릴 거라고 생각해? 무엇보다 야기는 이미······."

"녀석은 모를 거야. 야기의 죽음을."

"하지만," 고토는 말을 잇지 못했다.

"넌 그자를 얕잡아 봤어. 그는 집념의 남자야. 한번 결정한 일은 무슨 일이 있어도 바꾸지 않아." 나는 자조적으로 웃었다. "살해당하지 않는 한."

고토의 이마에 땀이 배어나고 있다.

"자, 녀석을 만나러 가자."

나는 고토의 등을 툭 밀었다. 고토가 비트적비트적 걷기 시작했다. 마치 몽유병자 같은 걸음걸이다.

"정말 이쪽이 맞는 거지?" 나는 무심코 고토의 뒷모습에 말을 걸었다.

고토가 말없이 돌아보더니 심하게 창백한 얼굴로 고개를 끄덕이고는 다시 걷기 시작했다. 세탁소 끝에서 왼쪽으로 돌아 녹슨 길모퉁이 도로반사경 아래에서 오른쪽으로 꺾어 걸어간다.

나도 고토도 말이 없었다. 바다 냄새가 섞인 해무가 우리 코앞을 흘러간다.

"막다른 곳에서 오른쪽으로 돌면 나와."

앞을 바라본 채 고토가 조그맣게 중얼거렸다.

"드디어 대면인가." 나는 몸을 떨었다. "대체 어떤 인간인지 마침내 그 용안을 뵙겠군."

길모퉁이를 돌았다. 안개 속에 사람의 형체가 희미하게 떠 있었다. 젊은 남자다. 양손을 주머니에 꽂고 오래된 벽에 기댄 채 고개를 숙이고 가만히 바닥을 응시하고 있다. 의외로 그의 첫인상은 지극히 평범했다. 잘생긴 얼굴인 건 맞지만, 상상했던 것처럼 악마적인 미청년과는 거리가 멀었다.

고토가 주춤거리며 멈춰 섰다. 나도 친구 옆에서 걸음을 멈춘다.

"어때?" 나는 고토에게 물었다. "저자가 그 안개의 남자 맞아?"

고토는 멍하니 입을 벌리고 남자를 응시하고 있었다.

"이럴 수가. 녀석이야! ……정말로 있었어."

나는 고토의 어깨를 두드렸다. "이걸로 네가 살인자가 아님이 증명된 거야. 시체 유기범에서도 해방이다. 상해죄는 피할 수 없겠지만 아무래도 저쪽에서 고소할 생각은 없는 것 같아. 자, 멍하니 있지 말고 바바에게도 이 좋은 소식을 전해 줘."

도플갱어를
찾아서

1

그 소년이 찾아온 것은 여름방학도 얼마 남지 않은 무더운 오후였다.

자주 있는 일이지만 장마가 끝났다는 발표가 나오자마자 심술궂은 저기압이 돌아와 연이어 비를 뿌려 댔고, 오늘에서야 겨우 산호초 바다 같은 여름 하늘이 펼쳐졌다.

덕분에 기온은 빠르게 올라갔고, 나는 열어 둔 창문으로 멀리 뭉게구름을 바라보면서 벌써 소나기를 기다리기 시작했다.

산책 겸 저녁거리를 사러 갈지, 아니면 그냥 방 안에서 맥주를 마실지 갈등하고 있는데 초인종이 울렸다.

문 앞에는 낯선 소년이 서 있었다.

초등학교 5, 6학년쯤 됐을까. 소년은 의지가 강하고 섬세함이 느껴지는 눈으로 나를 올려다본다. 가볍게 다문 입가에는 말로 표현하기 힘든 청결함이 느껴졌고, 나는 소년이 한눈에 마음에 들었다.

"저기, 사쿠라 씨가 맞아요?" 소년이 물었다. 아직 변성기가 지나지 않은 목소리였다.

나는 고개를 끄덕이고 손을 무릎에 올리며 몸을 낮췄다.

"맞는데, 나한테 볼일이 있니?"

"네……." 소년은 그렇게 대답하고 입을 다물었다. 첫 대면인 상대와 대치할 때의 그 미묘한 떨림 같은 긴장감이 소년의 얼굴에서 엿보인다.

"중요한 얘기인가 보네." 나는 상냥하게 말했다.

소년이 고개를 끄덕인다.

"괜찮아. 편하게 얘기해 봐."

"저기," 소년은 그래도 망설였지만 마침내 결심이 선 듯 말했다. "사쿠라 씨. 우리와 함께 도플갱어를 찾아 주실 수 없나요?"

2

나는 황당해하면서도 소년을 집 안으로 들였다.

사정은 전혀 알 수 없지만 서서 할 얘기가 아닌 건 확실했다.

"그러니까, 넌 누구니?"

"아, 죄송해요. 전 미즈노예요. 미즈노 유키오."

"그래, 미즈노. 일단 앉아."

나는 소년을 소파에 앉힌 후에야 퍼뜩 깨달았다. 소년에게 내줄 음료가 없는 것이다. 초등학생에게 커피를 줘 봐야 좋아하지 않을 테고, 그렇다고 맥주를 줄 수도 없다. 그런데 다과 준비도 안 된 것이다.

"미즈노. 금방 돌아올 테니까 잠깐 기다려 줄래?"

나는 재빨리 집을 나와 203호실의 초인종을 눌렀다.

"네." 어딘가 심기 불편한 듯한 호라이 다마미의 목소리가 인터폰을 통해 들렸다. "누구세요?"

"이백일 호의 사쿠라야."

"사쿠라?" 인터폰 너머의 목소리가 살짝 부드러워진다. "미안, 지금 급한 리포트 때문에 정신이 없어. 무슨 일이야?"

"미안한데 주스 한 잔만 따라 줄래?"

"뭐?" 호라이가 되묻는다. "주스? 네가? 스카치가 아니라?"

사람을 알코올중독자 취급하는군. 하지만 일단 넘어간다.

"탄산음료든 백 퍼센트 농축 과일 주스든 칼피스든 뭐든 상관없어. 그리고 가능하면 음료에 어울리는 과자도 함께 주면 고맙고."

"혹시 손님?" 말은 거칠어도 역시 호라이. 눈치가 빠르다.

"응, 초등학교 남자애야."

"알았어. 잠깐 기다려."

1분도 지나지 않아 문이 열렸다. 한눈에도 리포트 작성에 애를 먹고 있음을 알 수 있었다. 컴퓨터 앞에서 머리를 쥐어뜯었는지 머리카락이 조금 들떠 있었다. 그 점만 제외하면 안경이 잘 어울리는 이성적인 얼굴의 여자다.

"자, 이거면 되겠어?"

호라이가 내민 쟁반에는 우유가 담긴 컵과 치즈케이크가 놓여 있었다.

"은혜 갚을게." 나는 진심으로 말했다. 인생에서 필요한 건 먹보 이웃이다.

3

미즈노가 케이크를 먹고 있는 동안 나는 커피를 내려 그 아이 앞에 앉았다.

커피를 마시면서 예의 있게 치즈케이크를 먹는 미즈노를 바라보았다.

"혹시나 해서 묻는 건데," 나는 기대를 품고 말했다. "도플갱어가 혹시 네가 키우는 개 이름이니?"

혹은 얼마 전에 외국에서 온 반 친구가 미아가 된 건지도 모른다.

하지만 세상일이 늘 그렇듯 희망이라는 건 대체로 이루어지지 않는 쪽이다.

"아니요, 그게 아니에요." 미즈노는 미안하다는 듯 포크를 내려놓았다. "도플갱어라는 건 유럽에서 오래전부터 전해지는 괴현상을 말하는 건데요."

나는 살며시 천장을 올려다봤다. 역시 이렇게 나오겠다는 건가. 초현실적 현상에는 전혀 흥미가 없는 나조차도 들어 본 적이 있는 단어이니, 꽤나 유명한 이야기일 것이다.

"사쿠라 씨도 아세요?" 소년이 조심스럽게 물었다.

"자세히는 아니지만," 단어만 들어 봤다고, 다 큰 어른으로서 인정하고 싶지 않았다. 나는 필사적으로 기억을 더듬었다. "그게……또 하나의 자신이 나타나는 것 말이지?"

"네, 맞아요."

"도플갱어라는 게 조금 불길한 존재가 아니었나." 내가 모호하게 말했다.

"네." 미즈노가 고개를 끄덕였다. "자신의 도플갱어를 본 사람은 며칠 내에 죽는다고 해요."

"뭐? 그런 거야?" 그 전설은 처음 들었다. "그게 진짜라면 가만히 두는 게 좋은 거 아니니? 그쪽에서 찾아오는 거야 어쩔 수 없다 쳐도 이쪽에서 찾으러 갈 필요는 없을 텐데."

"사실은 제 친구가 도플갱어를 봐 버렸어요." 미즈노가 진지한 표정으로 말했다.

"친구가?"

"같은 반의 나카지마라는 애예요."

"그 아이가 자신의 도플갱어를 봤다는 거니?"

"네."

"그렇구나." 만약 그 아이가 요괴나 악마 같은 걸 믿는다면 무척 두려워하고 있을 터다. "그러니까 그 친구의 도플갱어를 찾으러 간다는 거지?"

미즈노가 고개를 끄덕인다.

"찾으면 어떻게 하는데?"

"도플갱어의 저주에서 도망칠 방법이 딱 한 가지 있어요."

"오, 그런 방법이 있어?" 나는 흥미를 느꼈다. "어떡하면 되지?"

"먼저 자신의 도플갱어를 찾아요."

나는 커피를 홀짝였다. "흐음."

"찾으면 재빨리 도플갱어의 그림자를 밟아요."

"그림자를?"

"네. 그러면 도플갱어는 움직이지 못해요."

"흐음." 세상의 괴물에게는 대체로 약점이 설정되어 있기 마련인데, 도플갱어도 예외는 아니었다. 녀석들의 약점은 자신의 그림자인가. 왠지 꽤 어울리는 느낌이 들었다.

"그림자를 밟힌 도플갱어는 발을 빼 달라고 부탁해요. 물론 거절해야 하고요. 싫다고 분명하게 말하는 거예요. 그러면 도플갱어가 화를 내요."

"그렇겠네."

"발을 안 빼면 가만두지 않겠다고 도플갱어가 협박해요. 하지만 약해지면 안 돼요. 반드시 싫다고 우겨야 해요. 협박이 안 통한다는 걸 알게 되면 도플갱어는 약해져요. 그리고 결국 도플갱어는 울음을 터뜨려요."

"도플갱어가 우는구나."

"네. 커다란 눈물방울이 볼을 타고 주르륵 흘러요. 직접 본 사람 얘기로는, 도플갱어의 눈물은 엄청나게 예쁜 에메랄드 블루래요."

"오호."

"눈물이 볼을 타고 내려와 마침내 턱 끝에서 툭 떨어져요. 그때가 처음이자 마지막 기회예요. 그 순간에 재빨리 손을 뻗어 손바닥으로 눈물을 받는 거예요. 손바닥에 눈물이 닿으면 저주가 풀려요."

"그렇군. 그런 거였어."

나는 감탄했다. 꽤 재미있는 이야기다.

"어떻게 도플갱어를 찾아야 하는지가 문제겠구나."

"맞아요."

미즈노는 인정했지만 그 표정에는 여유가 있었다.

"하지만 우린 운이 좋았어요. 우연히 도플갱어를 찾았거든요."

"찾았다고?"

"네. 하세가와라는 친구가 지난주 금요일에 역 앞 상점가에서 나카지마가 걸어가는 걸 봤대요. 그런데 하세가와는 이상하다고 생각했어요. 왜냐면 그 시간은 나카지마가 학원에서 공부하고 있을 시간이었거든요. 하세가와는 몰래 뒤를 따라가면서 나카지마의 집에 전화를 걸어 봤어요. 예상대로였죠. 어머님이 받으셔서는 나카지마는 학원에 갔다고 하셨어요. 하세가와가 본 사람은 나카지마가 아닌 나카지마의 도플갱어였던 거예요. 하세가와는 계속 미행했어요. 그리고 마침내 도플갱어의 집을 밝혀내는 데 성공했어요."

"그거 대단한데. 도플갱어는 대체 어디에 살고 있었지?"

"사쿠라 씨. 마을 외곽에 있는 폐공장을 아세요?"

"물론 알지."

이 마을에 살면서 그 공장 부지를 모르는 사람은 없을 것이다. 내가 상경한 3년 전에 공장은 이미 버려져 폐허가 되어 있었다. 부지가 광대해서 맨션이나 교외형 쇼핑센터나 대형 파친코 업자에게 매각하면 상당한 돈을 받을 수 있을 터였다. 그런데 공장이 폐업하고 몇 년이나 지났는데도 이제껏 그런 낌새가 없다. 토지 소유자가 성

질 고약한 노부인으로, 그 땅을 팔라고 찾아온 사람들을 전부 쫓아
내기 때문이라는 것이 한결같은 소문이다. 상대방이 마음에 들지
않으면 돈다발을 내밀어도 꿈쩍도 하지 않는 모양이다.

"도플갱어는 폐공장으로 들어갔어요."

"오호, 그 공장에 말이구나."

그렇군. 꽤 악마가 살 법한 장소다.

"전 도플갱어가 사는 곳을 알아냈어요. 나카지마의 저주를 풀 방
법도 찾았고, 도와줄 친구들도 모았어요. 이제 공장으로 쳐들어가
서 도플갱어를 잡기만 하면 돼요. 하지만 우리만으로는 조금 불안
해서 누군가 어른이랑 같이 가야겠다고 생각했어요. 하지만 부탁할
만한 사람이 없어서……."

소년의 이야기에 동조해 줄 만큼 한가한 어른은 확실히 별로 없
을 것이다.

"그러다가 할머니가 전에 했던 말이 떠올랐어요."

"할머니?"

"네. 우리 할머니가 고쿠후 료코세요."

"네가 집주인 손자였어?" 난 놀라서 미즈노의 얼굴을 응시했다.

고쿠후 씨는 이 맨션의 주인이자, 지금 이야기에 나온 폐공장의
토지 소유권자이기도 했다.

"네. 할머니가 말씀하셨어요. 우리 맨션에 입주하는 학생은 할머
니가 직접 면접을 보고 결정하신다고요. 그래서 모두 할머니 마음
에 드는 청년들이라고. 그렇다면 믿을 수 있겠다고 생각했어요. 난

밤의 이발소

하교 후에 맨션에 사는 사람들을 관찰했고, 사쿠라 씨에게 부탁하기로 한 거예요."

"그래서 나를 찾아온 거구나."

"안 될까요?" 미즈노가 조심스럽게 물었다.

"글쎄." 나는 커피를 홀짝이며 고민하는 척했다.

물론 대답은 이미 결정되어 있었다. 왜냐하면 눈앞의 소년은 사실 도플갱어 따위 믿지 않는 것이 분명했기 때문이다. 그런데도 일면식도 없는 나를 찾아와서 도플갱어를 함께 찾아 달라고 한다. 소년이 대체 무슨 꿍꿍이일지 호기심이 생기지 않겠는가.

"재미있는 얘기야." 나는 미소 지으며 말했다. "나라도 괜찮다면 기꺼이 동행해 줄게."

"정말이에요?" 미즈노는 안심한 듯했다. "다행이다."

"그래, 결행은 언제니? 시간이 별로 없을 것 같은데?"

"맞아요." 소년이 진지한 얼굴로 돌아와 고개를 끄덕였다. "다음 주 수요일은 어떠세요?"

"좋아." 내가 말했다. "다음 주 수요일에 보자."

4

다음 날 문득 생각이 나서 폐공장을 찾아가 보기로 했다.

내 기억으로는 맨션에서 도보 15분 정도의 거리다. 전철역과 시내 반대 방향이어서 평상시에는 그쪽으로 갈 일이 거의 없다. 일단 지도를 보고 길을 대충 확인한 후, 저녁이 되기를 기다렸다가 집을 나섰다.

차들이 수없이 오가는 큰길을 피해 조용한 주택가를 걷는다. 채 10분도 지나지 않아 동네가 한적한 분위기로 바뀌었다. 어느새 보도블록이 깔린 깔끔한 포장도로가 끊기고, 느낌 좋은 오래된 아스팔트로 변해 있었다.

다음 모퉁이를 돌면 공장 부지가 보일 것이다. 손등으로 이마의 땀을 훔치며 사거리를 돌아선 순간이었다.

"사쿠라, 어디 가?"

주변 분위기와 어울리는 느긋한 목소리가 나를 불렀다.

"너야말로 여기서 뭐 해?"

나는 몸을 돌려 다카세를 바라보았다. 그는 낡은 빨간색 티셔츠에 닳아 해진 청바지 차림으로 맨발에 샌들을 신고 있었다.

"뻔하지. 목욕 한바탕 하고 왔어."

"욕실 고장 났어?"

"아니야. 요즘 목욕탕이 좋아졌어." 다카세가 젖은 머리카락을 쓸어 넘기며 말했다. "요즘 가장 추천하고 싶은 곳이 여기야."

다카세가 턱으로 가리킨 곳에는 포렴이 기분 좋게 흔들리고 있었다. 수수한 색감의 갈색 천에 '목욕탕 사사가키'라는 글자가 흰색으로 적혀 있다. 그리고 산울타리 사이로 조릿대가 뻗어 나온 그림이 있었다.

"흐음. 제법 느낌이 좋은 곳이네." 나도 옛날 그대로의 공중목욕탕이 싫지 않았다.

"진짜 좋아. 이 마을의 보물이지." 다카세가 허풍을 떨었다. "전철까지 타고 찾아오는 단골도 있을 정도니까."

"오호."

"알고 있어? 이 목욕탕도 할멈이 운영하는 곳이야."

"고쿠후 씨?"

"그래. 할멈이 이 마을 곳곳에 소유하고 있는 건물 중 하나지."

내가 임차한 맨션과는 다른 곳이지만, 다카세도 고쿠후 씨의 면접을 돌파하고 시내의 일등지에서 집을 확보한 동지였다. 그 주인을 할멈이라고 부르다니, 내 친구지만 참 대책 없는 녀석이었다.

"맞다! 다카세, 지금부터 뭐 할 일 있어?" 내가 물었다.

"아니, 딱히 없는데. 어디 가서 한잔하는 것뿐이야."

"그러면 그 전에 잠깐 폐공장에 같이 가 줄래?"

"폐공장? 그런 곳엘 왜?"

"사실은 이번 수요일에 아이들이랑 폐공장에 사는 도플갱어를 잡으러 가거든. 그래서 사전 조사를 해 둘까 해서."

나는 상황을 요약해서 다카세에게 들려줬다.

"쯧쯧. 너도 참 어지간한 호인이다." 다카세가 기가 막힌다는 듯 말했다. "그 나이가 돼 가지고 소년 탐정단 놀이냐?"

"한번 해 보고 싶었어. 소년 탐정단의 모험이란 걸."

"뭐, 폐공장에 출몰하는 도플갱어라는 상황은 꽤 흥미롭긴 하다만." 친구가 말한다. "하지만 사쿠라. 그 꼬맹이들, 뭔가를 꾸미고 있는 것 같은데."

"알아." 내가 대답했다.

"그런데 왜 승낙한 거야?"

'당연한 거 아니냐, 꼬맹이들의 코를 납작하게 해 주기 위해서지.' 라고 하려다가 나는 왠지 부끄러워졌다.

"예전부터 폐공장에 한번 들어가 보고 싶었어." 내가 말했다. "이 기회를 놓치면 그런 기회는 다시 없을 테니까."

"하여간 별난 놈이야."

"게다가," 나는 덧붙였다. "아이들만 보냈다가 다치기라도 하면 골치 아프잖아. 아이들의 안전을 위해서야. 말하자면 난 인솔 교사 같은 거지."

나와 다카세는 숨이 턱턱 막히는 열기 속에서 폐공장 주변을 걸어 보았다.

부지는 거대한 직사각형이었고, 동서로 200미터, 남북으로 150미터 정도일까. 부지 주위는 높이 3미터가 넘는 거친 시멘트 담장으로 둘러싸여 있었으며, 담장 위에는 가시철조망이 둘려 있었다.

"그나저나 고쿠후 씨는 배포도 참 커." 내가 말했다. "이렇게 넓은 땅을 방치하다니."

"권리관계가 복잡하게 얽혀 있는 게 아닐까." 다카세가 짐짓 알은체를 한다. "공장이 폐업한 경위도 좀 이상한 부분이 있고."

"그래? 어떻게 아는데?"

"소문을 들었어. 원래 동네 술집에서 술주정꾼한테 들은 이야긴데," 다카세는 그렇게 단서를 단 후 이야기를 들려주었다. "이곳은 식품 관련 회사였대. 전쟁 전에 창업한 오래된 회사고 실적은 꽤 좋았어. 그래서 땅을 임대해 줬던 고쿠후 씨 집에서도 주식을 사서 경영에 참가했던 모양이야. 어디까지나 들은 얘기야."

"알았어. 그래서?"

"고쿠후 집안이 경영진에 참가한 이후에도 실적은 오름세였대. 그런데 무슨 일인가가 일어났어."

"무슨 일이라니, 뭔데?"

"몰라. 어느 날 갑자기 공장이 폐쇄됐어. 확실한 건 그것뿐이야."

"잠깐. 매출은 좋았다며?"

"마을 사람들은 그렇게 생각하는데, 사실은 자금 유통에 애를 먹었는지도 모르지. 폐업한 걸 보면 사람들이 생각하는 만큼 순조롭지는 않았겠지."

"흐음. 그런 드라마가 숨어 있었구나."

그런 이야기를 나누다 보니 우리는 원래의 출발점으로 돌아와 있었다.

입구는 두 곳이었다. 한 곳은 찻길에 접한 거대한 강철제 정문이다. 물론 이 문을 여는 건 불가능하니까 남동쪽 끝부분에 있는 통용구를 사용할 것이다.

"그 아이는 분명 할멈 집에서 공장 열쇠를 몰래 갖고 나올 생각이야." 다카세가 우습다는 듯 말했다. "제법 장래가 촉망되는 아이라니까."

"그러네." 나는 동의했다. 그 아이와 다카세를 붙여 두면 제법 마음이 맞을지도 모른다.

"그만 돌아갈까." 나는 다카세에게 말했다. "미안해. 목욕한 사람을 다시 땀 흘리게 해서."

"괜찮아." 다카세가 기분 좋게 말한다. "맥주가 더 맛있어진다고 생각하면."

맨션 앞까지 돌아왔을 때 갑자기 한 소녀가 우리 앞을 막아섰다. 책가방을 메고 있는 걸 보니 하굣길일 터다. 확 치켜 올라간 눈썹도 그렇고, 언짢은 듯 꽉 다문 입매도 그렇고 꽤나 깐깐해 보이는 얼굴이다. 소녀는 거의 눈도 깜박이지 않고 커다란 눈동자로 우리를 훑어보듯 바라보았다.

"아저씨 중 누가 사쿠라 씨예요?"

나는 엉겁결에 다카세와 얼굴을 마주 봤다.

"난데." 내가 대답하자 소녀는 날카로운 눈길을 내게 향했다.

"우리 반 남자아이들이랑 공장을 탐험하기로 했죠?"

"넌 미즈노랑 아는 사이니?"

"다음 주 수요일 맞죠?" 소녀는 내 말을 무시했다.

"그래, 맞아." 조금 기분이 나빠진 내가 말했다.

"역시."

"무슨 문제라도 있니?"

소녀는 그 말에도 대답하지 않았다.

"가타오카도 같이 가죠?"

"가타오카? 글쎄, 미즈노 외에는 누가 오는지 못 들었는데."

"아니요. 가타오카도 분명 올 거예요." 소녀는 다시 나를 노려봤다. "알겠어요? 절대로 가타오카한테서 눈을 떼지 마세요."

"무슨 뜻이니?"

"약속해요." 소녀는 명령하듯 말한다. "부탁이니까."

소녀는 그 말만 하고는 등을 휙 돌려 걸어갔다.

"뭐야, 지금 이 상황은?"

멀어져 가는 소녀의 뒷모습을 바라보면서 다카세가 의아한 듯 물었다.

"이런, 나도 잘 모르겠어."

"아무래도 상관없지만, 우리를 거침없이 아저씨라고 불렀어."

"그러게." 나는 한숨을 쉬었다. "순식간에 나이를 먹어 버린 기분이야."

5

약속한 수요일에 나는 편의점에서 방충 스프레이와 반창고 그리고 페트병에 든 주스를 사서 아이들과의 약속 장소로 갔다.

공장과 인접한 작은 공원에 도착하자 "사쿠라 씨, 여기예요." 하며 미즈노가 손을 흔들었다. 나도 살짝 손을 들어 대답한다.

"이분이 사쿠라 씨야." 미즈노가 친구들에게 말했다. "오늘 하루 우리의 리더가 되어 주시는 거야."

아이들의 시선이 일제히 내게 쏟아졌다.

"잘 부탁해."

"자, 너희도 자기소개해."

미즈노의 말에 한 명씩 쑥스럽게 인사를 건네 왔다.

차분하고 어른스러운 분위기의 마키하라. 호리호리하고 피부가 하얀 가타오카. 축구부 에이스라는 하세가와. 그리고······.

이 아이가 나카지마인가. 나는 작은 몸집에 안경을 쓴 남자아이를 응시했다. 과연 무척이나 도플갱어에 홀릴 듯한, 연약한 분위기의 소년이었다.

"사쿠라 씨, 이걸 봐 주세요."

미즈노가 주머니에서 작은 노트를 꺼내 펼쳤다.

노트에는 폐공장의 배치도가 그려져 있었다. 가로로 긴 직사각형의 위쪽 중앙에 정문이, 오른쪽 아래 끝부분에 통용구가 표시되어 있다. 미즈노는 부지의 3분의 1 정도를 점하는 중앙의 커다란 사각형을 가리켰다.

"이게 공장이에요." 미즈노가 설명했다. "학교 체육관보다 커요. 기계는 전부 옮겼기 때문에 쓰레기밖에 남아 있지 않고요."

"그렇구나." 나는 고개를 끄덕였다. "여기 공장 주변에 있는 건?"

"창고요." 미즈노가 대답한다. "작은 단층 건물부터 커다란 삼 층 건물까지 전부 다섯 개가 있어요."

"정문 가까이에 있는 이 건물은?"

"사무실 동이에요. 삼 층 건물이고, 사무실이 엄청 많아요."

"도플갱어가 공장의 어디에 있는지는 모르는 거네?"

"네." 미즈노가 인정했다. "그것까지는 알아내지 못했어요."

"건물이 이렇게 많으면 전부 조사하는 데 시간이 상당히 걸리겠는데."

"맞아요." 미즈노가 말했다. "그래서 두 사람씩 팀을 나눠서 찾으면 어떨까 해요."

"그렇군……." 늦어도 6시 전에 끝내려면 두 시간이 채 안 남았다. 나눠서 탐색하지 않으면 건물 전부를 돌아보기는 힘들 것이다. 그렇다고 단독 행동을 했다가는 만약의 상황에 대처하지 못할 수도 있다. 미즈노가 제안했듯이 두 사람씩 세 팀으로 나누는 것이 최선일지 모른다. "좋아. 그렇게 하자."

미즈노는 안심한 듯했다. "사쿠라 씨, 휴대폰 갖고 오셨어요?"

"응, 있어."

"저와 하세가와도 휴대폰이 있어요. 우리 세 사람이 각각 팀을 만들기로 하면 어떨까요."

"팀 나누는 건 네게 맡길게." 내가 말했다.

"그러면 사쿠라 씨가 가타오카와 팀을 해 주실 수 있어요?" 미즈노가 말했다.

"물론이지." 나는 가타오카에게 끄덕여 보였다. "잘 부탁해."

"네." 가타오카도 미소를 지으며 대답했다.

"난 나카지마랑 짝할래." 하세가와가 말했다.

"그럴 줄 알았어." 미즈노는 웃으면서 내게 설명했다. "하세가와랑 나카지마는 이 중에서 가장 사이가 좋아요."

"그럼 나랑 미즈노가 한 팀이네." 마키하라가 상냥하게 말했다.

"자, 작전 개시다."

미즈노의 호령에 아이들이 힘이 잔뜩 들어간 표정으로 걷기 시작했다.

하지만 공원에서 도로로 나온 순간이었다.

"아얏!" 나카지마가 도로의 연석에 발이 걸려 넘어졌다. "아파!"

나카지마는 과장되게 얼굴을 찡그리더니 무릎을 비볐다. 무릎이 까진 듯했다. 소년의 안경이 땅에 떨어져 있었다.

"괜찮니?" 나는 안경을 주워 나카지마에게 건넸다.

"네. 괜찮아요." 나카지마는 얼굴을 찡그리면서 일어났다. 무릎이 조금 빨개졌지만 다행히 피는 나지 않는다.

"사쿠라 씨, 이쪽이에요."

미즈노는 도로를 건너 통용구 앞에 섰다. 놋쇠 열쇠를 꺼내 열쇠 구멍에 꽂았다. 둔탁한 소리와 함께 잠금장치가 풀렸다.

미즈노가 문을 조금만 열고 틈으로 몸을 밀어 넣듯 안으로 들어갔다. 다른 소년들도 미즈노의 뒤를 따랐다. 나는 주변을 둘러보며 인적이 없음을 확인한 후 재빨리 들어가 문을 닫았다. 미즈노가 곧

바로 잠금장치를 다시 잠갔다.

담장 안쪽에는 황량한 풍경이 펼쳐져 있었다. 아스팔트 바닥은 곳곳에 금이 갔고, 그 틈새로 키 큰 잡초가 경쟁하듯 뻗어 나와 사방을 온통 뒤덮고 있다. 부지 한가운데에 솟아 있는 거대한 공장도, 벽돌로 된 창고도, 저 멀리 보이는 사무실 건물도 잡초의 바다 위에 떠 있는 듯했다.

잡초 위를 건너오는 뜨거운 바람을 맞으면서 우리는 탐색 범위를 의논했다. 나와 가타오카가 공장을, 미즈노와 마키하라가 창고들을, 그리고 하세가와와 나카지마가 사무실 건물을 수색하기로 결정했다.

"가타오카, 사쿠라 씨 발목 잡으면 안 돼." 하세가와가 놀리듯 말했다.

"시끄러워, 나도 알아." 가타오카가 조그맣게 되받았다.

"사쿠라 씨, 가타오카 좀 부탁해요." 미즈노가 말했다.

"알았어. 너희도 조심해."

우리는 무슨 일이 있으면 핸드폰으로 연락하기로 하고 각자의 목적지로 향했다.

잡초의 바다를 헤치고 들어가자 순식간에 다른 아이들의 기척도 이야기 소리도 사라졌다. 그 후로는 나와 가타오카가 풀뿌리를 짓밟는 소리와 거친 숨소리와 가끔씩 귓가를 스치는 모기 날갯소리만이 세상의 유일한 음악이 되었다.

"가타오카, 있잖니."

나는 고개를 숙인 채 묵묵히 걷고 있는 소년에게 말을 걸었다. 가타오카가 고개를 들어 나를 마주 본다.

"요전에 포니테일 머리를 한 귀여운 여자애가 내게 말을 걸었는데. 혹시 짐작 가는 애 없니? 딱 너 정도 나이였는데."

가타오카는 이내 누군지 짐작이 가는 듯했다.

"사쿠라 씨. 그 아이 엄청 건방지지 않았어요? 완전히 사람의 말을 듣지 않는달까."

적확한 묘사에 나는 엉겁결에 웃음이 터져 나왔다. "그래. 네가 말한 대로였어."

"그럼 틀림없네요." 가타오카가 고개를 끄덕였다. "사쿠라 씨가 만난 애는 나가이 하루카라는 저희 반 애예요."

"이름이 나가이구나." 내가 말했다. "혹시 그 애가 널 좋아하니?"

"아, 아니에요." 가타오카는 얼굴이 빨개졌다. "왜냐면 나가이는…… 으악!"

갑자기 가타오카가 앞으로 고꾸라졌다. 잡초 넝쿨에 발이 걸린 것이다. 나는 재빨리 손을 뻗어 소년의 몸을 지탱했다. "어이쿠, 괜찮니?"

"아, 깜짝이야." 가타오카는 눈을 동그랗게 뜨고 발밑을 응시하고 있다.

그나저나 오늘은 아이들이 잘 넘어지는 날이다. 설마 도플갱어의 저주는 아닐 테고.

"미안해. 이상한 말을 해서."

내 말 한마디가 소년을 당황하게 했는지도 모른다. 그런 생각에 화제를 바꾸려고 할 때였다.

"나가이는 나를 싫어하는데."

혼잣말을 하듯 가타오카가 중얼거렸다.

"저런." 뜻밖의 말이었다. "왜?"

"이제 곧 우리 엄마랑 나가이의 아버지랑 결혼하거든요……."

"잘 모르겠네. 나가이는 아버지의 결혼을 반대하니?"

그래서 가타오카를 싫어하는 걸까.

"그건 아닌데요." 가타오카가 조그맣게 중얼거렸다. "내가 아빠 만나는 걸 싫어해요."

"친아버지 만나는 걸?"

"그건 이상한 거죠?" 가타오카가 나를 똑바로 바라봤다. "왜냐면 엄마가 결혼하기 전까지는 나가이 아버지가 내 아버지는 아니잖아요. 그때까지는 진짜 아빠를 만나도 되지 않아요?"

"아, 그런 뜻이구나."

나는 살며시 고개를 끄덕였다. 가타오카는 아직 새로운 아버지를 받아들이지 않은 것이다. 가타오카의 부모가 어떤 이유에서 이혼했는지 모르지만, 가타오카는 지금도 아버지를 무척 좋아한다. 그 기분은 충분히 이해가 된다. 동시에 나가이 하루카의 조바심도 이해가 될 것 같았다. 나가이도 자신의 친모가 더 좋을 터다. 하지만 가타오카의 어머니와 친해지려고 노력하고 있을 것이다. 새로운 가족을 만들기 위해. 현실적인 나가이 하루카에게는 가타오카의 태도가 너무 소극적으로 보일지도 모른다.

결국 나는 "그러네."라는 말밖에 하지 못했다. 아무런 위로도 안 될 대답이었지만 내게 이야기해서 마음이 후련해졌는지 가타오카 의 표정이 밝아졌다.

"사쿠라 씨는 가라테나 유도 같은 거 하세요?"

나는 안심하며 농담하듯 말했다.

"아니. 어렸을 적에 쿵푸 영화를 보고 흉내 낸 적은 있지만."

"그럼 도플갱어가 공격해 오면 어떡해요?"

"신사답게 가위바위보로 결정하면 어떨까."

"진 쪽이 공장에서 떠나기로?"

"그렇지. 평화적이고 좋잖아."

"하지만 도플갱어는 신사적이지 않을 거예요, 분명히."

"그렇겠네. 그게 문제야."

우리는 그런 한가로운 대화를 나누면서 공장의 커다란 문 앞까지 왔다.

문을 열자 안쪽에는 축축한 회색 공간이 펼쳐져 있었다.

"자, 다 왔다." 나는 가타오카에게 말했다. "도플갱어와 대결할 각오는 됐나?"

가타오카가 고개를 끄덕인다.

"좋아. 그럼 가자."

나와 가타오카는 천천히 공장 안에 발을 들였다. 입구 근처에 멈쳐 서서 눈이 어둠에 익숙해지길 기다린다. 노숙자나 들개가 점거하고 있는 것을 경계한 것이다.

다행히 그런 기색은 없었다. 공장 내부는 체육관처럼 가림막이 없이 휑한 공간이었지만 폐자재가 곳곳에 쌓여 있어서 의외로 한눈에 들어오지 않았다.

"곤란하네. 이런 상태면 아무리 찾아다녀도 상대가 사각지대에서 사각지대로 옮기면 그만인데."

"양쪽으로 나눠서 협공하면 어떨까요?" 가타오카가 제안했다.

"아니, 그보다 좋은 생각이 있어. 저기, 안쪽 벽을 보렴."

나는 벽에 붙어 있는 계단을 가리켰다. 거친 철제 계단이 굽이굽이 천장 가까이까지 이어져 있다.

"저 계단을 올라가요?"

"그래, 한 사람이 계단 끝까지 올라가. 다른 한 사람은 이곳에 남고. 그러면 양방향에서 공장 전체를 확인할 수 있겠지. 그럼……,"

"그렇구나. 도플갱어가 숨을 수 있는 사각지대가 없어지겠네요."

"그렇지." 내가 말했다. "내가 계단을 오를게."

설마 계단이 무너질 위험은 없겠지만 만일을 위해서다. 나는 가타오카를 입구 쪽에 대기시키고 계단을 올라갔다.

그때 내 핸드폰이 울리기 시작했다. 미즈노였다.

"사쿠라 씨, 큰일 났어요."

"무슨 일이야. 도플갱어라도 나왔어?" 나는 농담처럼 말했다.

"나왔어요." 하지만 미즈노는 진지함 그 자체였다.

"나왔다니, 도플갱어가?"

"네. 게다가 나카지마가 납치됐어요."

"납치됐다고?" 나는 엉겁결에 물었다. "대체 누구한테?"

"당연히 도플갱어죠!" 미즈노의 목소리는 초조했다. "곧바로 사무실 건물로 와 주세요."

나와 가타오카는 끝이 없어 보이는 잡초 덤불을 헤치며 사무실 건물로 서둘러 달려갔다. 맨살이 드러난 두 팔이 풀에 스쳐 따끔따끔 아프다. 마침내 풀밭이 끝나고 사무실 건물의 전경과 그 앞에 우두커니 서 있는 미즈노와 마키하라의 모습이 눈에 들어왔다.

"하세가와랑 나카지마가 사무실을 향해 걷고 있는데 갑자기 눈앞에 또 한 명의 나카지마가 나타났어요." 미즈노가 설명했다. "네가 왜 여기에 있느냐고 물었더니 갑자기 공격해 왔어요. 그리고 나카지마를 한 손으로 안아 올려서 사무실로 도망갔어요. 그 녀석은 나카지마가 아니라 도플갱어였어요."

"하세가와는?"

"도플갱어를 쫓아 안으로 들어가 버렸어요." 마키하라가 말했다. "사쿠라 씨가 올 때까지 기다리라고 했지만 그럴 수 없다며……."

"어떡해요, 사쿠라 씨." 미즈노가 불안한 듯 나를 봤다.

나는 슬쩍 소년들의 표정을 관찰했다. 모두 긴장하고 있는 듯했지만, 당황하거나 어쩔 줄 몰라 하는 표정은 아니었다. 나카지마가 끌려간 건 예측하지 못한 사태가 아니라 계획에 있던 것이다.

"두 사람을 찾으러 갔다 올게." 나는 아이들에게 말했다. 이 상황에서는 그런 전개가 맞을 것이다. "너희는 이곳에 있어. 그리고 무슨 일이 생기면 내 걱정 말고 도망가. 알았지?"

6

나는 현관문을 열고 곰팡이 냄새가 나는 로비로 들어갔다.

나카지마가 도플갱어에게 납치되었고, 하세가와도 그것을 쫓아 사무실 건물로 뛰어들었다. 아마도 그건 두 사람이 사무실 건물에 들어가기 위한 구실일 것이다. 이유는 말할 필요도 없다. 앞질러 가서 준비를 하고 나를 기다리기 위해서다.

아이들은 무엇을 꾸미고 있는 걸까. 숨어 있다가 갑자기 덮칠까? 아니면 덫이라도 설치해 뒀을까?

어두컴컴한 로비 한가운데에 서서 귀를 기울여 보았다. 아무런 소리도 들리지 않는다. 방 하나하나를 수색해 보는 수밖에 없을 듯하다.

현관 옆의 안내 부스부터 사무실, 응접실 순으로 확인해 갔다. 각 방은 집기들이 전부 빠져 있었지만 신기하게도 어떤 용도로 쓰였던 방인지 짐작이 갔다. 급탕실, 식당, 화장실도 꼼꼼하게 확인했다.

틈틈이 창문을 통해 밖에 있는 아이들의 모습을 확인했다. 미즈노도 마키하라도 가타오카도 모두 현관 앞에 모여 있었다. 누구 한

명 사라지지도 않았으며, 반대로 나카지마나 하세가와가 합류하지도 않았다.

결국 1층에서는 아무 일도 일어나지 않았다. 뭐, 그 정도는 예상했던 바다. 무슨 일이 생긴다면 보통은 3층 또는 내 의표를 찔러서 2층일 것이다.

이마의 땀을 훔치면서 로비 옆 계단을 올랐다.

신중하게 수색했지만 2층에도 아이들은 없었다. 5분도 지나지 않아 밖을 봤지만 앞에서 기다리는 아이들의 모습에는 변화가 없다.

나는 기분 전환 겸 창문을 열고 아이들을 불러 봤다.

"사쿠라 씨, 찾으셨어요?" 미즈노가 입가에 손나발을 만들며 물었다.

"지금까지 이상한 건 없어. 이제 삼 층으로 올라갈 거야."

"힘내세요!" 아이들이 일제히 나를 향해 손을 흔들었다.

창문을 닫고 손가락에 붙은 먼지를 떨어내다가 나는 문득 묘한 기분이 들었다.

내 역할은 도플갱어에게 끌려간 나카지마와 그 아이를 쫓아 건물로 들어간 하세가와를 무사히 데리고 나오는 것이다. 그건 상관없다. 재밌다고도 할 수 있다. 나카지마와 하세가와의 역할도 알 것 같다. 그러면 남은 세 사람은? 미즈노와 두 아이의 역할은 대체 무엇일까. 밖에서 멍하니 서 있을 뿐이다. 도저히 무언가 역할을 해내고 있는 걸로는 보이지 않았다. 적어도 놀고 있는 것처럼은 보이지 않는다.

이건 정말로 놀이일까.

지금 내가 연기하는 것은 아이들이 폐공장이라는 밀실에 만들어 낸 가공의 연극이다. 만약 공장 밖에서 이 밀실 내부를 들여다본다면 어떨까? 내가 다섯 명의 아이들을 유괴해 공장 안에서 버티고 있다……. 그렇게 보이지는 않을까. 아니, 오히려 그렇게 보는 게 자연스럽다. 아이들 외에 누가 도플갱어가 범인이라고 생각하겠는가. 상식적인 어른이라면 누구든 내가 유괴범이라고 생각할 터다.

그래서 내가 필요했던 것이다. 범인 역할로서!

하지만 이 이야기를 꺼낸 건 미즈노다. 아무리 그래도 어린아이가 진짜 범죄를 도모한다고는 생각할 수 없다. 분명 흑막이 있다. 아이들에게는 '도플갱어 찾기'라고 속이고, 그 뒤에서 교묘한 범죄 계획을 진행하고 있는 인물이.

흑막의 인물은 우리가 폐공장에 들어간 것을 확인하고, 고쿠후 씨에게 전화를 걸어서 미즈노의 몸값을 요구한다. 그리고 돈을 챙겨 재빨리 도망간다. 나는 아무것도 모르고 집에 돌아갔다가 유괴범으로 체포되는 것이다. 물론 누명이라는 것은 금방 밝혀질 것이다. 하지만 그때는 이미 범인이 유유히 외국으로 탈출한 후다…….

너무도 황당무계한 추리에 나도 모르게 웃음이 터졌다. 꽤 훌륭한 계획이다. 이 추리가 맞는지 아닌지는 고쿠후 씨에게 전화를 걸어 보면 밝혀질 것이다. 하지만 그럴 경우 고쿠후 씨에게 잔소리를 듣는 건 미즈노가 아닌 내가 될 게 분명하다. 여하튼 나는 이곳에 있는 유일한 어른인 것이다.

"어른이 되는 것도 괴로운 일이군." 혼자 킥킥대며 웃고 있는데 천장이 삐걱거렸다.

나는 깜짝 놀라서 천장을 올려다봤다. 이 위에 누군가가 있다.

나는 발소리를 죽이고 3층으로 올라가 의심이 가는 방 앞에 섰다. 문에 얼굴을 가까이 대고 실내의 기색을 살핀다. 무언가가 바닥에 스치는 희미한 소리가 들렸다. 살며시 문손잡이를 돌려 보았다. 잠겨 있다.

"누구 있니?"

내가 말하자 소리가 딱 멈췄다.

"사쿠라 씨?"

"이 목소리는 하세가와구나. 나카지마도 거기에 있니?"

"네. 나카지마도 같이 있어요." 하세가와가 대답한다.

"그렇구나⋯⋯." 의외였다. 순간 어떻게 대처해야 할지 고민한다. "이 문 좀 열어 줄래?"

"그럴 수가 없어요. 저도 나카지마도 움직이지 못해요."

"움직이질 못해?" 나는 깜짝 놀랐다. "다친 거니?"

"도플갱어가 손발을 묶었어요." 하세가와가 말했다.

"그러면," 나는 천천히 물었다. "도플갱어가 너희 옆에 있니?"

"아니요, 여기엔 없어요." 하세가와가 설명했다. "우리를 묶어 두고 다른 아이들도 잡겠다며 밖으로 나갔어요."

"다른 아이들?" 설마 하면서도 창문으로 아래를 내려다봤다. 심장이 쿵쿵거렸다. "녀석들 어디로 간 거야?"

조금 전까지 있었을 곳에 세 아이의 모습이 보이지 않았다.

"말도 안 돼. 어떻게 된 거야."

갑자기 주머니 속 핸드폰이 울렸다. 깜짝 놀라서 발신자를 확인한다. 미즈노였다.

전화가 연결된 순간 굉음처럼 커다란 호흡 소리가 들렸다.

"사쿠라 씨. 빨리…… 이쪽으로 와…… 주세요." 미즈노가 격하게 헐떡이며 말했다.

"무슨 일이야?"

"도플…… 갱어를…… 쫓고 있어요."

"뭐라고?"

나는 가까운 창가로 달려갔다.

창문 아래에는 온통 초록색 바다가 펼쳐져 있다. 그 바다 속을 달려가고 있는 아이들의 모습이 보였다. 선두를 달리는 아이가 도플갱어였다. 해면 위로 가슴 윗부분이 드러난 도플갱어는 뒤를 돌아보면서 오른쪽으로 왼쪽으로 방향을 바꾸었다. 그 뒤를 쫓아가는 미즈노, 마키하라, 가타오카도 황급히 진로를 바꾼다. 그럴 때마다 쫓는 자와 쫓기는 자의 거리가 조금씩 벌어졌다.

"사쿠라 씨!" 휴대폰에서 미즈노가 외쳤다. "이대로…… 가면…… 놓치고…… 말 거예요. 빨리…… 오세요."

"알았어. 내가 갈 때까지 놓치면 안 돼."

나는 방 앞으로 돌아가 하세가와에게 말했다.

"도플갱어를 잡아 올게."

대답을 기다리지 않고 복도를 달려 계단을 뛰어 내려갔다.

사무실 건물을 뛰어나와 멀리 보이는 아이들의 뒷모습을 확인하고 오로지 달렸다.

"마키하라!" 나는 소리쳤다. "내가 왼쪽으로 돌아갈게. 넌 미즈노와 오른쪽으로 가."

마키하라가 고개를 끄덕였고, 미즈노보다 바깥쪽으로 나갔다.

"가타오카는 나와 미즈노 사이의 공간을 막아."

아이는 비명을 지르듯 "네!" 하고 대답하며 궤도를 수정한다.

왼쪽으로 도망가려던 도플갱어는 내 모습을 힐긋 보더니 방향을 바꿔서 오른쪽으로 가려고 했지만 그 앞에는 마키하라가 한발 먼저 도착해 있었다.

도플갱어는 다시 진로를 바꿔서 정면으로 도망가기 시작했다. 가시철조망이 둘린 벽이 빠르게 다가온다. 갈 곳을 잃은 도플갱어는 벽에 등을 붙인 채 우리 쪽으로 돌아섰다. 몇 미터 거리를 두고 우리와 도플갱어는 서로를 노려보았다.

도플갱어도 우리도 숨이 가빠서 한동안 말을 할 수가 없었다. 하지만 아무래도 승부는 정해진 듯하다.

"자, 이제," 나는 마침내 말했다. "눈물을 받아 볼까."

"네." 미즈노가 물통을 내밀었다. "받아야죠."

우리는 벽 쪽의 도플갱어를 포위하면서 한 발 한 발 다가갔다.

그때 뜻밖의 일이 벌어졌다. 도플갱어가 갑자기 몸을 숙인 것이다. 물속에 잠기듯 도플갱어는 모습을 감췄다.

"앗!" 아이들이 작은 비명을 질렀다. 순간 그 자리에 멍하니 서있다가 간신히 정신을 차리고 도플갱어가 있던 곳으로 달려갔다. 물론 그곳에는 아무도 없었다. 도플갱어는 잡초의 바다에 몸을 숨긴 채 우리 사이를 빠져나가 도망간 듯하다.

그래도 아이들은 포기하지 못한 듯 주변의 풀숲을 헤치고 있었다. 나도 주변을 둘러보며 도플갱어를 찾았지만 풀들이 바람에 끊임없이 흔들리고 있어서 그가 도망간 방향조차 짐작할 수 없었다.

"놓친 건가." 나는 수색을 중단하고, 허리에 손을 올린 채 고개를 젖혀 하늘을 보았다. 살짝 안개가 낀 듯한 푸른 여름 하늘이 나를 내려다보고 있었다.

"사쿠라 씨." 미즈노가 작은 목소리로 나를 불렀다. "보세요, 저기……."

미즈노가 가리킨 곳을 보니 잡초의 바다를 빠져나간 도플갱어가 사무실 건물의 현관에 막 도착한 참이었다. 도플갱어는 문손잡이를 잡고 우리 쪽을 돌아봤다. 그는 우리를 잠깐 응시한 후 느긋한 발걸음으로 건물로 들어갔다.

"위험해." 마키하라가 중얼거렸다. "저 녀석은 나카지마에게 갈 생각이야."

"가자. 막아야 돼." 미즈노가 달리기 시작했다.

다른 아이들도 달려간다. 그 순간 바로 앞에서 달려가던 가타오카가 요란하게 넘어졌다. 나는 손을 내밀어 가타오카를 일으켜 주고 함께 사무실 건물로 향했다.

조금 뒤늦게 건물로 뛰어들어 가 보니 누군가가 로비 중앙에 쓰러져 있었고, 미즈노와 마키하라가 옆에 주저앉아 있는 모습이 보였다.

쓰러져 있던 사람은 하세가와와 나카지마였다. 둘은 아직 충격에서 벗어나지 못했다는 듯 눈을 동그랗게 뜬 채 천천히 일어났다.

"무슨 일이 있었어?" 미즈노가 하세가와에게 상냥하게 물었다.

"간신히 줄을 풀고 나카지마랑 방에서 나왔어. 너와 합류하려고." 하세가와가 설명했다. "거기서 계단을 내려왔더니 누군가가 로비로 들어왔어. 층계참에서 몰래 아래를 살펴봤더니 도플갱어였어. 맞지?"

"응." 나카지마가 동의했다.

"도플갱어는 우리가 아직 안에 있다고 생각한 듯했어." 하세가와가 말했다. "그래서 작은 소리로 나카지마에게 말했어. '여기서 잠복해 있자, 내가 붙잡을 테니까 넌 그림자를 밟아.' 하고."

"무서웠지만," 나카지마가 말했다. "하세가와가 함께 있으니까 괜찮다고 생각했어."

"예상대로 도플갱어가 계단을 올라오길래 덤벼들었어." 하세가와가 몸짓을 섞어 가며 설명했다. "그러다가 발이 미끄러져서 그대로 계단에서 굴러떨어졌어."

"계단 끝까지 떨어졌어?" 나는 놀라서 물었다.

"네." 하세가와가 득의양양하게 대답했다. "엄청 아팠지만 놓아

주지 않았어. 도플갱어를 꽉 붙잡은 채로 나카지마에게 빨리 오라고 했지."

"그래서 나도 계단을 내려가서," 나카지마가 말했다. "도플갱어의 그림자를 밟았어."

"그래서 어떻게 됐어?" 마키하라가 물었다. "도플갱어의 눈물을 만졌어?"

나카지마가 싱긋 웃었다. "만졌어."

"여기 봐, 이 녀석 머리." 하세가와가 나카지마의 머리카락을 마구 헝클어뜨렸다. "도플갱어의 눈물이 쏟아져서 이렇게 됐어."

나는 하세가와의 말을 듣고서야 비로소 나카지마의 머리카락이 젖어 있다는 사실을 깨달았다.

"그럼," 미즈노가 진지한 말투로 확인했다. "저주는 풀린 거네."

"풀렸어." 나카지마가 웃으면서 대답했다. "몸이 엄청 가벼워."

"도플갱어는 어디로 갔어?" 마키하라가 물었다.

"사라졌어." 하세가와가 말했다. "아마 두 번 다시 나타나지 않을 거야."

"해냈다!" 아이들은 서로 껴안고 기뻐했다.

미즈노가 내게 다가왔다. "사쿠라 씨, 고맙습니다."

"나도 즐거웠어." 나는 아이들이 기뻐하는 모습을 보자 그들을 의심했던 자신이 부끄러웠다. 유괴 사건 따위는 없었다. 그들은 단지 폐공장에서 놀고 싶었을 뿐이었다.

"도플갱어 퇴치는 성공한 것 같네." 내가 말했다.

"네." 미즈노는 맑은 눈동자로 나를 올려다보았다. "사쿠라 씨 덕분입니다."

결국 아이들의 음모를 밝혀내지는 못했지만 미즈노의 환한 얼굴을 보고 있자니 이걸로 됐다 싶은 기분이 들었다.

"어쨌든 잘됐다. 이제 돌아갈까."

7

역 앞 현금인출기에서 월세를 찾고 포장도로를 걷기 시작했을 즈음, 다시 요전의 소녀가 내 앞에 나타났다.

"오, 잘 있었니? 또 만났네."

나는 웃으며 말했지만 나가이 하루카는 조금도 웃지 않았다.

"아저······," 소녀는 아저씨라고 부르려다가 정정했다. "사쿠라 씨. 약속 지켜 주셨네요."

"약속? 아, 맞다. 가타오카를 잘 지켜봐 달라고 했었지."

당연하지 않으냐는 표정으로 소녀가 고개를 끄덕였다.

"넌 혹시," 내가 물었다. "가타오카에게 무슨 일이 일어날 거라고 생각했니?"

"남자아이들이 무언가를 꾸미고 있다는 건 알고 있었어요." 나가이 하루카가 대답했다.

"그건 네 착각이야." 내가 말했다. "모두 즐겁게 도플갱어 찾기를 했을 뿐이야.”

“사쿠라 씨가 눈치채지 못했을 뿐이에요.” 소녀는 한심하다는 듯 말했다. “하지만 난 속지 않을 거예요. 미즈노의 속셈 따위 바로 밝혀내 보이겠어요.”

나는 슬쩍 어깨를 으쓱했다. 아무래도 나가이 하루카는 무언가 착각을 하고 있는 듯하다. 생각해 보면 소녀의 의미심장한 말에 이끌려 나까지 쓸데없는 걱정을 했던 것이다. 한심하다는 생각은 들지만, 이 상황에서는 내가 이 소녀의 오해를 바로잡아 주어야 할 듯했다.

“알았어. 네가 그렇게 알고 싶다면 이야기해 줄게.”

“잠깐만요, 어디 가는데요?” 앞서 걷기 시작한 나를 소녀는 의아한 듯 불러 세웠다.

“물론 카페지. 이런 더위 속에서 오래 얘기하다가는 쓰러져.”

“안 돼요. 아빠가 모르는 사람 따라가지 말랬어요.”

“……그러네.” ‘먼저 말을 건 사람은 너’라는 말을 삼키고 나는 주위를 둘러봤다. “그러면 저 나무 그늘에 있는 벤치에서 얘기할까.”

나는 벤치에 앉아서 소녀가 원하는 대로 ‘도플갱어 찾기’ 모험담을 상세하게 들려주었다.

나가이 하루카는 내 이야기에 귀를 기울이는 동안 의외라는 표정이 되었다.

“유괴된 애가 정말 나카지마였어요?”

“그렇다니까. 가타오카는 계속 아이들이랑 같이 있었으니까 안심해도 돼."

"내가 왜 가타오카를 걱정해야 하는데요!" 나가이 하루카가 나를 매섭게 노려보았다.

"그래, 듣고 나니 어떠니?" 나는 부드럽게 물었다. "그 아이들의 계획이 뭔지 알아냈니?"

나가이 하루카는 분하다는 표정으로 침묵했다. 그럼에도 쉽게 포기하지 않고 가만히 생각에 잠겼다. 하지만 아무리 소녀가 총명해도 존재하지 않는 수수께끼를 풀 수는 없다. 결국 소녀는 짜증을 내듯 벌떡 일어나더니 고개를 확 돌렸다.

"이제 됐어요. 나, 갈래요."

나가이 하루카는 그렇게 내뱉고는 잰걸음으로 걷기 시작했다.

"제대로 차였나 보네, 사쿠라."

뒤를 돌아보니 호라이가 '이런 곳에서 만나다니 정말 신기하네.' 하는 표정으로 서 있었다.

"언제부터 거기 있었던 거야?" 나는 가벼운 현기증을 느꼈다. 더위 탓인지, 아니면……

"엿들을 생각은 없었는데," 호라이가 미소 짓는다. "널 발견하고 말을 걸려고 했다가 그 소녀에게 선수를 빼앗겨서 그만."

"우리 얘기를 들었다는 건가." 나는 한숨이 나왔다.

"뜻하지 않게도."

어쩐지 의심스럽다.

"뭐, 됐어. 너도 월세 내러 가는 거지? 나도 그래. 이따 시원한 거라도 마시자."

세입자는 매달 집주인에게 직접 가서 월세를 낼 것. 나도 호라이도 그런 조건으로 방을 임차했다.

"괜찮으면 먼저 커피 한 잔 하고 갈까?" 이동하려는 나를 호라이가 불러 세웠다.

"상관은 없지만, 왜?"

"분명," 호라이는 매우 기분 좋은 표정으로 말했다. "너도 빨리 알고 싶어 할 거 같아서."

"뭘?"

"미즈노라는 아이의 진짜 목적 말이야."

작은 카페에서 커피를 마시면서 나는 호라이에게 미즈노와의 첫 만남 등을 설명했다. 호라이는 고개를 끄덕여 가며 듣고 있다.

"조금 전에 네가 나가이라는 여자애와 얘기하는 걸 들으면서 가장 먼저 떠오른 건 둘의 입장이 비슷하다는 거였어."

"비슷하다고?"

"둘 다 남자아이들이 무언가를 숨기고 있다고 생각했잖아."

"그렇군." 나는 인정했다. 확실히 그렇다.

"다른 점은 너는 미즈노의 초대로 '도플갱어 찾기'에 참가할 수 있었지만 나가이는 그렇지 않았다는 것."

호라이는 커피를 한 모금 마시고 다시 이야기를 계속했다.

"나가이는 자기 나름의 이유로 미즈노의 계획이 무엇인지를 알고

싶어 했어. 하지만 본인에게 물어봐도 가르쳐 주지 않을 것도 알고
있었지. 그래서 너에게 이야기를 듣고 파악하려고 한 거야."

"그래, 그랬겠지."

"나가이는 너를 처음 만났을 때 가타오카에게서 눈을 떼지 말라
고 충고했어. 결국 나가이는 계획을 밝혀낼 열쇠가 가타오카에게
있다고 생각했던 거지."

"나도 그렇게 생각해."

"하지만 나가이는 너에게 '도플갱어 찾기'의 상세한 이야기를 듣
고도 기대했던 대답을 얻지 못했어."

"그 아이 엄청 실망하던데."

"혹시나 해서 묻는데, 넌 '도플갱어 찾기'의 자초지종을 나가이에
게 들려줬지?"

"물론이지." 내가 말했다. "아무것도 더하지 않았고, 아무것도 생
략하지 않았어. 내가 본 그대로 확실하게 전해 줬어."

호라이는 내 말에 만족한 듯했다.

"아이들이 폐공장을 선택한 것은 무대를 밀실로 만들기 위해서,
바꿔 말하면 '도플갱어 찾기'를 타인이 볼 수 없게 하기 위해서야.
그런데 왜 널 초대한 걸까."

"미즈노 말로는 어른이 필요하다던데……."

"그러면 나가이는 왜 너를 만나러 왔지?" 호라이가 말했다. "남
자애들이 비밀리에 계획을 진행했다면 나가이는 '도플갱어 찾기'도,
네가 참여하는 것도 알 수 없어야 맞는 거지. 하지만 그 여자애는

알고 있었어."

"그러고 보니," 난 지적을 받고야 비로소 깨달았다. "이상하네."

"그 대답은 한 가지밖에 없어. 미즈노가 누설한 거야."

"미즈노가? 왜?"

"'도플갱어 찾기'는 아이들의 연극이었다는 것." 호라이가 말했다. "단 한 사람의 관객인 널 위한."

"그러면," 나는 놀라서 물었다. "오로지 내게 보여 주려고, 그 아이들이 처음부터 끝까지 연극을 했다는 거야?"

"그거야."

"뭘 위해서?"

"네 입을 통해," 호라이는 조용히 말했다. "나가이가 연극의 내용을 알도록 하기 위해서."

8

"남자아이들의 의도를 요약하자면," 호라이가 말한다. "폐공장 안에서 진행되고 있는 일을 나가이 하루카에게 보여 주고 싶지 않다. 하지만 나가이가 그 내용을 간접적으로 알기 바랐다. 그러려면 내용을 나가이에게 전해 줄 사람이 필요하다. 전령 역할은 아이들과 관계가 없어야 하며, 반드시 나가이 하루카의 마음에 들 만한 사람이어야 한다."

"그게 나라고?"

"그래. 하지만 가장 큰 이유는 네가 요괴 장르에 전혀 관심이 없는 사람인 점이라고 생각해."

"관심이 있으면 안 될 일이라도 있다는 건가?"

"아주 중요하지. 왜냐면 미즈노가 이야기한 도플갱어의 전설은 완전히 거짓말이니까."

"그게 거짓말이었어?" 나는 기가 막혔다. 이 역시 처음 듣는 이야기다.

"도플갱어의 그림자를 밟으면 움직이지 못한다거나 눈물에 닿으면 저주가 풀린다거나, 그런 이야기는 아무 근거도 없는 엉터리야. 하지만 트릭을 성립시키기 위해서는 반드시 그 설정이 필요했어."

"그 아이들, 뭘 하려고 했던 거지?"

"가타오카가 너한테 넌지시 암시했던 대로야. 나가이가 모르게 가타오카를 아버지와 만나게 하는 것. 그게 남자아이들의 진짜 목적이었어."

"그것 때문에 이 번거로운 일을 벌였다고?"

"나가이에게 비밀로 하고 만나게 하는 것뿐이라면 간단하지만," 호라이가 말했다. "그러면 나가이의 마음에 의혹이 남게 돼. 그래서 미즈노는 일부러 그 애가 의심하게 만들어 두고, 그 의심을 완전히 없애기로 했어. 곧 가족이 될 두 사람에 대한, 미즈노 나름의 배려가 아니었을까."

"그러면 가타오카가 내게 진상의 일부를 이야기한 것도……?"

"네가 한눈에 미즈노를 마음에 들어 했듯이, 분명 미즈노도 네가 마음에 들었던 거야. 너를 끝까지 속이는 게 마음에 걸렸을지도 모르지. 그래서 가타오카의 입을 통해 단서를 전달하기로 한 거고." 호라이는 말을 끊고는 살짝 미소 지었다. "사실 그 애는 가타오카가 아니었지만."

"뭐?" 놀란 내가 물었다.

"네가 하세가와와 나카지마가 갇혀 있던 방을 발견했을 때, 왜 하세가와만 말을 했다고 생각해?"

나는 깜짝 놀랐다. "그 애가 나카지마가 아니었던 거야?"

"나카지마와 가타오카가 왜 몇 번씩이나 넘어졌을지 생각해 봤는데," 호라이가 안경을 벗어 테이블 위에 놓았다. "내가 안경 없이 잡초 속을 걷는다면 분명 나카지마처럼 넘어졌겠지."

"가타오카는 안경을 쓰고 있었는데?"

"그럼 이렇게 하면?"

호라이가 안경을 들어서 재빨리 내게 씌웠다.

"앗!" 나는 몸을 일으키다가 자신도 모르게 비틀거렸다.

"근시인 나카지마는 안경을 벗고, 반대로 눈이 좋은 가타오카는 필요도 없는 안경을 쓰고 있었어. 그래서 둘 다 제대로 걸을 수 없었던 거지."

"왜 그런 행동을?"

"가타오카를 나카지마로 변장시키기 위해서야. 성인이었다면 가타오카를 위해 새로운 안경을 준비하면 그만이지. 하지만 초등학생이라 돈이 없어. 다섯 명 중에 안경을 쓰는 아이는 나카지마뿐이야. 그 아이는 자신의 안경을 가타오카에게 줄 수밖에 없었던 거지."

나와 함께 있던 아이는 나카지마였던 것이다.

"가타오카는 너랑 헤어진 후 바로 폐공장을 빠져나와서 아버지를 만나러 갔어. 하세가와는 사무실 건물의 한 방에 숨어서 나카지마가 옆에 있는 것처럼 연기했지. 모든 건 가타오카의 알리바이를 만들기 위함이었던 거야."

"그렇군. 나를 속이면 나가이 하루카도 속일 수 있다."

나는 완전히 내려놓은 기분으로 커피를 마셨다. 소년들의 계획을 밝혀낼 작정이었지만 그 아이들이 한두 수는 위였다.

"이제 마지막 수수께끼. 가타오카는 아버지를 어디서 만났을까?"

"흐음." 나는 생각에 잠겼다. "공장 근처에서 남의 개입 없이 부자끼리만 이야기할 수 있고, 나가이 하루카는 절대로 찾을 수 없는 장소. 그리고 머리가 젖을 곳이라면……."

"이제 눈치챘나 보네."

"목욕탕의 남탕."

"맞아. '사사가키 목욕탕'이야. 그래서 가타오카의 머리가 젖어 있었어. 그걸 얼버무리기 위해서 미즈노는 도플갱어의 전설을 만들어 낸 거지."

우리는 한참 동안 말없이 커피를 마시고 있었다. 그런데 호라이가 갑자기 "앗, 깜빡했다!" 하고 소리를 높였다. "집주인한테 월세

주러 가는 길이었지."

나도 까맣게 잊고 있었다.

카운터에서 계산을 마치고 밖으로 나왔을 때, 나는 문득 묘한 생각을 했다.

"그 계획, 정말로 미즈노 혼자서 생각해 냈을까?"

"뭐?"

"어쩌면 그 애는 누군가 믿을 만한 어른과 상담했는지도 몰라."

"그 어른이 생각해 냈다는 거야?"

"가능성이 있지 않나? 무엇보다 미즈노의 할머니는……."

"고쿠후 씨?"

우리는 얼굴을 마주 보았다. 그리고 서로 고개를 끄덕였다. 그 괴팍하지만 장난기 많은 노부인이라면 손자의 얘기를 듣고 이 정도의 아이디어는 순식간에 생각해 낼 듯했다.

고쿠후 씨의 집은 오랜 가문이어서 마을 중심에 있었다. 큰길에서 조금 떨어진 것만으로 신기한 고요함이 찾아온다. 그 고요함에 어울리는, 오래된 커다란 목조 단층집이다.

늘 그렇듯이 집주인에게 월세를 건네고 권하는 대로 찻잔을 기울인다.

"그러고 보니 제 친구가 최근에 목욕탕에 흠뻑 빠졌는데요." 한동안 잡담을 나눈 후에 나는 말을 꺼냈다.

"어머, 희한하네. 젊은 사람이." 시원시원한 말투로 고쿠후 씨가 말한다.

"그 친구가 사사가키 목욕탕을 다니고 있습니다. 고쿠후 씨가 경영하는 곳이죠?"

"알고 있었어? 할아버지가 메이지 시대 말에 개업한 곳이라네."

"친구가 좋은 곳이라고 했습니다. 단골도 많고, 일부러 전철을 타고 오는 사람도 있다고요."

"정말 고맙군그래." 고쿠후 씨는 생글생글 웃으며 차를 권한다.

"단골 중에 가타오카 씨라는 분이 있는데, 최근에 좋은 일이 있었다나 봐요."

"어머, 그래?"

"사정이 있어서 떨어져 살던 아드님과 '사사가키'에서 우연히 만났다고 해요."

"저런, 그랬어?"

"그 아들이 미즈노 유키오의 친구라던가."

고쿠후 씨는 순간 내게 날카로운 시선을 던졌다. 하지만 이내 온화한 눈빛으로 돌아왔다.

"어머, 그래?"

밤의 이발소

포도 별장의
미라주 I

1

"바다가 내려다보이는 산 위에 곧 매각하려는 별장이 있어. 조금 낡긴 했지만 분위기는 제법 좋은 건물인데 놀러 올래?"

귀성 중인 미네하라에게서 전화가 걸려온 건 얼어붙을 듯한 바람이 부는 12월 중순의 한밤중이었다. 나는 고타쓰에 파고들어 아르바이트 구인지를 보고 있었다. 연말 막바지까지 도쿄에 남아서 조금이라도 더 돈을 벌 생각이었다.

"별장이라니?"

"우리 집에서는 '포도 별장'이라고 부르지만."

친구는 태연하게 대답했다. 나는 그의 집안이 호쿠리쿠 지역에서는 꽤 유명한 재력가라는 사실을 떠올렸다.

"원래는 별장이 아니라 외국에서 온 손님에게 제공하기 위해 지은 집이야. 당시 이 주변에는 제대로 된 호텔이 없었거든. 그래서 외관도 인테리어도 공을 들여 지은 집이라 지내기 편할 거야. 그건 보장해. 주말에 약속이 없으면 여기 와서 느긋하게 지내면 괜찮을 거다."

그 한마디에 아르바이트라는 선택지는 파도에 씻긴 듯 사라졌다.

"재밌겠는데." 나는 말했다. 목소리가 그만 들떠 버렸지만, 무슨 상관인가.

"포도 별장은 내 고조부인 고키치라는 분이 지으셨어. 메이지 삼십 년대의 이야기지."

"그때 건물을 지금도 사용할 수 있다고?" 나는 깜짝 놀랐다. 족히 1백 년은 넘은 건물 아닌가. "괜찮은 거야? 외풍이 심해서 밤새 잠도 못 자거나 하는 건 질색인데."

"확실히 오래되긴 했지만 걱정할 정도는 아니야." 미네하라는 전화기 너머로 유쾌하게 말했다. "무역업으로 성공한 고키치 할아버님께서 돈을 아끼지 않고 지은 집이니까. 본격적인 서양식 석조 건물인데, 너무 튼튼해서 해체를 포기했을 정도야."

그렇다면 침대에서 아침까지 떨고 지낼 염려는 없을 듯하다.

"근처에 놀 만한 곳은 없지만, 조금 재밌는 일을 생각해 뒀으니까 지루하진 않을 거다."

"오호, 뭔데? 재밌는 일이?"

미네하라가 속삭이듯 말했다. "보물찾기."

"그거 멋지군." 나는 핸드폰을 귀에 댄 채 주방으로 가서 커피포트에 있는 커피를 머그컵에 따랐다. 그리고 한 모금 홀짝인다. "포도 별장 어딘가에 숨겨진 보물을 찾는 데 성공하면 우린 억만장자가 되겠군."

"너, 전혀 안 믿는 거지?" 미네하라가 유쾌하게 말했다.

"그건 아닌데……. 한 가지 물어봐도 돼?"

"물론."

"포도 별장에 보물을 숨긴 건 당연히 그 고키치라는 분이겠지?"

"난 그렇게 확신하고 있는데."

"그건 모두가 알고 있는 사실이야? 그러니까 미네하라 집안사람이라면 누구나."

"알고 있기는 해. 하지만 미네하라 집안에 대대로 전해지는 소문으로만 알고 있어. 할아버지가 확실하게 그렇다고 말한 건 아니거든. 그래서 믿는 사람도 있고, 안 믿는 사람도 있어."

"지금까지 포도 별장의 보물을 찾으려고 했던 사람은 없었어?"

"아마 없었을 거야."

"왜?"

"고키치 할아버지가 유언으로 금지했거든."

"유언?"

"응. 할아버지는 돌아가시기 전에 집안사람들을 전부 머리맡으로 불러서 이렇게 유언하셨어. '포도 별장을 내 평생 은인인 롤랜드 경에게 양도한다. 경 또는 경의 후계자가 이곳을 찾아오면 곧바로 포도 별장을 인도할 것. 그전까지는 미네하라 가문의 당주가 포도 별장을 유지하고 관리하도록.'이라고."

"흐음."

"그것뿐이라면 별일 아니지만, 할아버지는 이어서 이렇게 말씀하셨어. 롤랜드 경에게 인도하기 전까지 포도 별장에 일절 손을 대서는 안 된다. 외관, 인테리어, 집기에 이르기까지 전부. 만약 당주가 이 의무를 게을리했을 때는 미네하라 가문의 자산에 관한 모든 권리를 본가에서 분가로 이행한다."

"정말 그런 말씀을 하셨어?" 나는 놀라서 되물었다. "겨우 그만한 이유로 본가의 권한을 빼앗아 분가에 넘긴다니."

"놀라긴 아직 일러. 할아버지는 이 유언에 기한을 정했는데, 몇 년인 줄 알아? 놀라지 마. 백오십 년이야."

"백오십 년이라고? 설마…… 말도 안 돼."

"하지만 능력 있는 변호사 손에 걸리면 그게 가능해. 덕분에 우리는 지금까지 할아버지 손바닥에서 벗어나지 못하고 있어."

"그런데도 포도 별장을 매각한다고? 그래도 돼?" 나는 남의 일인데도 걱정됐다. "유언을 어기면 재산권을 빼앗긴다며?"

"다행인지 불행인지 그럴 걱정이 없어졌거든. 작년부터 이어진 불경기 탓에." 미네하라가 말했다. "세간에서는 백 년에 한 번 있을 법한 불황이라고 하는데 정말일지도 몰라. 미네하라 무역도 창업 이래 처음으로 기반이 흔들리고 있어. 채산이 안 맞는 분야부터 철수했고, 정리 해고도 했어. 그랬는데도 꽤 힘든 상황이야. 우리에겐 더 이상 포도 별장을 유지할 여유가 없어."

"그런 거였구나." 오래된 본격적인 서양식 별장을 유지하는 데에 만만치 않은 돈이 필요하리라는 건 나도 짐작할 수 있다. 게다가 포도 별장 자체는 아무런 수익도 발생시키지 않는다. 직원까지 해고하는 마당에 당연히 포도 별장을 유지할 수는 없을 것이다.

"회사가 파산하면 본가고 분가고 없으니까. 봄이 되길 기다렸다가 매각하기로 모두 합의했어."

"그렇군." 나는 커피를 홀짝였다. "그래서 별장이 팔리기 전에 보물을 낚아채자는 거구나."

"그런 거지. 사실 어렸을 때부터 몇 번이나 포도 별장에 숨어들어서 보물을 찾았었어." 미네하라는 쑥스러운 듯 말했다. "하지만 전혀 소득이 없었어. 분하지만 내게 보물찾기 재능은 없는 모양이야. 뭐, 어때. 인생은 기니까 천천히 찾으면 되겠지 했는데. 미국의 금융 위기가 터진 덕에 그렇게 할 수도 없게 됐어."

미네하라는 농담처럼 말하고는 이렇게 덧붙였다. "그래서 네 능력을 빌리고 싶어."

"내게 부탁해 준 건 고마운데," 나는 당황했다. "그건 과대평가야. 보물을 어떻게 찾아야 할지 짐작도 안 가."

"알아." 미네하라가 웃었다. "솔직히 말하면 보물은 어찌 되든 상관없어. 그게 할아버지가 어렸을 때 선물로 받은 여우 탈이라도 괜찮아. 내게 중요한 건 포도 별장이야. 어렸을 때부터 아버지한테 넌 내 뒤를 이어 사장이 돼야 한다는 말을 들으며 자랐어. 사장이 되는 게 싫어서 참을 수 없었지만 사장이 돼 포도 별장이 내 것이 된다고 생각하면 조금 기분이 좋아졌거든."

친구의 목소리는 온화했다.

"하지만 그것도 이룰 수 없는 꿈이 됐어. 내게는 포도 별장 매각을 중지시킬 힘이 없어. 보물찾기는 나의 소소한 감상이야. 네가 가벼운 마음으로 함께해 주면 좋겠는데."

"그런 거라면," 내가 말했다. "기쁘게 초대를 받아 줄게."

"좋아, 결정이다." 미네하라는 안심한 듯 말했다. "다른 사람이랑 와도 돼. 입이 무거운 녀석이면 대환영이야. 건물이 커서 보물을 찾으려면 사람이 많은 편이 좋기도 하고."

"그러면." 나는 한가할 것 같은 친구들의 얼굴을 순서대로 떠올렸다. "다카세는 어떨까."

"오호, 다카세." 핸드폰 너머로 손가락 튕기는 소리가 들렸다. "좋네. 셋이서 재밌게 해 보자."

"오케이. 얘기해 볼게."

나는 일단 그렇게 대답했지만 굳이 물어보지 않아도 다카세의 대답은 예상 가능했다. 그 녀석이 이런 재밋거리를 놓칠 리가 없다.

다음 날 나는 미네하라에게 전화를 걸어 다카세와 둘이 가겠다고 전했다.

2

금요일 오후. 나와 다카세는 호쿠리쿠의 해안에 있는 역에서 내렸다.

납빛 하늘에서 떨어져 내린 수많은 눈송이가 거센 바람에 어지러이 휘날리고 있다. 동해에서 불어오는 북풍은 저절로 어금니를 악물게 할 정도로 차가웠다.

"이곳이 미네하라가 태어난 동네구나."

나는 주변 풍경을 둘러봤다.

"멈추지 마, 사쿠라. 신발 밑창이 얼어붙어서 움직일 수 없게 될 거야."

나를 따라 플랫폼에 내린 다카세가 완전히 농담으로는 들리지 않는 말투로 말했다.

"이 추위는 보통 추위가 아니야. 뭔가의 착오로 시베리아 한랭기단이 이곳으로 온 게 아닐까."

"하여간 허풍은. 기껏해야 영하 일 도 정도라고." 나는 다카세의 말을 무시하고 안내판을 올려다보았다. "삼 번 출구는 이쪽인가. 좋아, 가자. 미네하라가 마중 나와 있을 거야."

안내 표시를 따라 계단을 내려가 중앙 홀을 지나 개찰구를 빠져나간다.

하지만 역 앞 약속 장소에 미네하라의 모습은 없었다.

"아직 안 온 거 같네."

"정말이지 안 되겠군. 저 멀리 도쿄에서 온 우리가 시간을 지키는데, 현지 사람이 늦다니."

우리 목소리가 들렸는지, 두꺼운 대리석 기둥에 기대 있던 젊은 남자가 우리를 향해 걸어왔다. 어디가 미네하라와 닮은 시원스러운 눈빛이 눈에 익었다.

"어? 혹시 다쿠미?" 내가 말했다.

"사쿠라 형, 다카세 형. 오랜만이에요." 다쿠미가 가볍게 인사했다. "도쿄에서는 신세가 많았어요."

"건강해 보이네." 내가 말했다. 다쿠미는 미네하라의 두 살 아래 동생이다. 언젠가 미네하라의 부탁으로 함께 놀았던 적이 있었다. 당시의 다쿠미는 아직 고등학생이었고, 투명한 분위기의 섬세한 소년이었다. 그 인상은 지금도 여전했지만 얼굴은 조금 늠름해졌다.

"잠시 안 본 사이에 키가 또 자란 거 아니야, 다쿠미?" 다카세가
놀렸다.

"뭡니까, 초등학생도 아닌데." 다쿠미가 미소 지었다. "벌써 대학
생이라고요. 그때 다카세 형의 나이죠."

"그때는 나도 젊었어." 다카세가 조용히 말했다. "그보다 진짜 우
연이네. 우린 너희 형을 기다리는 중이거든."

"알고 있어요." 다쿠미가 말했다. "형이 못 오게 돼서 대신 제가
마중 나왔어요."

"그 녀석, 감기라도 걸려 드러누운 거야?" 다카세가 물었다.

"감기라면 그나마 낫지만," 다쿠미가 관자놀이를 긁적였다. "조
금 문제가 생겨서……. 일단 같이 포도 별장으로 가요. 자세한 이야
기는 차 안에서 설명할게요."

다쿠미의 애차는 옅은 블루의 낡은 사브였다. 다쿠미는 우리를
사브에 태우고 가방을 싣더니 와이퍼를 한 번 작동시켜 창문의 눈
을 떨어내고 차를 출발시켰다.

"그래서 미네하라는 어떻게 된 건데?" 내가 물었다.

"사실은 형이 그저께부터 포도 별장에서 꼼짝 안 하고 있어요."
다쿠미는 정면을 응시한 채 대답했다.

"꼼짝 안 한다고?" 나는 다카세와 얼굴을 마주 보았다. "왜?"

"모르겠어요." 다쿠미는 한숨을 쉬었다. "물어봐도 아무 말도 안
하고, 안에도 들이지 않아요."

"짐작 가는 게 없어?" 다카세가 물었다.

"관계가 있는지 없는지 모르겠지만," 다쿠미가 대답했다. "며칠 전부터 포도 별장에 조금 이변이 생겼어요. 어쩌면 그게 원인일지도 몰라요."

"이변이라니?"

"어디선가 고양이가 모여들어요." 다쿠미가 말했다. "포도 별장 주변으로."

"고양이?" 나는 무심코 창밖으로 시선을 던졌다. "이 눈이 내리는 와중에?"

"믿기지 않죠?" 다쿠미는 어깨를 가볍게 으쓱했다. "하지만 진짜예요."

다쿠미 말에 의하면, 처음 고양이의 모습이 확인된 건 월요일이었다.

포도 별장은 현재 미네하라 무역의 총무부에서 관리하고 있고, 담당자가 주 1회 포도 별장으로 가서 이상이 없는지 확인하게 되어 있었다.

그날도 여느 때와 마찬가지로 담당자인 나카무라 씨가 회사 차인 밴을 타고 회사를 출발했다.

포도 별장 문 앞에 차를 세우고 돌계단을 오르자, 눈을 뒤집어쓴 나무숲 너머에 서양식 석조 건물이 보였다.

"뭐야 저건!"

나카무라 씨는 자신도 모르게 소리를 높였다.

포도 별장 주위는 물론 눈에 덮여 있었다. 그런데 미세하게 푸른 기가 감도는 흰 눈 사이로 다른 색채를 띠는 무언가가 곳곳에 흩어져 있는 것이다.

"……고양이?"

놀랍게도 이 얼어붙을 듯한 겨울 하늘 아래 고양이가 있었다. 그것도 한두 마리가 아니다. 다섯 마리, 아니 열 마리 가까이 있었다.

"이 녀석들, 뭘 하고 있는 거지." 나카무라 씨는 황당한 표정으로 중얼거렸다.

포도 별장 순찰 업무를 맡은 지 3년이 됐지만 이런 일은 처음이었다.

원래 평상시에는 포도 별장에 사람이 살지 않았고, 당연히 음식물도 없다. 온기를 취하거나 비와 이슬을 피할 곳도 없다.

고양이가 모여 있을 이유가 전혀 없는 것이다. 아무리 생각해도 이 상황은 예삿일이 아니었다.

나카무라 씨는 멈춰 서서 한동안 주변의 상태를 살폈다. 고양이들 외에는 저택도 그 주변도 변한 것은 보이지 않았다.

나카무라 씨는 조금 찜찜한 기분으로 포도 별장을 향해 걸었다.

"앗!" 나카무라 씨는 비명을 질렀다. 삐쩍 마른 커다란 고양이 두 마리가 발톱을 세운 앞발로 현관문을 득득 긁고 있었기 때문이다.

"이놈들, 그만해!"

나카무라 씨는 소리치면서 문으로 달려갔다. 고양이들이 놀라 펄

쩍 뛰며 도망갔다. 나카무라 씨는 눈 속에 무릎을 꿇고 문을 꼼꼼히 살폈다. 불안은 적중해서 문에는 발톱 자국이 몇 군데 나 있었다. 하지만 다행히도 오랜 시간 비바람을 맞은 문 표면에는 적지 않은 흠집이 있어서 유심히 보지 않으면 고양이가 만든 발톱 자국은 찾기 어려울 정도였다.

이 정도면 관리 부족을 책망당할 염려는 없어 보였다. 나카무라 씨는 안도의 한숨을 쉬었다. 안심하면서, 동시에 본질적인 의문이 떠올랐다.

고양이들은 별장 안으로 들어가고 싶어 했다. 이는 별장 내부에 고양이들의 흥미를 끄는 무언가가 있음을 의미하는 것이 아닐까.

누군가가 몰래 별장 안에 들어가서 생활하고 있는 걸까? 아니면 내부에 쥐들이 창궐했는지도 모른다.

어느 쪽이든 담당자로서는 건물 안을 조사해 볼 필요가 있었다.

나카무라 씨는 문에 열쇠를 꽂고 살며시 문을 열었다. 바로 뒤에서 고양이 울음소리가 들렸다. 돌아보니 어느새 고양이들이 다시 모여 있었다. 안으로 따라 들어가려고 틈을 노리고 있는 것이다.

"이런. 너희를 들어가게 할 순 없단다."

나카무라 씨는 문을 조금만 열고 재빨리 몸을 밀어 넣은 후 문을 쾅 닫았다. 그리고 한 방씩 조사해 나갔다.

"그런데 별장 안에는 아무런 변화도 없었어요." 다쿠미가 말했다. "부랑자가 숨어 있거나 쥐가 돌아다니거나 개다래나무가 자생

해 있지도 않았어요."

"그러면 고양이가 모여든 원인을 알아내지 못한 거야?" 내가 물었다.

"네. 나카무라 씨는 일단 상사에게 그 사실을 보고했지만, 원인을 모르니 상사도 어떤 지시를 내려야 할지 몰라서 일단 상황을 지켜보기로 했어요."

문득 창밖을 보니 차는 나무숲 사이를 달리고 있었다. 어느새 시내를 통과한 것이다. 눈이 잔뜩 쌓인 길 위로 한 줄의 바큇자국이 나 있었다. 다쿠미는 바큇자국에서 벗어나지 않도록 신중하게 사브를 운전해 간다.

"하지만 나카무라 씨는 왠지 신경이 쓰여서 다음 날도 시간을 내서 별장에 가 봤대요. 역시나 고양이들이 모여 있었고요. 더구나 전날보다 고양이는 더 늘어나서 스무 마리 가까이 있었대요. 고양이들은 전날과 마찬가지로 별장 안으로 들어가려고 하고 있었고요."

"그렇다면 역시 포도 별장 안에 무언가가 있다는 얘기군." 다카세가 말했다. "눈 속의 원정조차 마다하지 않을 정도로 고양이들을 강력하게 이끄는 무언가가."

"네." 다쿠미는 고개를 끄덕였다. "나카무라 씨도 그렇게 생각했어요. 그래서 다시 한번 꼼꼼하게 별장 내부를 살펴봤어요. 하지만 이번에도 이상한 점은 보이지 않았죠."

"아무것도?"

"네. 휴지 한 장 떨어져 있지 않았대요."

"흐음. 어떻게 된 일일까." 다카세가 팔짱을 꼈다.

"결국 더 이상은 방치할 수 없다는 결론에 이르렀고, 그날 저녁 우리 집으로 연락이 왔어요. 도저히 믿기 힘든 이야기라서 나도 곧장 확인하러 갔죠."

"어땠어? 역시 고양이가 있었어?"

"있었어요. 나카무라 씨의 보고대로 포도 별장 주변에 수많은 고양이들이 서성거리고 있었어요."

"너도 별장 내부를 조사해 본 거지?"

"구석구석 찬찬히 살펴봤죠."

"이상은 없었고?"

"네." 다쿠미가 끄덕인다. "그날 밤 귀가한 형에게 얘기를 했더니, 형도 굉장히 흥미를 느꼈는지 다음 날 아침 별장으로 갔죠."

"그리고 그대로 별장에 틀어박혔다는 건가."

"맞아요." 다쿠미가 대답했다. "밤늦도록 오지 않길래 걱정돼서 별장으로 갔는데, 매정하게 쫓겨났어요."

"흐음." 나는 신음 소리를 냈다. "다카세, 어떻게 생각해?"

"모르겠어." 다카세는 솔직하게 말했다. "본인에게 캐묻는 수밖에 없겠지."

마침내 앞쪽에 중후한 석조 문이 보였다.

"어라, 이상하네." 차의 속도를 늦추며 다쿠미가 중얼거렸다.

"무슨 일이야?" 다카세가 물었다.

"형 차가 없어요." 다쿠미가 곤혹스러운 듯 대답했다. "이 앞은 계단이라서 문 앞에 차를 세우고 걸어가야 하거든요."

그렇군. 미네하라가 별장에 있다면 그의 차가 있어야 했다.

"어디 외출이라도 했나." 내가 말했다.

"우리랑 한 약속이 생각나서 역으로 마중 나간 건 아닐까." 다카세가 말했다.

"하지만 그러면 전화 정도는 했을 텐데요." 다쿠미가 말했다.

다쿠미가 말한 대로다. 역에 도착했다면 길이 엇갈렸음을 바로 알았을 것이다.

우리는 핸드폰을 확인했지만 누구의 핸드폰에도 미네하라의 연락은 없었다. 전파 권외라서 우리가 미네하라에게 전화를 할 수도 없다.

다쿠미가 철제문에 열쇠를 꽂고 양쪽으로 열리는 문을 열었다. 세 사람이 나란히 걸을 수 있을 만큼 폭이 넉넉한 돌계단이 이어져 있다.

돌계단의 눈 위로 한 사람의 발자국이 찍혀 있었다. 돌계단을 내려간 발자국이다. 올라간 발자국은 보이지 않았다. 미네하라의 차가 없어진 걸 생각하면 발자국의 주인은 미네하라가 맞을 것이다.

"발자국에 눈이 거의 쌓이지 않았네." 다카세가 발자국 옆에 쭈그리고 앉아 말했다.

그렇다면 미네하라가 나간 지 그리 오래되지 않았다.

"어떻게 할까? 휴대폰이 연결되는 곳으로 이동해서 미네하라에게 전화해 볼까?" 다카세가 물었다.

밤의 이발소

"글쎄." 나는 고민하면서 무심코 발자국이 향한 방향을 눈으로 따라갔다. "잠깐, 다카세. 저기를 봐."

발자국은 20미터 정도 앞에서 기묘한 흔적을 보이고 있었다. 돌계단을 똑바로 내려온 발자국이 갑자기 방향을 틀어 샛길로 들어간 것이다. 그리고 발자국은 다시 샛길에서 돌아와 아무 일 없었다는 듯 돌계단을 내려가고 있었다.

"다쿠미, 저 길 끝에 뭐가 있지?" 나는 돌계단을 오르며 물었다.

"아무것도 없어요." 다쿠미가 말했다. "바다로 내려가는 길이 있을 뿐이에요."

"바다?"

"네. 작은 해변으로 이어져요."

"개인 해변인가." 다카세가 놀리듯 눈썹을 치켜 올렸다. "역시 부르주아 집안이야."

"그러면 좋겠지만," 다쿠미가 쓴웃음을 지으며 말한다. "아쉽게도 이 주변의 바다는 해류가 복잡해서 수영을 할 수 없어요."

"그러면 뭐하러 굳이 길을 만들었지?"

"저도 몰라요." 다쿠미가 고개를 갸웃했다. "할아버지는 어렸을 때 익사할 뻔한 적이 있어서 해변에는 절대 가까이 가지 않으셨다고 들었고, 산책 같은 취미도 없으셨고요."

"나도 미네하라가 수영하러 갔다고는 생각하지 않지만," 다카세가 말했다. "하지만 해수욕이 아니라면 더 기묘하지 않나?"

"여하튼 가 보자."

바다로 내려가는 길은 좁았지만 납작한 돌로 포장된 멋진 길이었다. 발자국은 샛길을 왕복하고 있었다. 도중에 멈춰선 흔적은 없다.

"바다까지는 얼마나 걸려?" 다카세가 맨 앞에서 걸으며 물었다.

"한 십오 분 정도 걸릴걸요." 내 뒤를 걷는 다쿠미가 대답했다.

잠시 묵묵히 걷다 보니 나무들 너머로 파도 소리가 들리기 시작했다. 이내 나무숲이 끝나고 모래사장이 나타났다. 폭 2백 미터 정도의 아담한 해구로, 우리 이외에는 아무도 없다. 발자국은 일직선으로 바다를 향하다가 파도가 들어오는 지점에서 돌아서고 있었다.

"믿을 수 없군." 다카세가 어깨를 으쓱였다. "미네하라 자식, 정말로 바다를 보러 왔었나 봐."

3

돌계단으로 돌아왔을 때는 차에서 내린 지 40분 가까이 흘러 있었다. 조금 전까지 찌릿찌릿 아팠던 귓불이 어느새 잠잠해져 있다. 감각이 마비된 듯하다.

"사쿠라, 어떻게 생각해?" 옆에서 걷던 다카세가 작은 목소리로 물었다. "녀석이 범죄에 휘말렸을 가능성을 생각해야 할까?"

나도 아까부터 그 점을 걱정하고 있었다. 여하튼 미네하라는 세상 사람들의 시선으로는 자산가의 후계자다. 영리를 목적으로 유괴를 꾀하는 무리가 있어도 이상하지 않다. 작년 가을에 있었던 기묘한 유괴 사건의 기억이 살며시 뇌리를 스쳤다.

"유괴를 생각하는 거야?" 나는 되물었다. "하지만 미네하라 발자국밖에 없잖아."

"문제는 그거야." 다카세가 낮은 목소리로 말했다. "수상한 자의 발자국이 있으면 경찰에 신고라도 할 수 있지만……."

"그러게." 나도 동의했다. "이 상황에서는 자신의 의지로 나갔다고밖에 볼 수 없어. 행동에 수상한 점은 몇 가지 있지만, 그것만으로는."

"좀 더 상황을 지켜볼까." 다카세가 중얼거렸다.

"제 생각에도 괜찮을 것 같아요." 다쿠미가 말했다. "친구들과의 보물찾기는 형에게는 최우선 사항일 거예요. 어쩔 수 없는 용무가 생겨서 나간 거라면 곧 돌아오겠죠."

다쿠미의 의견에 동의한 건 아니지만 현 단계에서는 그렇게 생각하는 수밖에 없을 듯했다.

발밑을 응시하면서 묵묵히 계단을 오르다 보니 갑자기 계단이 끝나 있었다. 고개를 들자 쏟아지는 눈 속에 서양식 2층 건물이 우뚝 솟아 있었다.

"이곳이……?" 나는 다쿠미를 돌아봤다.

다쿠미가 자랑스러운 듯 끄덕였다. "포도 별장입니다."

나는 잠시 멈춰 서서 포도 별장을 응시했다.

포도 별장은 예전의 양옥집에서 흔히 볼 수 있었던, 서양식과 일본식을 절충한 설계가 아니라 정통적인 서양식 건축이었다. 빨간색

슬레이트 지붕. 규칙적으로 배치된 여닫이창. 불필요한 장식을 배제한 실리적이고 강건한 외관이었지만 무기질적인 인상은 전혀 없이 어딘가 따뜻함마저 느껴졌다.

"과연. 엄청나군." 다카세가 조그맣게 말했다. "미네하라가 처분하기 아까워하는 이유를 알 것 같아."

"이상하네." 다쿠미가 다시 의아한 듯 중얼거렸다. "고양이가 없어요."

"아…… 그러고 보니." 나는 포도 별장에 넋이 빠져 고양이를 까맣게 잊고 있었다.

주변을 둘러봤지만 확실히 어디에도 고양이의 모습은 없었다. 하지만 생각해 보면 이게 정상이다. 이 얼어붙을 듯한 추위 속에서 고양이의 부재를 의아해하는 우리가 이상한 것이다.

"고양이도 걱정이지만," 다카세가 코트의 눈을 떨며 제안했다. "일단 별장 안으로 들어가지? 이 지긋지긋한 눈과도 작별하자고. 그러고 나서 마음껏 고양이를 생각해 주는 게 좋지 않겠어?"

"좋은 생각이에요." 다쿠미도 꽤 추웠었는지 부리나케 열쇠를 꺼내고 문을 열었다. "들어오세요. 얼른 뜨거운 커피 내올게요."

우리는 가볍게 발을 굴러 신발에 붙은 흙을 떨고 별장 안으로 들어갔다. 등 뒤로 문이 닫히자 바깥의 극지 같은 냉기와 바람 소리가 순식간에 멀어졌다. 다카세가 "후우." 하고 안도의 한숨을 쉬었다.

샹들리에에 불이 들어와 홀을 비추기 시작했다. 쪽매붙임을 한 마룻바닥에 회반죽과 적갈색 목재로 구성된 벽면. 벽의 높은 곳에 위치한, 포도를 모티브로 한 스테인드글라스. 거대한 샹들리에는 차분하면서도 화려한 아름다움이 있어서 건축주의 고급스러운 취향을 보여 주고 있었다.

흥미롭게 홀을 돌아보고 있자니 묘한 것이 눈에 들어왔다.

"다쿠미, 저건?"

내 시선을 따라간 다쿠미가 의아한 표정을 지었다. 그도 처음 보는 것인 듯하다. 가까이 다가가 보니 한 장의 메모가 벽에 핀으로 고정되어 있었다.

메모에는 눈에 익은 미네하라의 필체로 이렇게 적혀 있었다.

사쿠라와 다카세에게.

급하게 유럽을 가야 할 일이 생겼어.

약속 못 지켜서 정말로 미안하다.

아주 중요한 일이야.

일본에 돌아오면 자세하게 설명할게.

그러니까 지금은 용서해 줘.

다쿠미에게.

사쿠라와 다카세를 잘 대접해 주길 바란다.

한동안은 일본에 돌아올 수 없을 거야.

아버지에게 이야기할 시간이 없었어. 네가 대신 얘기해 줘.

아, 그리고 고양이 일도 맡아 줘.

번거롭게 해서 미안하지만 잘 부탁해.

미네하라 마사토

우리는 어이가 없어서 한동안 말이 나오지 않았다.

"죄송합니다. 사쿠라 형, 다카세 형." 다쿠미가 힘없이 고개를 숙였다. "형을 대신해서 사과드려요."

"네가 사과할 일도 아닌데 뭐." 나는 당황해서 말했다.

"뭐, 일단은." 다카세가 한숨 섞인 웃음을 지었다. "유괴가 아니라는 건 기뻐할 일이네."

"하지만 정말일까?" 나는 고개를 갸웃했다. "대체 갑자기 유럽에 가야만 할 용무란 게 뭐지? 세계를 누비고 다니는 비즈니스맨도 아니고."

"본인이 그렇다니 어쩔 수 없지." 다카세가 말했다. "갑자기 약속을 취소한 이유는 미네하라가 귀국하면 따지기로 하고, 문제는 앞으로 어떻게 할지야."

다카세의 말이 맞다. 시급한 과제는 우리의 대처 방법이었다.

"일단 오늘 밤은 이곳에 묵기로 하자. 괜찮지, 다쿠미?"

"물론이죠. 아무 곳이나 마음에 드는 방을 사용하시면 돼요."

손님용 방은 2층에 있다고 한다. 다쿠미의 안내로 홀 안쪽에 있는 계단에 발을 올린 순간이었다.

"잠깐만 기다려." 다카세가 불러 세웠다. "내 환청인가. 어디선가 고양이 울음소리가 들리는데."

밤의 이발소

"뭐?" 나는 무심코 다카세를 돌아봤다. "고양이라고?"

"진짜다. 들려요." 다쿠미가 말했다. "분명히 고양이 소리예요. 그것도 여러 마리의."

과연. 귀를 기울이자 내게도 고양이 울음소리 같은 소리가 어렴풋이 들렸다.

"고양이가 별장 안으로 들어왔다는 건가." 우리는 얼굴을 마주 보았다. "하지만 어디에 있는 걸까."

"아무래도 저쪽에서 들리는 것 같아." 다카세가 벽에 붙은 통풍구를 올려다보며 말했다. "저건 어디로 통하고 있어?"

"모르겠어요." 다쿠미가 고개를 저었다. "통풍구는 모든 방으로 연결되어 있어서."

"그러면 하나하나 찾아보는 수밖에 없겠군." 다카세가 턱을 쓰다듬었다. "다쿠미, 안내해 줘."

"굶주린 고양이가 들어왔다면……," 다쿠미는 잠시 생각에 빠졌다. "역시 주방일까요?"

"좋아. 가 보자."

우리는 별장 1층 오른쪽에 있는 주방과 식당, 담화실, 고용인 방 등을 돌아봤다. 하지만 어디에도 고양이는 없었다.

"없네요. 그러면 반대쪽인가?"

일단 홀로 되돌아가 이번에는 포도 별장 왼쪽으로 통하는 문을 열었다.

가장 가까운 방은 응접실이었다.

수수한 영국풍 인테리어로, 겨울과 무척이나 어울리는 방이다.

말 그대로 19세기 자체인 장식은 구석구석까지 손길이 닿은 것으로, 무척이나 마음이 편안했다. 마음에 들었다. 길 잃은 고양이를 찾고 나면 다시 한번 이 방에 와서 난로의 불꽃을 바라보며 목이 타들어 갈 듯한 독한 위스키를 음미해야지.

"뭘 멍하니 있는 거야, 사쿠라. 다음 방으로 가자고."

"알았다니까."

두 사람을 따라 옆방으로 들어간 나는 순간 망연자실했다.

문 외의 모든 벽면이 천장까지 닿는 거대한 서가로 뒤덮여 있었기 때문이다. 책장에는 중세의 수도원에 있는 것을 연상시키는 대형 서적이 빽빽하게 꽂혀 있었다.

"도서실이야." 내가 말했다.

"도서관이라고 표현하는 편이 맞겠네." 다카세는 눈을 찡그리며 가까이 있는 책장을 유심히 살펴봤다. "그건 그렇고 전부 오래된 책들뿐이군."

"상당히 오래된 책인 것 같긴 한데 정확한 시대는 몰라요."

"왜?"

"전부 라틴어 책이거든요. 골동품에 해박하신 아버지와 백부님들조차 이곳에 있는 책만큼은 손을 드셨죠."

"라틴어라고?" 다카세가 눈을 동그랗게 떴다.

"네. 혹시 흥미가 있으시면," 다쿠미가 미소 짓는다. "저쪽 소파에서 마음껏 독서를 즐기셔도 돼요."

"정중히 사양할게. 그보다…… 왜 소파를 저런 구석에 뒀지?" 이상하다는 듯 다카세가 물었다. "더구나 샹들리에까지 천장 구석에 달아 두고."

방에 들어간 순간부터 어딘가 묘한 인상을 받았는데, 다카세의 지적으로 그 이유를 깨달았다. 방 중앙에 공간이 충분히 있는데도, 소파뿐 아니라 샹들리에까지 안쪽 책장 가까운 곳에 설치되어 있었던 것이다. 정확하게 소파 바로 위쪽이다.

"저도 이상하다고 생각은 하는데," 다쿠미가 말했다. "처음부터 그렇게 되어 있었어요."

"옮기면 되는 거 아닌가?" 다카세가 말했다.

다쿠미가 머리를 긁적이며 한숨을 쉬었다. "아무것도 이동하지 말라는, 예의 그 할아버지의 엄명이 있어서요."

"깜박했네." 다카세가 목을 움츠렸다. "함부로 옮겼다간 재산권이 없어진다고 했지."

"그러면," 내가 물었다. "이곳에 소파를 둔 사람은 고키치 씨?"

"맞아요. 가구 배치는 전부 할아버지의 지시예요."

"여하튼 이곳에도 고양이는 없군." 다카세가 주위를 다시 한번 둘러보며 말했다.

우리는 도서실을 나와서 다음 문으로 향했다.

문 안쪽에는 벽에서 사슴 머리가 튀어나와 있는 거실 그리고 응접실, 욕실이 있었다.

"별장 안에 또 하나의 주거 공간이 있는 것 같네."

"이곳은 롤랜드 씨의 개인 공간으로 되어 있어요." 다쿠미가 설명했다. "우리는 귀빈실이라고 부르죠. 별장의 다른 방들과 완전히 독립되어 있고, 이 층 서재와 침실은 귀빈실 안에 있는 계단으로만 들어갈 수 있어요."

"서재와 침실이라. 여하튼 혹시 모르니 확인해 볼까."

거실과 응접실 사이에 있는 계단을 다카세, 나, 다쿠미의 순서로 올라갔다.

"잠깐." 계단 중간에서 다카세가 고개를 돌렸다. "고양이 소리가 들려."

계단 끝에는 작은 홀이 있었고, 좌우로 문이 있었다. 고양이 소리는 왼쪽 문에서 들려왔다.

"서재 안에 고양이가 있는 것 같아요." 다쿠미가 말했다. "그것도 한두 마리가 아닌."

"둘 다 마음의 준비는 됐나?" 다카세가 문을 살짝 열고 방 안을 들여다봤다. 나와 다쿠미도 고개를 빼고 실내를 살폈다.

"이거 엄청나네." 우리는 할 말을 잃었다.

서재 안은 온통 고양이였다. 바닥은 물론 소파 위, 테이블 아래. 셀 수 없을 만큼 많았다. 고양이들은 제각각 편한 자세로 누워 있었다. 더없이 게으르고, 그리고 행복한 모습으로.

우리는 조심스럽게 방 안으로 들어갔다. 고양이들은 갑작스러운 침입자를 보고도 거의 관심을 보이지 않았다.

"완전히 태평함 자체군, 이 녀석들." 다카세가 감탄한 듯 말했다.

밤의 이발소

"우리를 전혀 경계하지 않아."

다카세의 말대로였다. 할큄을 당할 것을 각오하고 가까이에 있는 녀석에게 살짝 손을 뻗어 등을 쓰다듬어 보았지만 고양이는 내 손길에 순순히 몸을 맡기고 있었다. 털은 헝클어져 있고, 몸은 야위었다. 도둑고양이가 분명하다. 그런데도 이렇게 순종적이라니 어떻게 된 일일까.

"당연히 별장 주변에 모여 있었다던 고양이겠지."

"그렇겠지. 대체 어떻게 들어온 걸까."

"물론 형이 불러들였겠죠. 그 외에 다른 가능성은 없어요."

"하지만 왜?"

"그건 모르겠지만……."

잠시의 침묵.

"이제, 어떻게 하지?"

"제게 생각이 있어요." 다쿠미가 말했다. "주방 팬트리에 피크닉용 커다란 바구니가 있어요. 그 바구니에 고양이를 담아 차까지 옮기죠."

"그렇군. 차에 태우겠다는 거군. 그다음은 어떻게 할 건데?"

"고양이를 엄청 좋아하는 후배가 한 명 있어요. 일단 그 후배에게 맡겨 둘까 해요."

"오케이. 그렇게 하자."

다쿠미는 차에 히터를 켜기 위해 나갔고, 나와 다카세는 팬트리에서 바구니를 네 개 꺼내서 서재로 돌아왔다.

"자, 시작해 볼까."

나와 다카세는 고양이를 안아 든 다음 살며시 바구니 안에 내려놓았다. 신기할 정도로 간단한 작업이었다. 도둑고양이를 맨손으로 잡는 건 극히 어려운 일이라고 생각했는데, 조금 맥이 빠지는 기분이다. 하지만 손을 물리는 것보다는 훨씬 나으리라. 우리는 고양이를 담은 바구니를 한 손에 하나씩 들고, 하얀 입김을 뿜어 대며 별장과 사브 사이를 몇 번이고 왕복했다.

"엄청난 광경이군." 고양이를 가득 실은 사브를 바라보며 다카세가 유쾌하게 말했다. "세상이 아무리 넓다고 해도 이만큼 고양이 밀도가 높은 공간은 없을 거다."

"그런 건 상관없지만 우리가 탈 공간은 있는 거야?" 나는 시트 위에서 하품을 하고 있는 고양이를 바라보며 말했다.

"어떻게든 될 거예요." 다쿠미가 쾌활하게 장담했다. "하지만 잘못 꼬리라도 밟았다간 할퀼 수도 있으니 조심하세요."

다쿠미는 시내까지 내려가 차를 갓길에 세우고 전화를 걸었다.

"여보세요, 우에다? 미네하라인데, 부탁이 좀 있어서. 포도 별장에 고양이가 자꾸 들어와서 난처한 상황이거든. 하룻밤만 네가 좀 맡아 줄 수 있어? 그래? 미안해. 차를 가지고 바로 그쪽으로 갈게. 부탁해."

"다쿠미, 너도 참 못됐다." 다카세가 히죽히죽 웃었다. "가장 중요한 정보인 고양이 마릿수는 일부러 안 가르쳐 준 거지?"

"그 후배는 단독주택에 살아?" 조금 불안해진 내가 물었다.

"그게," 다쿠미가 헛기침을 한다. "세 평짜리 원룸이에요."

"세 평 원룸에 사는 사람에게 고양이 스물네 마리를 떠맡기다니!" 다카세가 하늘을 우러러봤다. "정말 지독한 선배군. 후배가 진심으로 가여워."

"괴롭히지 말아 주세요, 다카세 형." 다쿠미가 어깨를 으쓱했다. "저도 고민 끝에 내린 결정이니까요."

4

발 디딜 틈도 없이 고양이에게 둘러싸인 채 망연자실해 있는 우에다에게 손을 흔들고 우리는 다시 차로 돌아왔다.

"이제 어디 가서 밥이라도 먹자." 다카세가 말했다.

"그래요. 오래된 양식집 어떠세요?" 다쿠미가 말했다. "근처에 맛있는 집이 있는데."

"좋아. 거기로 가자." 나와 다카세는 곧바로 고개를 끄덕였다.

그 레스토랑은 포도 별장에서 그리 멀지 않은 주택가에 있었다.

"가게는 작지만 메이지 시대부터 이어 온 노포입니다." 문을 밀면서 다쿠미가 말했다. "고키치 할아버님도 혼자서 자주 들르셨다고 해요."

실내 중앙에 낡은 대형 가스난로가 나지막이 소리를 내고 있었다. 난로를 둘러싸듯 테이블이 놓여 있었고, 안쪽에는 카운터석이 있다.

다쿠미는 손님을 맞으러 나온 초로의 신사에게 인사한 후 우리를 창가 테이블로 이끌었다. 과연 마음이 편안해지는 분위기다. 다쿠미 말에 따르면 셰프와 접객 담당 둘이서 가게를 꾸려 가고 있다.

메뉴판을 보니 가격은 그리 비싸지 않았다. 우리는 먹고 싶은 요리를 부담 없이 주문했다. 먼저 맥주로 건배한다. 그렇게 추위에 떨었는데도 차가운 맥주가 정말로 맛있었다. 가엽게도 다쿠미는 무알코올 맥주다.

"자, 이제." 다카세가 빈 유리잔을 테이블 위에 놓았다. "뭐부터 이야기할까."

"일단 고양이가 포도 별장에 모여드는 이유겠지." 내가 말했다

"그 원인이 포도 별장에 있다는 건 확실한데," 다카세가 말했다. "문제는 나카무라 씨가 별장 안을 두 번이나 수색했고, 다쿠미도 확인했는데 왜 아무것도 못 찾았느냐는 거야."

"결국 그것은," 다쿠미가 다카세의 유리잔에 맥주를 따르면서 말했다. "사람 눈에 쉽게 띄지 않는 장소에 있는 것. 단적으로 말하면 숨겨져 있는 것이겠죠."

"그렇지." 다카세가 맛있게 맥주를 마시면서 고개를 끄덕였다.

"하지만 왜 미네하라만 그것을 찾을 수 있었을까." 내가 물었다.

"수수께끼를 풀 열쇠는 고양이야." 다카세가 말했다. "고양이는 멀리 떨어진 곳에서 모여들었어. 그렇다면 고양이를 불러들인 것은 눈에 보이는 것이 아니라 냄새가 나거나 소리를 내는 것이지."

"글쎄요." 다쿠미가 반론했다. "평상시와 다른 냄새나 소리가 났다면 나카무라 씨나 내가 눈치를 챘을 거예요."

"분명 사람이 느끼지 못할 정도의 미묘한 소리나 냄새일 거야. 고양이의 후각과 청각은 사람의 수천 배는 발달해 있다고 들었어. 너나 나카무라 씨는 느끼지 못하더라도 고양이들은 감지할 수 있지."

"미네하라는 그 사실을 눈치챈 건가."

"아마도. 그래서 미네하라는 별장 안에 고양이들을 풀어서 그것이 있는 장소를 안내하게 한 거야."

"고양이들을 끌어들인 건 무엇이었을까요?" 다쿠미가 물었다.

"분명," 다카세가 말했다. "고키치 씨가 포도 별장에 숨겨 둔 보물일 거야."

음식이 나오기 시작했다.

"이해가 안 가는 건," 나는 파스타를 포크로 말며 물었다. "미네하라는 왜 우리에게 말도 안 하고 모습을 감췄는지야. 별장에 보물이 있다는 건 나도 다카세도 알고 있어. 이제 와서 숨길 필요는 없지 않나."

"생각해 볼 수 있는 건," 다카세가 천천히 대답했다. "찾아낸 보물이 미네하라의 상상과 달랐을 경우일 거야."

"무슨 뜻이야?"

"만약 발견한 보물이 다른 사람에게는 절대로 보여 주고 싶지 않은 물건이었다면 넌 어떻게 할 거 같아? 예컨대 미술관에서 훔친 그림이라거나 대량의 위조지폐를 발견했다면."

"설마." 나는 웃었지만 다카세는 심각한 표정을 풀지 않았다.

"나라면 보물을 들고 모습을 감출 거야. 약속을 어긴 건 나중에 얼마든지 변명할 수 있으니까."

"당연히 농담이죠?" 다쿠미가 난처한 듯 미소 지었다. "할아버님이 단기간에 부를 축적한 건 맞지만 비합법적인 사업을 하진 않았을 거예요. 아슬아슬하게 법망을 피한 적은 있을지 모르지만."

"알고 있어." 다카세가 말했다. "나는 고키치 씨가 나쁜 짓을 했다고는 생각하지 않아. 미네하라가 발견한 건 아마 롤랜드의 숨겨 놓은 재산일 거야."

"롤랜드 경의?"

"고키치 씨는 롤랜드에게 큰 빚이 있었어. 그런 롤랜드의 부탁을 거절할 수는 없었겠지. 설령 위탁받은 재산이 비합법적인 물건이었다고 해도."

"그럴지도 모르겠군." 나도 동의했다. "포도 별장은 롤랜드 경에게 선사하기 위해 지은 거잖아. 고키치 씨가 자신의 재산을 그 별장에 숨겼다고 보기는 힘들지."

"저도 그렇게 생각해요." 다쿠미가 동의했다. "포도 별장에 숨긴 자산이 있다는 소문은 예전부터 있었어요. 지금까지 아무도 진지하게 여기지 않은 것은 포도 별장이 언젠가 타인의 소유가 될 것이기 때문이죠. 하지만 감춰 둔 것이 롤랜드 경의 재산이라면……."

"앞뒤가 딱 맞는군."

"그렇다면 형이 황급히 일본을 떠난 건……,"

"물론 보물을 처분하기 위해서지." 다카세가 확신에 찬 말투로 대답했다.

"그럴까요?" 다쿠미는 납득이 되지 않는 듯했다. "대체 왜 보물을 처분하는 데 유럽까지 가야 하죠?"

"글쎄." 다카세는 어깨를 으쓱했다. "롤랜드가 어떤 인물인지 알면 그 이유도 추측할 수 있겠지만."

"저도 조금은 들은 이야기가 있어요." 다쿠미가 말했다. "제가 알고 있는 내용은 어차피 할아버님이 가족들에게 한 이야기라서 어디까지 사실인지는 불분명하지만."

"오, 고키치 씨가?" 나는 포크를 내려놓고 맥주잔을 들었다. "그 얘길 꼭 듣고 싶은데."

"알겠습니다." 다쿠미는 잠시 창밖을 바라본 후 천천히 이야기를 시작했다. "할아버님이 아직 젊고 무명이었던 시절, 1887년의 이야기예요."

"포도 별장을 지은 고키치라는 분은 제 할아버지의 할아버지예요. 마을이 생긴 이래 최고의 수재로, 청운의 뜻을 품고 제국 대학에 진학했고, 결국엔 유럽 유학까지 하셨죠. 질주하는 기관차처럼 활력이 넘치는 분이었다고 해요. 그런데 지나치게 혈기가 왕성해서, 파리 체재 중이던 정부 고관의 역정을 사게 됐어요. 곧바로 무릎 꿇고 사죄했다면 좋았겠지만, 특히나 머리 숙이는 걸 싫어했던 사람인지라 오히려 호통을 치고 말았고, 체면을 구긴 고관은 격노했어요. 그 순간 그때까지 할아버님께 아부를 떨던 사람들은 썰물처럼 떠나 버렸고, 귀국 후에 창립하려고 했던 무역 상회의 후원자도 찾을 수 없는 궁지에 몰려서……. 그래도 의연하게 가슴을 펴고 있었다고 하지만 뭐, 거의 오기라고 해야겠죠."

더없이 메이지 시대의 호걸다운 일화였다.

"자업자득이라고는 해도 이국땅에서 따돌림을 당하는 날들이 이어지자 아무리 할아버님이라도 결국 약해지셨죠. 하지만 세상일은 알 수 없는 법이라, 할아버님은 베를린에서 열린 무도회에서 특이한 부자를 한 사람 알게 됐어요. 독일에서 사는 롤랜드라는 영국인이었죠. 그는 할아버님이 마음에 들었는지 사업 자금을 빌려주겠다고 자청했다고 해요."

"이야기가 너무 잘 풀리는데." 나는 솔직한 느낌을 말했다.

"누구나 그렇게 생각하겠죠. 하지만 롤랜드 경은 정말로 융자를 해 줬어요. 그것도 현재 가치로 환산하면 수억 엔이라는 거금을."

"그게 정말이야?"

"믿기 힘들지만 사실이에요. 할아버님은 그 자금으로 무역 상회를 설립했고, 크게 성공을 거뒀으니까요."

그렇군. 그렇다면 믿을 수밖에.

"롤랜드라는 사람은 어떤 인물이야?" 내가 물었다.

"한마디로 표현하자면 수수께끼 같은 인물이에요. 그에 대해 알려진 건 영국인이고, 향수 제조와 판매로 막대한 재산을 축적했다는 것뿐이죠. 독신이며 친한 친구도 없었고, 젊었을 때 무엇을 했는지, 심지어 몇 살인지조차 아무도 몰라요. 미술과 음악에 조예가 깊고, 독일어와 라틴어를 자유자재로 구사할 수 있었다고 해요."

"꽤나 수상한 인물이군." 내가 말했다.

"할아버님은 원래가 오만함으로 똘똘 뭉친 사람이었고, 성공한 후에는 타고난 오만불손함이 점점 더해졌지만, 롤랜드에게만큼은 평생 감사의 마음을 잊지 않았어요. 은퇴 후 일본에서 잠시 머물고 싶다는 롤랜드의 연락을 받자, 할아버님은 은혜를 갚겠다는 듯 호화로운 양옥집을 지어서 롤랜드에게 선물하기로 했죠."

그것이 포도 별장인 것이다.

"롤랜드는 1907년에 사업에서 은퇴하고 세계 일주를 떠났어요. 여행의 최종 목적지는 물론 일본이었죠. 할아버지는 그와의 재회를 진심으로 기다리고 있었어요. 하지만 할아버님은 이미 심장 질환을 앓고 계셨고, 시간이 별로 남지 않았음을 알고 계셨죠. 결국 아무리 기다려도 롤랜드는 오지 않았어요. 나중에 알게 됐는데, 롤랜드는 여행 중에 폭풍을 만나 배와 함께 바다에 가라앉았다고 해요."

"허무하군." 다카세가 중얼거렸다.

"롤랜드가 사망했다는 사실을 모른 채 할아버님도 돌아가셨는데, 할아버님은 임종 직전에 집안사람들을 모두 머리맡으로 불러 기묘한 유언을 남기셨어요."

"유언의 내용은 미네하라에게 들었어." 내가 말했다. "포도 별장을 반드시 롤랜드에게 인도할 것, 그리고 별장의 외관과 내장을 일절 변경하지 말 것. 맞지? 게다가 약속을 깨면 재산권을 박탈한다."

"고키치 씨는 왜 그런 힘든 요구를 했을까?" 다카세가 황당한 얼굴로 물었다. "가족을 전혀 신뢰하지 않는 것처럼 보이잖아."

"할아버님이 믿지 못했던 사람은 후계자인 기미히코예요. 그분은 여하튼 부친과 뜻이 맞지 않았던 모양이에요. 부친이 가져온 혼담을 걷어차고 자신이 선택한 여성을 데려왔고, 사업 방식에서도 사사건건 충돌하는 등, 부자지간인데도 서로를 천적 대하듯 싫어했다고 들었어요. 기미히코는 워낙에 능력이 특출했던 터라 할아버님도 후계자로 삼지 않을 수가 없었지만, 그 정도로 부친을 싫어했던 아들입니다. 만약 자신이 죽는다면……."

"포도 별장을 매각하지 않을까."

다쿠미가 고개를 끄덕였다. "할아버님은 그 부분을 걱정하셨다고 생각해요. 실제로 롤랜드가 인도양에서 횡사했다는 소식이 미네하라 집안에 전해지자, 기미히코는 상속인이 죽었으니까 유언은 무효라고 주장하며 포도 별장을 매각하려고 했죠. 하지만 형제와 친척들이 반대를 하고 나섰어요. 기미히코의 전횡을 못마땅해하던 사람들이 선대의 유지를 방패로 반격에 나선 것이죠. 아무리 기미히코라도 그들의 반대를 무릅쓰고 포도 별장을 처분할 수는 없었고, 할아버님의 유언은 그렇게 지켜졌어요."

"역시 고키치 씨와 롤랜드 사이에는 단순히 젊은 실업가와 후원자 이상의 관계가 있었던 건가." 내가 말했다.

"그리고 롤랜드가 일본에 오려는 진짜 목적은 맡겨 둔 보물을 찾는 것이었다." 다카세가 말했다.

"하지만," 내가 물었다. "처음 이야기를 들었을 때부터 계속 이상했는데, 고키치 씨는 유언의 기한을 왜 백오십 년이라는 비현실적인 기간으로 정했을까?"

"그 부분은 당시 미네하라 집안에서도 모두 의아해했다고 해요." 다쿠미가 말했다.

"고키치 씨가 그 점에 대해 설명한 건 없었어?" 다카세가 물었다.

"가족들이 물어봤지만……. 할아버님은 단 한마디, '그것도 너무 짧아.'라고 하셨다고."

"백오십 년도 너무 짧다?" 다카세가 눈을 동그랗게 떴다.

"어쩌면 할아버지가 맡고 있었던 건 롤랜드 개인의 유산이 아니라, 조직이나 단체가 소유한 자산이었을지도 모르겠어요."

"그렇다면 그 조직은 꽤 튼튼한 기반이 있다는 거군." 다카세가 신음하듯 말했다. "백 년 정도로는 사라지지 않을 거라는 확신이 있었던 거지."

"하지만 아무도 찾으러 오지 않았다." 내가 중얼거렸다. 예상과 달리 그 조직이 사라져 버렸는지도 모른다.

"그 보물이 뭔지 점점 더 궁금해지는데." 다카세가 싱긋 웃었다.

"고양이가 소리에 이끌렸다면 보물은 악기일지도 모르겠군요. 예컨대 스트라디바리우스 바이올린이라든가." 다쿠미가 말했다.

"하지만 케이스 안에 있는 악기가 혼자 울릴 리는 없잖아?" 내가 말했다.

"그러면 오르골일지도요." 다쿠미가 대답했다. "태엽이 감겨 있으면 건드리기만 해도 뚜껑이 열려서 멜로디가 흘러나올 가능성이 있잖아요."

"글쎄다." 다카세는 턱을 매만졌다. "그 오르골이 얼마만큼 묘한 멜로디를 들려주는지는 몰라도 과연 음악으로 고양이를 불러들이는 게 가능할까?"

"소리가 아니라면 냄새일까." 내가 말했다.

"개다래나무나 생선류일 수도 있고. 그나마 그쪽으로 생각하는 편이 현실적일 것 같아. 근데 대체 무슨 냄새일……."

다카세가 갑자기 입을 다물었다. 나와 다쿠미가 깜짝 놀라 시선을 교환했다.

"롤랜드가 무슨 일을 했다고 했지?" 다카세가 낮은 목소리로 물었다.

"향수 제조와 판매요." 다쿠미가 나지막이 대답했다.

우리는 천천히 고개를 끄덕였다. "그거다!"

"일단 고양이들을 불러들인 건 향수라고 치자." 다카세가 말했다. "하지만 미네하라가 들고 간 건 향수가 아니야. 향수와 함께 보관되었던 무언가야."

"어떻게 단언해요?" 다쿠미가 물었다.

"생각해 봐. 롤랜드는 미지수의 청년이었던 고키치 씨에게 억 단

위의 거금을 빌려줬어. 고키치 씨도 롤랜드를 위해 막대한 돈을 투자해 포도 별장을 지었지. 빈틈없는 실업가였던 두 사람이 향수 때문만으로 그 정도의 돈을 쓰는 건 어떻게 봐도 어색해."

"좀 더 고가이고, 더구나 사람들 눈을 피해야 하는 물품이라는 말이지?"

"그렇지. 예컨대 로마노프왕조의 비취로 만든 옥좌라든지, 벨라스케스의 환영의 풍경화라든지."

"아직 러시아혁명도 일어나지 않았을 땐데 그런 게 유출됐을 리 없을걸." 내가 황당해하며 말했다. "아니, 그보다 비취 옥좌니 벨라스케스의 환영의 풍경화 같은 게 진짜로 있어?"

"몰라. '예를 들면'이라고 했잖아." 다카세가 새치름하게 말한다. "여하튼 그런 귀한 보물이라는 거지."

"흠. 설마 아닐 거라고는 생각하지만," 다쿠미가 생각에 잠겼다. "다카세 형의 이야기를 듣고 보니 정말로 포도 별장 어딘가에 도난당한 명화가 잠들어 있지는 않을지 불안해졌어요."

"아니야. 다카세의 추리는 성립이 안 돼." 내가 말했다.

"왜? 달리 생각할 수 있는 게 없잖아?" 다카세는 불만스러운 듯 입을 삐죽 내밀었다.

"그런가. 그럼 미네하라가 발견한 게 도난당한 고흐의 그림이라고 해 볼까……." 나는 천천히 말을 이었다. "미네하라는 일단 복제품이라고 생각하겠지. 진품이 이곳에 있을 리 없다고 생각하는 게 일반적이니까. '하지만 잠깐.' 하고 미네하라는 생각을 바꿔. 단순한 복제품을 할아버님이 소중히 감춰 둘까? 어쩌면 고흐의 진품인 지도 몰라. 하지만 미네하라가 설령 그렇게 생각했대도 그 그림이 진품인지 아닌지 알 수 없지. 미네하라가 진위를 판단할 방법이 없 으니까."

"그렇군. 생각해 보니 맞는 말이야." 다카세가 뒷목을 긁적였다.

"물론 전문가에게 감정을 의뢰하면 답이 나오겠지. 하지만 감정 결과가 진품으로 나오면 자신이 어떻게 진품을 소유하고 있는지를 설명해야겠지."

"그렇지. 그러면 의미가 없지."

"다카세 형의 추리가 틀렸다는 뜻인가요?" 다쿠미가 물었다.

"아니." 나는 고개를 저었다. "다카세의 추리대로 미네하라가 무 언가를 혼자 처리하려는 건 맞을 거야."

"하지만 미술품이 아니라면 형은 무엇을 찾아냈을까요?"

"누가 봐도 한눈에 위험하다는 걸 알 만한 것이겠지." 나는 귀를 만지면서 말했다. "롤랜드가 아무리 많은 돈이 들더라도 감출 수밖 에 없었던 것. 그리고 백 년이 지난 지금에도 절대로 우리에게 보여 주고 싶지 않았던 것."

"무섭군요." 다쿠미가 어색하게 웃었다. "이야기를 계속 듣는 게 왠지 두려워졌어요."

"다쿠미, 미안해." 나는 낮은 목소리로 말했다. "내게는 한 가지 답밖에 떠오르지 않아. ……누군가의 시신."

"사쿠라 너, 벌써 취했냐?" 다카세가 어이없다는 듯 말했다. "시체라니, 그건 그리 간단하게 처리할 수 있는 게 아니라고."

"미네하라가 처리하러 간 장소는 짐작이 가. 녀석의 발자국이 가르쳐 줬으니까."

"시신을 바다에 버렸다고요?" 다쿠미가 눈을 부릅떴다. "설마."

"왜?" 나는 침울한 표정으로 말했다. "이 부근의 해류가 복잡하다고 말한 사람은 다쿠미, 너야. 바다에 시신을 던지면 복잡한 해류가 시신을 일본해 저편으로 옮겨 갈 거야."

"분명히 그렇게 말은 했지만……." 다쿠미가 말끝을 흐렸다.

"다쿠미, 걱정하지 마." 다카세가 상냥하게 말했다. "봐 봐, 사쿠라가 오른쪽 귀를 만지고 있잖아. 저건 녀석이 농담할 때의 버릇이야. 귀를 당겨서 터져 나오려는 웃음을 참는 거라고."

"아, 그런 건가요, 사쿠라 형?"

"미안. 설마 진지하게 받아들일 줄은 몰랐어." 나는 참지 못하고 웃음을 터뜨렸다. "물론 농담이야. 시신을 일부러 백오십 년이나 보관할 필요 없이, 그야말로 곧바로 바다에 던져 버리는 게 낫지 않을까."

"너무해요." 다쿠미가 입을 삐죽 내밀었다. "진지하게 들었는데."

"미안해. 사과의 의미로 한 가지 더 생각을 말해 줄게. 이번에는 제대로 된 내용이야."

"진짭니까?" 다쿠미가 의심스러워했다.

"잘하면 보물이 숨겨진 장소를 찾을 수 있을지도 몰라." 내가 말했다.

"우리도 고양이를 풀어 보는 겁니까?" 다쿠미가 물었다.

"아니, 고양이를 이용하지 않고 찾을 거야."

"우리 중 어느 누구도 고양이의 후각을 갖지 못했다는 걸 잊었어?" 다카세가 말했다. "고양이 손을 빌리지 않고 어떻게 숨겨진 장소를 찾을 생각인데?"

"생각해 봤는데," 나는 두 사람의 얼굴을 번갈아 보면서 말했다. "별장에 모여든 고양이들이 실내로 들어오려고 계속 문을 긁었다고 했지? 그렇다면 미네하라가 별장 안에 고양이를 풀어 놨을 때도 같은 일이 일어나지 않았을까."

"아! 고양이의 발톱 자국을 찾자는 거군요."

"그렇지. 포도 별장의 실내장식이나 가구는 전부 십구 세기 앤티크 물건이야. 흠집이 생겨도 다른 물건으로 쉽게 교체할 수 없어. 보수하는 것도 미네하라에겐 무리일 테고, 가구를 옮겨서 흠집을 감췄다고 해도 네가 보면 위치가 바뀐 것을 알게 되지. 그러니까 고양이가 보물이 있는 장소를 발톱으로 긁었다면 그 흔적이 어딘가에 남아 있을 거야."

5

두 시간 후 우리는 응접실 소파에 녹초가 돼서 누워 있었다.

"손가락 하나도 까닥 못 하겠어." 다카세가 나지막이 신음했다.

밤의 이발소

"결국 고양이 발톱 자국은 찾지 못했네요." 다쿠미의 얼굴에도 피로한 기색이 감돌고 있었다.

"좋은 아이디어라고 생각했는데 말이지." 나는 천장을 올려다보며 푸념했다.

우리가 놓친 곳이 있다고는 생각할 수 없었다. 포도 별장에 있는 모든 방의 가구와 세간살이는 물론 벽, 바닥, 천장에 이르기까지 꼼꼼하게 조사했다. 방뿐만 아니라 로비, 복도, 계단, 욕실과 화장실까지 생각할 수 있는 곳은 전부 확인했다.

하지만 어디에도 고양이 발톱 자국으로 보이는 흠집은 보이지 않았다.

"뭐, 낙담하지 마. 내일 우에다에게 고양이를 한 마리 빌려 오면 되니까."

"그래야겠네."

지친 목소리로 소곤소곤 이야기를 나누는 우리 옆에서 다쿠미는 쿠션을 껴안은 채 생각에 빠져 있었다.

"다쿠미, 왜 그래?" 다카세가 상냥하게 물었다.

"몇 번이나 생각해 봤지만 고양이가 보물이 숨겨진 장소에 흠집을 냈다는 사쿠라 형의 추리는, 역시 맞을 것 같아요." 다쿠미가 말했다.

"하지만 별장 어디에도 흠집 따윈 없었잖아." 다카세가 말한다.

"없었죠." 다쿠미는 분하다는 듯 동의했다. "제가 기억하는 한 어떤 가구나 비품 하나도 없어지지 않았고, 옮겨지지 않았어요."

"그렇다면," 다카세가 부드럽게 말했다. "고양이는 흠집을 내지 않았다는 거지."

"하지만……." 다쿠미는 이해할 수 없다는 듯 입을 다물었다.

"그러면 시점을 조금 바꿔서 생각해 볼까?" 내가 제안했다. "고키치 씨가 별장에 보물을 숨긴 건 롤랜드가 일본에 올 때까지 자신이 살아 있지 못할 것이라고 생각했기 때문이겠지."

"그렇겠네." 다카세가 고개를 끄덕였다.

"문제는 보물이 숨겨진 곳을 어떤 식으로 롤랜드에게 전할까 하는 거야." 나는 말을 이었다. "직접 가르쳐 줄 수 없는 이상, 별장 어딘가에 보물이 있는 장소를 롤랜드에게 알리는 메시지를 남겨 놨다고밖에 볼 수 없어."

"그렇다고 해도 막상 그렇게 하는 건 상당히 어려울 텐데." 다카세가 말했다. "롤랜드 입장에서 보면 아무런 힌트도 없는 상태에서 단서를 발견해 보물을 찾아내야 하니까."

"하지만 할아버님이 괜찮다고 판단했다면 분명 힌트 없이도 풀수 있을 거예요." 다쿠미가 말했다.

"뭐, 그렇긴 하지만."

우리는 생각에 잠겼다.

"그러면 자," 나는 다시 한번 제안했다. "이번에는 롤랜드 입장에서 생각해 보자."

"그래 볼까." 다카세가 팔짱을 끼며 말했다. "나부터 시작한다. 먼저, 롤랜드가 무사히 일본에 와서 고키치 씨를 찾았다고 하자."

"안타깝게도 할아버님은 이미 돌아가셨다. 하지만 유언이 있으니까 롤랜드는 포도 별장을 양도받는다." 다쿠미가 뒤를 이었다.

"롤랜드는 포도 별장 어딘가에 고키치 씨에게 맡겨 둔 보물이 보관되어 있음을 알고 있다. 하지만 그 장소가 어디인지는 모른다." 내가 말했다.

"그는 곧장 별장 구석구석을 찾아본다." 다쿠미가 말했다. "하지만 예상과 달리 보물이 숨겨진 장소를 찾을 수 없다."

"결국 롤랜드는 깨닫는다. 보물이 은닉된 장소는 아주 꼼꼼하게 감춰져 있어 무턱대고 뒤져 봐야 찾을 수 없을 것 같다고." 다카세가 말한다.

"그렇다면 보물이 숨겨진 장소를 찾기 위한 단서가 별장 어딘가에 분명히 있다." 내가 말한다.

"그러면 그 단서는 별장의 어디에 있을까?" 다쿠미가 말한다.

"그건…… 나 혼자 힘으로 찾아낼 수 있는 곳이다." 내가 말했다.

"다른 사람은 그 단서를 결코 발견할 수 없다. 그 신중한 고키치가 숨겼으니 오로지 나만 발견할 수 있게 해 뒀을 것이다." 다쿠미의 의견이었다.

"다른 사람은 왜 발견할 수 없을까?"

"다른 사람이 그걸 보더라도 단서라는 걸 깨닫지 못하니까."

"왜 깨닫지 못하지?"

"다카세, 연달아 의문형으로 대답하는 건 반칙이야. 뭐, 됐어. 그런데 다른 사람이라는 건 누구지?"

"복수하는 거냐? 너도 하여간 못됐어. 뭐, 됐고. 다른 사람이라는 건 집사나 요리사 등 내 생활을 돌봐 주는 사람들이다. 아 참, 물론 미네하라 집안사람들도 포함해서."

"그들은 왜 단서를 깨닫지 못하고, 나만 깨달을 수 있을까?"

"다쿠미, 너마저. 뭐, 하룻밤 재워 주고 먹여 준 은혜가 있으니 넌 봐주지. 그건…… 그래, 그들은 모두 일본인이다. 나는 영국인이다. 그 점이 달라."

"인종의 차이라는 뜻이야?"

"또는 관습, 사고방식 그리고…… 그래, 언어가 달라. 그들은 일본어로 대화를 해. 하지만 내가 사용하는 언어는 세계 표준어인 영어야. 그렇군, 이제 알겠어. 그 단서는 영어로 표시되어 있는 거야. 흐음, 내가 한 추리지만 훌륭한 논리야. 한 건 해결이군."

"기뻐하긴 일러, 다카세."

"왜지? 완벽한 추리 아닌가?"

"미네하라 집안은 대대로 무역업을 하고 있다는 사실을 잊었어? 그들은 모두 영어를 할 수 있을 거야. 다쿠미, 내 말이 틀려?"

"다카세 형에게는 죄송하지만, 맞습니다."

"알았다, 알았어. 내 추리가 틀렸어. 인정하면 되는 거지? 그래서 영어가 아니면 뭔데? 고견이 있으시면 말씀해 보시지."

"……."

"어떻게 된 거야, 사쿠라. 의견이 없어? 아니면 나한테 반론당할까 봐 두려운가?"

밤의 이발소

"……그렇군, 그런 거였어."

"사쿠라 형, 무슨 말이에요?"

"도서실에는 놀랄 만큼 많은 장서가 있었지." 나는 다쿠미에게 말했다. "고키치 씨가 롤랜드를 위해 준비해 둔 책."

"알아. 그래서?" 옆에서 다카세가 끼어들었다.

"영국인 롤랜드를 위해 준비한 책이 전부 라틴어 책인 건 왜지?"

다카세와 다쿠미가 깜짝 놀란 듯 내 얼굴을 돌아봤다.

"롤랜드가 아무리 라틴어에 능통하다고 해도 영어로 된 책이 한 권도 없다는 건 역시 이상하지 않아? 하지만 그게 고키치 씨의 메시지라면 이야기가 달라지지."

도서실에 들어온 건 이걸로 두 번째다. 어느 쪽을 봐도 새카만 가죽 장정의 책들이 서가를 메우고 있다. 장서는 아마 수천 권에 이를 것이다. 한 세기 동안 누군가 읽기는커녕 꺼내 본 적조차 없었던 책들. 이 방은 1백 년 전부터 시간이 멈춰 있다.

"일단 도서실에 메시지가 있다고 쳐도," 다카세가 질린다는 표정으로 서가를 둘러봤다. "이 막대한 책 더미에서 어떻게 해당하는 책을 찾아낼 생각이지?"

나도 방 안을 휘익 둘러봤다. 우뚝 솟은 거대한 서가. 압박감마저 자아내는 거대한 책들의 산. 중후한 마룻바닥. 그리고 몇 시간이고 뒹굴 수 있을 것 같은 최고급 소파.

"저기, 다쿠미." 내가 말했다. "고키치 씨는 소파를 왜 구석에 두었을까? 이 방에는 벽에 붙박이로 설치된 서가밖에 없어. 방 한가운데는 남아돌 만큼 공간이 충분하잖아. 보통은 좀 더 균형 잡힌 배치를 생각했을 텐데."

"그러게요." 다쿠미도 곧바로 동의했다. "저라면 이곳에 두지 않아요."

"그렇지? 만약 고키치 씨가 그런 것에 무심한 사람이라면 이해할 수 있어. 하지만 아니잖아. 다른 방은 물건 하나 옮기는 것도 주저될 만큼 완벽한 인테리어를 해 놓고, 왜 도서실만 예외일까?"

"확실히 이상하군." 다카세도 동의했다.

"하지만 반대로 말하면, 그렇기 때문에 더욱 고키치 씨의 유언이 의미를 갖게 되지만."

"유언?"

"그거 있잖아. 별장의 외관, 내부 설비, 인테리어에 일절 손을 대지 말 것이라는 조항. 이곳 외의 방은 내부 장식도 가구 배치도 완벽해서 트집을 잡을 수가 없어. 그렇다면 고키치 씨의 진의는 이 소파를 움직이지 말라는 것이었다고밖에 생각할 수 없지 않을까."

"그러면 소파가 이곳에 놓여 있다는 것이 메시지다?" 다카세가 물었다.

"소파 자체가 메시지인지 아닌지는 몰라도 깊은 관계가 있는 것만은 확실하다고 생각해."

"소파를 움직여 보죠." 다쿠미가 제안했다.

우리는 소파를 들어 올려 이동했다. 소파가 놓였던 자리에는 당연히 잿빛 먼지가 쌓여 있었다. 다카세가 숨을 참고 천천히 손으로 먼지를 떤다. 무수히 많은 먼지가 날아오르고 바닥재가 모습을 드러냈다. 하지만 마루 밑으로 내려가는 비밀 문은 보이지 않는다.

"……아닌가." 다카세가 손을 털면서 실망한 듯 말했다.

그다음에는 소파를 뒤집어 봤지만 기대했던, 비밀스러운 봉투가 붙어 있지도 않았다.

"이렇게 된 마당에 소파를 해체해 보죠." 다쿠미가 과격한 제안을 했다.

"다쿠미, 진정해." 다카세가 쓴웃음을 지으며 말렸다. "그건 최후의 수단이야. 아직 해 볼 수 있는 게 남아 있어."

"다카세 말이 맞아." 나도 말했다. "소파를 해체해야 하는 난폭한 방법을 고키치 씨는 분명 달가워하지 않았을 거야. 소파의 역할은 이 장소에 놓여 있는 거야."

"그러고 보니 소파뿐만 아니라 샹들리에도 방의 구석에 달려 있었지." 다카세가 천장을 올려다보며 말했다. "이것도 뭔가 의미가 있을까."

"그거다! 왜 깨닫지 못했을까." 나는 자신도 모르게 소리쳤다. "중요한 건 샹들리에였어. 소파는 어디까지나 눈속임이야. 샹들리에를 이 위치에 달기 위한."

"잠깐만. 알아듣게 좀 얘기해."

"이상하다고 생각했었어. 이유가 있어서 소파를 반드시 이곳에 둬야 했다고 해도, 거기에 맞춰 샹들리에까지 구석으로 이동시킬 필요는 없잖아. 소파에서 책을 읽기가 어둡기 때문이라면 옆에 스탠드 조명을 놔두면 되니까."

"그러네요." 다쿠미가 고개를 끄덕였다.

"그런데 그렇게 하지 않았어. 어떻게 해서든 샹들리에를 이곳에 달아야 했으니까."

"하지만 왜?" 다카세가 물었다.

나는 잠시 입을 다물고 생각을 정리했다.

"샹들리에는 말하자면 이 방의 광원이야. 천장 중심에 광원이 있으면 모든 벽면의 책이 똑같이 빛을 받아. 하지만 광원이 한쪽 벽에 가까우면 빛이 비치는 방식에 차이가 생기지."

다카세와 다쿠미는 말없이 내 말에 귀를 기울이고 있었다.

"그러니까 샹들리에서 먼 장소에 있는 책에는 수평에 가까운 각도로 빛이 닿게 되고, 반대로 가까이 있는 책에는 거의 수직으로 빛이 닿게 되는 거지."

"그렇게 되겠네." 다카세가 말했다.

"거기서 끌어낼 수 있는 결론은 하나. 고키치 씨의 메시지는 책의 문장 속이나 표지에 있는 게 아니라 샹들리에의 빛에 닿는 부분, 즉 책등에 있다는 거야."

나는 소파 뒤로 돌아가서 샹들리에에서 가장 가까운 서가 앞에 섰다.

"설명할 것도 없이 빛의 각도에 따라 변하는 것, 그건 그림자야."

나는 빼곡하게 꽂혀 있는 책등에 얼굴을 가까이 가져갔다. 모든 책은 금박으로 제목과 저자명이 표기되어 있었고, 문자 부분이 살짝 오목하게 패어 있었다. 그 오목한 부분에 샹들리에의 빛이 닿아 작은 그림자가 진다. 하지만 모든 글자에 그림자가 드리운 건 아니었다.

오목한 글자들 사이에 평평한 글자가 슬쩍 섞여 있었던 것이다.

"그렇군. 책등에 메시지가 숨어 있었어." 다카세가 턱을 만지작거렸다.

"그 밖에도 같은 형태의 글자가 없는지 찾아볼게요." 다쿠미가 책 제목을 살펴보기 시작했다.

나는 옆 서가로 가서 책등을 손가락으로 훑었다. 생각했던 대로 이쪽 서가에 꽂힌 책은 전부 제목이 박으로 되어 있었다.

"다쿠미, 어때?" 다카세가 물었다.

"메시지가 숨어 있는 건 이 서가의 책뿐인 것 같아요." 다쿠미가 흥분한 듯 말했다. "왼쪽부터 순서대로 말할게요. 첫 번째는 T입니다. 다음이 H와 E."

"The구나." 다카세가 낮게 중얼거렸다. "틀림없는 영어 단어야."

"계속할게요. T, H, I. 그리고 N, G네요."

"THE THING이군." 다카세가 기쁜 듯 웃었다. "당연히 보물을 말하는 거야."

다쿠미는 메시지 전부를 읽었다.

"THE, THING, IS, OVER, THERE······." 다카세가 한숨을 쉬었

다. "'보물은 이 뒤에 있다.'인가. 역시."

우리는 책장의 책을 전부 빼내고 텅 빈 서가 안쪽을 들여다보았다. 아무리 봐도 평범한 벽이다. 반신반의하며 손을 넣어 두드려 보았다.

"앗!" 우리는 숨을 삼키고 얼굴을 마주 보았다. 되돌아온 소리는 벽 너머에 빈 공간이 있음을 알리고 있었기 때문이다.

빛을 비추자 벽면에 미세한 이음새가 뻗어 있는 것이 보였다.

"다쿠미, 칼 좀 빌려줘." 다카세가 말했다.

다쿠미가 주방으로 가서 접이식 나이프를 가져왔다. 다카세는 칼날을 뽑더니 칼끝을 벽의 이음새에 꽂았다.

"자, 모두 마음의 준비는 됐나."

지렛대 원리로 칼끝을 움직이자 이음새가 천천히 넓어졌고, 둔탁한 소리와 함께 정교하게 벽을 가리고 있던 판자가 떨어졌다.

"성공이다!" 다쿠미가 조그맣게 외쳤다.

하지만 기뻐하긴 조금 일렀다. 판을 뜯어내고 보니, 엄청나게 견고해 보이는 철제문이 나타났다. 문에 열쇠 구멍은 없었다. 대신 금고와 똑같은 유형의 다이얼식 잠금장치가 있었다.

"어쩌지."

우리는 바닥에 털썩 주저앉아 어깨와 허리를 주물렀다. 바로 옆에는 사다리가 방치되어 있다.

"저 문을 열려면 잠금장치를 풀 번호가 필요해." 다카세가 분하다는 듯 말했다. "그리고 우리는 번호를 몰라."

"비밀번호를 추론으로 알아내는 건 조금 무리일 거 같네요." 다쿠미가 힘없이 미소 지었다.

"조금이 아니야. 절대 무리야." 다카세가 매정하게 정정했다.

"그렇겠지." 내가 말했다. "그러니까 그 비밀번호도 포도 별장 어딘가에 있을 거야. 어디에, 어떤 형태로 존재할지는 모르겠지만."

다카세도 다쿠미도 말이 없다. 사실 문을 발견했을 때부터 우리의 머리에 떠오른 건 문의 비밀번호도 책등에 숨겨진 것은 아닐까 하는 생각이었다. 우리는 사다리까지 꺼내서 도서실에 있는 모든 책의 책등을 확인했다. 결과는 말할 필요도 없이 헛수고였다. 짜증까지 나려는 순간이다.

"생각해 보면," 다카세가 시무룩한 얼굴로 말했다. "고키치 씨가 똑같은 방법을 계속 사용할 리가 없어."

"도서실 이외의 장소라는 뜻이군요." 다쿠미가 생각에 잠긴다.

그로부터 적어도 10분 동안 침묵이 도서실을 차지하고 있었다.

잠자코 있자 피로와 졸음이 서서히 몸을 잠식해 간다. 오늘 밤은 이 정도로 하자고 제안하려는 순간, 시야 끝에서 다쿠미가 갑자기 고개를 들었다.

"저기, 이건 위화감과는 다른 건데요……."

"뭐든 괜찮아. 말해 봐." 한숨을 쉬듯 다카세가 말했다.

"어렸을 때부터 줄곧 이상하다고 생각한 게 있어요." 다쿠미가 말했다. "이 건물 이름이 왜 포도 별장일까 하고."

나와 다카세는 무심코 얼굴을 마주 보았다. "그렇군. 이름이군."

"부모님께 여쭤봐도 이름의 유래는 모르셨어요."

"이 건물에 포도 별장이라는 이름을 붙인 사람이 고키치 씨지?" 다카세가 물었다.

"네." 다쿠미가 대답했다. "그것만은 확실해요."

"이 건물의 이름이 포도 별장이라는 것을 롤랜드에게도 알렸겠지." 내가 말했다.

"그랬을 겁니다."

"당연히 롤랜드는 이상하다고 생각하고 미네하라 집안사람들에게 물을 거야. 하지만 아무도 대답하지 못해……." 내가 말한다.

"롤랜드는 깨달을 거야. 포도 별장이라는 이름이 메시지거나 메시지로 이어지는 단서일 수도 있다고." 다카세가 말했다.

"다쿠미." 나는 다쿠미에게 물었다. "포도 별장이라는 이름과 연결할 만한 것이 이 별장 어딘가에 있지 않을까."

"글쎄요. 생각나는 게," 다쿠미가 갑자기 눈을 크게 떴다. "있어요! 딱 하나, 포도를 모티브로 한 것이."

나는 홀 벽에 사다리를 받치고 올라가 스테인드글라스를 눈여겨 살펴보았다. 디자인도 훌륭하고 색상도 아름다운 황홀한 작품이었다. 느긋하게 감상할 여유가 없는 것이 실로 유감이다.

"사쿠라 형, 어때요?" 사다리를 붙잡고 있는 다쿠미가 물었다.

"꽤 희망적이야." 나는 대답했다. "지금부터 말할 다이얼 번호를 종이에 적어 줘."

"오케이. 시작해." 다카세가 대답했다.

"그러니까. 왼쪽으로 칠, 오른쪽으로 십, 오른쪽으로 사, 왼쪽으로 구, 오른쪽으로 팔. 끝이야."

"번호를 어떻게 이끌어 냈어요?" 사다리를 내려오는 내게 다쿠미가 다급하게 묻는다.

"숫자는 포도 알의 개수야." 내가 대답했다. "포도송이는 스테인드글라스의 오른쪽 절반에 세 개, 왼쪽 절반에 두 개가 그려져 있었어. 그 위치가 돌리는 방향을 표시하고 있다고 생각해."

"그러면 돌리는 순서는?"

"포도송이에 잎사귀가 달려 있었어. 각각 한 장부터 다섯 장까지. 이게 돌리는 순서를 표시하는 걸 거야."

"딱히 감탄할 정도도 아니잖아." 다카세가 말했다. "이 녀석보다 먼저 네 형이 풀었을 테니까."

"그렇지." 나도 동의했다. "자, 이게 정답인지 아닌지 확인해 보자. 다쿠미, 네가 해."

우리는 도서실로 돌아왔다. 다쿠미가 메모를 보면서 조심스럽게 다이얼을 돌려 간다. 마침내 문 내부에서 복잡하게 맞물려 있던 부품이 딸깍하는 소리를 냈다. 다쿠미는 긴장한 표정으로 문손잡이를 당겼다. 소리도 없이 매끄럽게 문이 열렸다.

비밀의 문 뒤에는 다시 아래로 계단이 뻗어 있었다. 한 손에 손전등을 들고 곰팡내가 나는 계단을 내려가자 작은 지하실이 나왔다.

지하실에는 나무 상자가 잔뜩 쌓여 있었다. 열어 본 흔적이 있는 상자는 없었다.

"이게 롤랜드의 보물일까요?"

"상황을 보면 그럴 것 같은데."

나무 상자를 똑똑 두드려 보는 두 사람에게서 떨어져 나는 주변을 둘러보았다. 그러자 반대편 벽에 가늘고 기다란 나무 상자가 놓여 있는 것이 보였다. 사람 한 명이 누울 수 있을 정도의 크기다. 뚜껑은 제거되어 있었다.

나는 조심스럽게 다가가 상자 안을 들여다보았다. 상자 안쪽에는 펠트가 붙어 있었고, 바닥에는 부드러워 보이는 실크가 깔려 있다. 천 위에 무언가가 흩어져 있었다. 자세히 보니 은색의 동그란 알갱이다.

"다쿠미, 잠깐 이 안 좀 비춰 볼래?"

"여기에도 상자가 있었네요." 다쿠미가 상자 안에 손전등을 비췄다. 진주가 몇 알, 본 적도 없는 모양의 반질반질한 조가비 그리고 기타의 피크처럼 생긴 반투명의 물체가 빛 속에 떠올랐다. 손바닥에 올리고 보니 반투명의 물체는 딱딱하고 반들반들한 감촉이었고, 겨울 달 같은 광택을 뿜어내고 있었다.

"물고기 비늘일까요?" 다쿠미가 말했다. "하지만 이렇게 수정처럼 생긴 비늘은 처음 봐요."

"이 상자에 들어 있던 보물은 이미 누군가 꺼내 간 것 같아." 다카세가 말했다. "무엇이 들어 있었는지 짐작도 안 가는군."

"저쪽에 있는 상자를 열어 보면 알 수 있겠죠." 다쿠미가 말했다.

"열어도 되겠어?" 내가 물었다.

"사쿠라 형은 보고 싶지 않아요?" 다쿠미가 미소 지었다.

"물론 보고 싶지." 내가 말했다.

"그럼 결정됐네요." 다쿠미는 쌓여 있는 나무 상자 중 하나를 훑어봤다.

못대가리가 없는 걸 보면 뚜껑은 아마도 그냥 눌러서 닫는 식일 터였다. 다쿠미는 신중하게 나이프를 꽂아 넣고 천천히 움직였다. 뚜껑이 조금씩 들리더니 쑥 들렸다. 상자 안에는 완충재로 보호된 작은 유리병들이 놓여 있었다.

"향수병이다!" 다쿠미가 거친 숨을 내쉬었다.

"롤랜드의 향수겠지." 다카세는 그중 하나를 꺼내 뚫어지게 응시했다. "다쿠미, 이 라벨은 뭐라고 읽어?"

무척이나 감각적인 디자인의 향수 라벨에는 영어가 아닌 다른 문자가 적혀 있었다. 그렇다면 분명······.

"롤랜드의 향수는 유럽에서는 '미라주mirage 프랑스어로 신기루'라고 불렸다고 해요." 다쿠미가 대답했다. "라벨의 표기는 환영幻影이라는 뜻의 라틴어가 아닐까요."

6

다쿠미는 늘 휴대하고 다닌다는 노트북을 응접실 테이블 위에 놓고 전원을 켰다. 지하실에서 들고 나온 '미라주' 한 병을 노트북 옆에 놓았다.

지금부터 미라주에 관한 정보를 찾아 세계의 사이트를 돌아다니려는 것이다.

"하지만 아무리 인터넷이라고 해도 역시 가능성은 희박하지 않을까." 다카세는 회의적이다.

"아니, 알 수 없지. 세상에는 유별난 사람들이 수없이 많아. 미라주를 언급하고 있는 녀석들이 인터넷 어딘가에 분명 있을 거야."

나는 그렇게 말했지만 속내는 다카세와 같은 의견이었다. 1백 년도 더 전에 사라진 브랜드일 뿐 아니라 개인이 판매했던 향수다. 쓸 만한 정보를 찾을 수 있을 것 같지는 않았지만 말이라도 그렇게 하지 않으면 이 방의 오싹오싹한 한기에 짓눌릴 듯한 기분이 들었다. 다쿠미가 브라우저를 띄우고 'roland perfume'이라는 키워드를 입력했다. 순간, 2천7백 건의 검색 결과가 표시되었고, 우리는 어안이 벙벙해졌다.

"놀랍군." 다카세가 다시 기운이 난 듯 중얼거렸다. "우리의 롤랜드 씨는 우리 생각 이상으로 세상의 사랑을 받고 있었나 봐."

"그의 영혼에 행운이 깃들기를." 나도 농담처럼 말한다. "하지만 전부 해외 사이트뿐이야."

밤의 이발소

안타깝지만 나도 다카세도 외국어에 조금 약했다. 이 상황에서는 영문학을 전공하고 있는 다쿠미에게 경의를 표하고, 해석을 일임하기로 했다.

"자, 어서어서 해석해 줘." 다카세가 다쿠미의 어깨에 손을 올리며 말했다.

롤랜드의 향수는 극히 소량 생산이며, 엄청난 고가인데도 날개 돋친 듯 팔렸다.

판매는 그의 대리인이 독점하며, 카탈로그도 가격표도 전혀 없음. 브랜드명은 '미라주'뿐. 상당히 고가여서 고객은 귀족과 부호로 한정됐다.

'미라주'의 레시피는 완전히 수수께끼에 싸여 있다. 수많은 조향사가 그 수수께끼를 풀려고 도전을 반복했지만 단서도 찾지 못한 채 물러났다. 그들은 입을 모아 이 향수는 우리가 모르는 재료로 만들어졌다고 말했다.

어느새 사교계에는 이상한 소문이 떠돌기 시작했다. '미라주'를 뿌린 귀부인은 영원히 젊음을 유지한다는 것. 물론 당사자인 귀부인들은 그 소문에 대해 말없이 미소만 지을 뿐이다.

'미라주'는 롤랜드 씨 혼자서 조합한다.

그가 어디 출신인지, 젊어서 어떤 일을 했는지 아는 사람은 아무도 없다. 그의 과거를 아는 사람들이 절멸하기라도 한 듯하다.

검색을 이어 가다가 우리는 다시 놀라운 상황을 맞이했다.

지금까지도 여전히 세계의 수많은 사람이 롤랜드의 향수를 찾고 있었던 것이다. 그들 또는 그녀들은 지금도 어딘가에 미라주가 존재한다고 굳게 믿고 있었다.

"왜 사람들이 오래된 향수에 이렇게까지 열광하지?" 다카세가 황당하다는 듯 말했다.

"동감입니다." 다쿠미도 동의한다. "백 년 전에 만들어진 향수라면 이미 향수도 아니잖아요."

"아니면 미라주가 향수가 아닐 수도 있지." 나는 떠오른 생각을 말했다.

"혹시," 다카세가 말했다. "이 소동의 간접적인 원인은 이십 세기 초 유럽에서 대량의 미라주가 홀연히 모습을 감춘 탓이 아닐까."

"그럴 가능성도 있겠네요. 그 이후 백 년 이상이나 미라주의 행방이 알려지지 않았으니까 사람들의 호기심을 강하게 자극했다고 해도 이상하지 않아요." 다쿠미가 말했다.

"그 환상의 향수가 사실은 일본 구석진 곳에 몰래 잠들어 있다고는 그 누구도 생각하지 못한 듯하지만." 나는 웃으며 말했다.

"그런데," 다카세가 크게 기대하지 않는 표정으로 말했다. "미라

밤의 이발소

주의 가격은 어느 정도일까?"

"저도 그게 궁금해요." 다쿠미는 검색창에 재빨리 'mirage perfume price'를 입력했다. "엄청난데요. 오백구십 건이나 나왔어요. 가장 위에 있는 사이트를 열어 볼게요."

"어때? 어마어마한 숫자라도 쓰여 있는 거 아냐?" 다카세가 화면을 가리켰다.

"그렇게 서두르지 마세요." 다쿠미가 눈으로 문장을 읽어 나간다. "아마도 배질 파커라는 사람이 어느 고명한 실업가로부터 요청을 받았다는 내용 같아요."

미개봉 '미라주'를 소유하고 있다면 부디 양도 바랍니다. 5천 달러까지 지불할 의향이 있습니다. 진짜 레시피를 양도해 주신다면(가짜는 사양!) 2백만 달러를 내겠습니다.

한동안 아무도 입을 열지 않았다.

"……저기," 내가 말했다. "지하실에 있는 향수 말인데."

"네." 다쿠미가 한숨을 쉬었다.

"한 상자에 향수가 열 병씩 보관되어 있었지?"

다쿠미가 말없이 고개를 끄덕였다.

"그리고 지하실에는 서른 개의 상자가 쌓여 있고. 그렇다는 건," 나는 1달러를 80엔으로 잡고 머릿속으로 암산해 보았다. "한 상자가 대략 사천팔백만 엔이니까, 서른 상자면 십사억사천만 엔……

인가."

"만약 레시피가 동봉되어 있다면," 다카세가 엄숙하게 덧붙였다. "전부 합쳐서 십육억 엔이야."

감히 5천 달러짜리 향수를 개봉하자는 사람은 없었다.

우리는 주방에서 다쿠미가 내려 준 커피를 마셨다. 시간은 오전 4시 반. 여름이라면 슬슬 밖이 밝아 올 시간이다.

"드디어 알았어요." 다쿠미가 후련한 표정으로 말했다. "형이 왜 두 분에게 말도 없이 모습을 감췄는지, 그 진짜 이유를."

"오호." 다카세가 턱을 쓰다듬는다. "꼭 말해 줬으면 좋겠군."

"지하실에서 향수를 발견한 형은 우리처럼 인터넷으로 미라주를 검색했을 거예요. 그리고 미라주가 지금도 엄청난 가격을 유지하고 있다는 걸 알았겠죠."

"그렇겠지." 내가 고개를 끄덕였다. "녀석은 우리와 달리 영어에 능통하니까."

"네." 다쿠미도 동의했다. "형이라면 미라주를 원하는 사람과 접촉할 수 있어요. 예컨대 배질 파커에게 미라주를 구해 달라고 요청한 실업가를 찾아내는 일도 가능할지 모르죠."

"미네하라가 미라주를 팔아 치울 생각이라는 건가?" 다카세가 물었다.

"형은 회사를 위기에서 구하려는 거예요." 다쿠미가 눈을 내리깔고 말했다. "회사 그리고 포도 별장을."

"다쿠미, 딱히 비난하는 뜻은 없었어." 다카세가 상냥하게 말했다. "향수 소유자가 누구든 나와는 아무런 상관 없어. 네 형이 발견한 보물이야. 녀석이 원하는 대로 하면 되는 거지."

다쿠미는 얼굴이 빨개진 채 뭔가 중얼거렸다.

"하지만," 내가 말을 이었다. "내 생각에 네 추리는 반은 맞고 반은 틀렸어."

"네?" 다쿠미가 깜짝 놀란 듯 고개를 들었다. "어떤 부분이 틀렸는데요?"

"아마 미네하라는 지하실의 미라주를 팔 생각은 없을 거야."

"하지만……."

"미네하라가 활용하려는 건 레시피야."

"레시피?"

"수십 세트의 미라주는 분명 큰 재산이지만 팔아 버리면 순식간에 사라지지. 하지만 레시피는 도깨비방망이야. 레시피만 있으면 얼마든지 미라주를 만들 수 있어. 레시피야말로 롤랜드의 진짜 재산이지. 그렇게 생각하지 않아?"

"그러면 그 빈 상자 속에 레시피가 들어 있었겠군요." 다쿠미의 숨결이 거칠어졌다. "하지만 레시피를 넣기에는 상자가 너무 크지 않을까요?"

"레시피뿐만 아니라 미라주의 재료도 함께 보관되어 있었겠지." 내가 대답했다.

"만약 미라주의 복원에 성공한다면 지속적인 이익을 얻을 수 있어." 다카세가 말했다. "회사를 지킬 수 있을 정도인지는 모르겠지만 무시할 수 있는 금액이 아닌 건 확실하지."

"미네하라가 포도 별장을 떠난 건 향수 조향사를 찾기 위한 게 아닐까." 내가 말했다. "아무리 레시피와 재료가 있다고 해도 초심자가 향수를 만들 수는 없겠지. 전문가가 필요해. 그것도 일류의."

"미네하라는 그래서 유럽으로 간 거야." 다카세가 유쾌하게 말했다. "미라주를 만들려면 유럽산 귀중한 재료가 필요했고, 그것을 확보하기 위해서는 현지로 가는 수밖에 없었을 테니까."

"확실히 한동안은 일본에 돌아오지 못하겠군." 내가 말했다.

"괜찮을까요." 다쿠미는 걱정스러운 듯 눈썹을 찡그렸다. "형 혼자서."

"실력을 좀 보지 뭐." 다카세가 입이 찢어져라 하품을 했다. "나는 그만 잘래. 넌 어떡할래?"

"물론 밤새울 생각은 없어. 할 일은 끝났으니까." 내가 대답했다.

우리는 컵을 씻고 주방의 전등을 끈 후 로비로 나왔다. 그리고 포도 별장을 포도 별장답게 만들고 있는 멋진 스테인드글라스를 올려다본 후, 잠깐의 수면을 만끽하기 위해 계단을 올라갔다.

포도 별장의
미라주 II

1

주제도 흥미롭고 내용도 재미있는데 졸고 있는 학생들의 비율이 높은 강의가 세상에는 존재한다.

그런 강의는 강사의 나이나 성별, 말투와는 관계가 없는 듯하다. 활기차고 에너지 넘치는 수업인데도 귀를 기울이다 보면 어느새 각성과 수면의 경계선을 넘어서 있다.

그 원인을 나 개인의 태만에서 찾을 수는 없다. 졸린 눈을 비비며 주위를 둘러보면 놀랄 만큼 많은 학생들이 선잠의 심연에서 허우적거리고 있기 때문이다.

오늘도 수업 시작 10분 만에 의식을 잃었고, 퍼뜩 정신을 차리고 보니 강사가 수업을 끝내고 단상에서 내려오는 중이었다. 또다시 완패다.

겸허하게 반성하면서 베개로 활약했던 노트를 정리하고 있자 호라이 다마미가 한심하다는 표정으로 다가왔다.

"좋은 아침. 푹 주무시던데."

"이 강의에서 깨어 있을 수 있는 사람은 불면증인 인간뿐이야." 나는 소심하게 반격했다. "최면술이 통하지 않는 체질이든지."

"문화인류학의 권위자를 최면술사라고 부르다니 배짱 좋네."

우리는 시답잖은 이야기를 하면서 교정 구석의 자동판매기에서 커피를 두 잔 산 후 벤치에 앉았다.

머리 위로 군청색 저녁 하늘이 펼쳐져 있었고, 주변은 드넓은 잔

디밭이다. 살짝 쌀쌀한 것만 참으면 비밀을 얘기하기에는 최적의 장소다.

"그래서 내게 부탁하고 싶은 게 뭔데?" 종이컵을 두 손으로 감싸면서 호라이가 묻는다.

"실은 어제 미네하라에게서 편지가 왔어." 나는 커피를 한 모금 마시고 대답했다.

"미네하라는 아직도 유럽에서 안 온 거야?"

포도 별장 사건을 모르는 그녀는 기가 막힌다는 표정이다. 나와 다카세 이외에는 모두 미네하라가 유럽에서 놀고 있다고 생각한다. 무리도 아니지만.

"지금은 영국 어딘가에 있는 모양이야."

"어딘가?"

"녀석이 주소를 까먹고 안 적었어. 하지만 건강한 것 같아. 사진도 같이 보내 줬어."

"정말? 줘 봐, 줘 봐." 호라이가 내 손에서 사진을 뺏어 뚫어지게 바라본다.

사진은 영국 북부로 보이는 한적한 해안에서 찍은 것으로, 미네하라와 휠체어를 탄 젊은 여성이 달라붙듯 나란히 찍혀 있었다. 셀프타이머로 촬영한 사진인 듯했다.

"흐음." 호라이는 한참 동안 사진을 들여다본 후 중얼거리듯 말했다. "뭔가 신비한 느낌의 사람이네."

"그치?" 나도 완전히 동감이었다.

여성은 선명한 빨간색 머리카락, 투명하리만치 하얀 피부에 눈동자는 아름다운 오렌지색이었다. 여행지에서의 스냅사진 같은 분위기인데도 여성의 얼굴에 웃음기는 없었다. 카메라를 똑바로 응시하며 살짝 눈썹을 찡그리고 있다. 몸집은 호리호리했지만 연약한 느낌은 아니었으며, 옷차림은 눈에 띄게 개성적이다. 하지만 여자의 가장 큰 특징은 현실감이 느껴지지 않는다는 점이었다. 그녀가 어느 나라에서 태어났고, 어떤 곳에서 자랐으며, 어떤 삶을 살았는지 도저히 짐작이 가지 않는다.

한편 미네하라는 당연하게도 눈에 익숙한 평상시의 모습이다. 한가지 다른 점은 그녀를 응시하는 미네하라의 얼굴에 내가 한 번도 본 적 없는 황홀한 표정이 어려 있다는 것이다.

"상담할 내용이 미네하라 일이야?" 호라이가 물었다.

"대충. 정확하게는 녀석의 부탁인데……." 나는 어떻게 얘기를 꺼낼지 고민하면서 말했다. "배질 파커라는 이름 들어 본 적 있어?"

"배질 파커?" 그녀는 생각에 잠겼다. "모르겠는데. 그 사람이 누구야?"

"미국의 해양생물학자야. 대학에서 강의하면서 소설도 쓰고 있어. 바다의 세계를 무대로 한 모험소설인데, 이미 여러 권의 저서가 있나 봐."

"흐음, 그렇구나." 호라이가 맞장구를 쳐 준다. "재밌어?"

"사실 나도 아직 못 읽었어. 하지만 이번 신작은 사려고. 책 발매에 맞춰 프로모션으로 일본에 온다니까 그를 만날 절호의 기회야."

"미네하라의 부탁이 설마 배질 파커의 사인 책?"

"그런 거면 간단한데," 나는 얼굴을 찡그리며 말했다. "미네하라가 나더러 파커와 개인적으로 만나 달래."

"파커와 개인적으로?" 그녀는 팔짱을 꼈다. "그건 좀 어렵지 않을까? 꽤 강력한 연줄이 있다면 모르겠지만."

"그냥은 불가능하겠지." 나는 동의했다. "하지만 의외의 접점을 찾았어. 파커의 작품을 누가 번역하는지 알아?"

호라이는 어깨를 으쓱했다. "내게 묻지 말아 줄래."

"가시와기 교수님이야." 내가 말했다.

"뭐…… 가시와기 교수님?"

"응. 네 지도 교수이신 가시와기 교수님."

"아하, 그런 거구나." 호라이는 천천히 미소 지었다. "가시와기 교수님에게 부탁해서 파커 박사를 소개받겠다?"

"교수님은 파커의 첫 작품부터 계속 번역을 담당하셨고, 지금은 친구라고 할 만큼 친한 사이래." 내가 말했다. "하지만 안타깝게도 난 가시와기 교수님과 면식이 없어. 그래서 교수님의 애제자인 호라이 씨에게 부탁을 드리는 바입니다."

"미네하라의 유럽행은 아무래도 단순한 관광은 아닌 것 같은데?"

호라이가 나를 곁눈으로 째려보았다.

"가시와기 교수님에게 중개 역을 부탁하려면 당연히 사정을 설명드려야 할 거고, 그러려면 나도 모든 걸 알아야 해. 무슨 말인지 알겠지?"

"물론 알고 있어."

나는 '포도 별장 사건'의 전말을 대략적으로 들려주었다.

"놀랍군. 미네하라가 갑자기 휴학한 이유가 그런 거였어?" 호라이의 한숨이 상야등에 하얗게 비쳤다.

"그런 이유야." 나는 천천히 고개를 끄덕였다.

"그러면," 호라이는 사진으로 시선을 떨어뜨렸다. "이 여성이 미네하라가 찾아낸 조향사인가?"

"이야기의 흐름상 그렇게 되겠지. 하지만 편지에는 여성이 누구인지 밝히지 않았어."

"뭐, 상관은 없지만." 호라이가 다시 어깨를 으쓱한다. "그래서 미네하라는 파커 박사에게 무엇을 물어볼 생각인데?"

"그게 기묘해." 나는 목소리를 낮췄다. "녀석이 내게 부탁한 전언은 하나뿐이었어. '잠자는 공주가 왜 잠에서 깼는지 가르쳐 주십시오.' 박사에게 그렇게 전해 달라는 거야."

호라이의 오른쪽 눈썹이 올라갔다. "잠자는 공주? 뭐야, 그게?"

"나도 몰라." 나는 고개를 흔들었다. "하지만 미네하라는 배질 파커가 대답을 알고 있다고 생각하는 모양이야."

"정말 이상한 이야기네." 호라이가 생각에 잠겼다. "미네하라가 그렇게 말했다면 괜찮겠지……. 문제는 파커 박사가 네 이야기를 믿어 줄까?"

"그래서 이걸 가져왔어." 나는 가방에서 '미라주'를 꺼내 보여 주었다.

"다쿠미가 보답으로 준 거야. 이걸 파커 박사에게 보여 주면 박사도 내 얘기가 진짜라는 걸 알 수 있을 거야."

"이게 그 환영의 향수?"

호라이가 받아 든 '미라주'를 흥미로운 듯 바라보았다.

"만약 박사를 만날 수 있게 해 주면 그건 네게 선물할게."

"뭐?" 호라이가 향수에서 눈을 떼고 고개를 들었다. "됐어. 이거 엄청나게 귀한 거라며?"

"내가 갖고 있어 봐야 돼지 목에 진주야." 내가 말했다. "단, 반드시 성공했을 때야."

호라이는 손안의 향수를 순간 응시했다. 그리고 고개를 끄덕이며 조금 쑥스러운 듯 말했다.

"알았어. 내게 맡겨."

2

약속 장소는 가시와기 교수의 연구실이었다.

나는 조용해진 교정을 빠져나가 약속 시간인 오후 8시에 연구실 문을 두드렸다.

"들어오렴." 내가 연구실 문을 열자, 교수와 맞은편 소파에 앉아 있던 붉은 머리 외국인이 나를 돌아보았다. 호리호리하지만 근육질인 외국인 남성은 긴 다리를 꼬고 소파에 기대 있다. 세련된 분위기의 눈빛이 자연스럽게 야성미를 풍겼다. 생각보다 훨씬 젊었다. 아직 30대 후반 정도일까.

"자, 거기 서 있지 말고 들어와."

가시와기 박사가 말했다. 온후한 얼굴과는 달리 신경질적인 면이 있다는 소문의 교수도 오늘 밤은 기분이 좋아 보였고, 호기심을 감추지 못하고 있었다.

"이 친구가 사쿠라 료 군이야." 교수가 붉은 머리 남자에게 말했다. "아, 그 향수는 이 친구가 가져온 거야."

그리고 외국인 남성을 가리키며 내게 말했다.

"사쿠라 군. 이분이 배질 파커 박사님이야."

파커 씨는 소파에서 일어서더니 싱긋 웃으며 손을 내밀었다.

"배질 파커일세. 프로페서 가시와기에게 얘기 들었네. 만나서 반갑군."

그의 일본어는 무척 명쾌해서 귀에 쏙쏙 들어왔다.

"저야말로 귀중한 시간을 내주셔서 감사합니다." 나는 진심으로 말했다.

"자네 얘기는 무척 흥미로웠네." 박사는 천천히 소파에 앉으면서 말했다. 그리고 테이블 위에 '미라주'를 내려놓는다. "일단 이건 돌려주지. 자네 연인의 귀중한 물건이지?"

약간의 오해가 있는 듯했지만 여하튼 순조로운 출발이다. 나는 가슴을 쓸어내렸다.

"잠자는 공주가 왜 깨어났을까. 나는 그 정답을 알고 있지." 박사가 쾌활하게 말했다. "하지만 자넨 내게 궁금한 게 있을 테지. 먼저 자네의 질문부터 받아 볼까."

"네. 제 친구가 고향에 있는 별장에서 롤랜드 씨의 것으로 보이는 향수를 발견했다는 이야기는 들으셨습니까?"

"그래, 가시와기 씨에게 들었네." 파커 박사가 대답했다.

"그 향수는 메이지 시대에 미네하라 고키치라는 실업가가 롤랜드 씨의 부탁으로 보관했던 것입니다. 고키치 씨는 언젠가 롤랜드 씨에게 향수를 돌려줄 생각으로 포도 별장 지하에 보관했습니다."

박사는 가볍게 고개를 끄덕이며 내 이야기를 듣고 있다.

"하지만 결국 롤랜드 씨는 나타나지 않았습니다. 제 친구는 우연한 경로로 지하실에 숨겨진 향수를 발견했습니다. 그리고 친구는 레시피를 토대로 '미라주'를 제작하기 위해 유럽으로 갔습니다."

"그건 훌륭한 도전이야." 박사는 미소 지었다. "하지만 안타깝게도 자네 친구의 시도는 성공하지 못할 걸세."

"왜입니까?" 나는 반론했다. "레시피와 조향사만 찾아내면 불가능은 아니지 않습니까?"

파커 박사는 그 질문에는 대답하지 않고 다리를 바꿔 꼬았다.

"미스터 미네하라가 찾아냈다는 조향사는 휠체어를 타고 있다고 하던데, 그녀의 사진이 있나?"

"가져왔습니다. 이겁니다." 나는 수첩에 끼워 둔 사진을 파커 박사에게 건넸다.

박사는 한참 동안 말없이 사진을 바라보고 있었다.

"이 사진을 내가 가져도 되겠나, 미스터 사쿠라?"

"네, 괜찮습니다." 나는 그렇게 대답하고 물었다. "혹시 그 여성을 아십니까?"

"아네." 파커 박사는 사진을 소중히 상의 주머니에 넣었다. "그녀는 조향사가 아닐세."

"그녀는," 내가 물었다. "롤랜드 씨의 후손입니까?"

"아니야." 박사는 단호하게 말했다.

"그럼," 난 다시 물었다. "박사님이 롤랜드 씨의 자손이십니까?"

파커 박사는 미소 지었다. "안타깝지만 나도 아닐세. 왜냐면 롤랜드 씨에게는 자녀가 없었거든."

"그렇습니까……." 롤랜드는 물려줄 자녀도 없는데 왜 재산을 고키치 씨에게 맡겼을까? 그리고 고키치는 왜 포도 별장에 재산을 숨기고, 그것을 150년이나 보관하려고 한 걸까? 그들의 행위가 도무지 이해되지 않았다.

"다음은 내가 말하지." 파커 박사는 커피를 천천히 음미했다. "자네들이 포도 별장 지하실에서 발견한 건 분명히 롤랜드의 재산일세. 하지만 그게 전부가 아니야."

"재산이 다른 곳에도 숨겨져 있다는 뜻입니까?"

"그런 의미가 아닐세." 박사는 시원시원하게 대답하면서 집게손가락을 흔들어 보였다. "재산이 있는 곳은 포도 별장뿐이네. 하지만 향수는 어디까지나 재산의 일부지. 단적으로 말하면 향수는 애피타이저지, 메인 코스가 아닐세."

"하지만 지하실에는 향수밖에 없었습니다." 내가 말했다.

"자네들이 찾아내기 전에 자네 친구가 가장 중요한 보물을 가져 갔기 때문이네. 그에게 향수 따윈 큰 가치가 없었겠지." 박사는 말을 끊더니 작게 덧붙였다. "나는 그 심정이 충분히 이해가 되네."

"미네하라가 가져간 건 레시피가 맞죠?"

파커 박사가 눈썹을 치켜 올렸다. "레시피? 틀렸네."

"아닙니까?"

"어쩌면 레시피가 이 세상 어딘가에 남아 있을지도 모르지. 하지만 레시피는 더 이상 아무런 가치가 없네."

"그럴 리가." 나는 깜짝 놀랐다. "레시피는 일억육천만 엔의 가치가 있지 않습니까?"

"그렇게 생각하는 사람이 많지. 하지만 사실은 그렇지 않네." 박사는 조용히 말했다. "'미라주'를 조합하는 데 반드시 필요한 재료를 이제는 얻을 수 없기 때문일세. 레시피를 입수해도 두 번 다시 '미라주'를 만들 수 없어. 잃어버린 걸세. 영원히."

"레시피가 아니라면 뭐였죠?"

파커 박사가 의미심장한 미소를 지었다.

"자네 친구가 가져간 보물이 무엇인지 난 확실히 알고 있네. 하지만 나뿐만이 아닐세. 미스터 미네하라도, 자네도, 그리고 미스 호라이도 그 보물을 봤네. 미스 호라이와 자네는 간접적이긴 하지만."

"그럴 리가!" 내가 알고 있을 리가 없다.

"대답은 이 사진 안에 있지." 박사는 사진이 들어 있는 상의 주머니를 살짝 눌렀다. "미스터 미네하라가 영국에서 자네에게 보낸 사진 속에."

"이 사진에 보물이 찍혀 있습니까?" 놀란 내가 물었다. 보물이 찍혀 있다면 분명 눈치챘을 터다. 그렇게 수차례를 보고 또 봤던 사진이다. 놓쳤을 리가 없다.

"그녀일세." 박사가 속삭이듯 말했다. "미스터 미네하라가 영국에서 찾아낸 조향사라고 자네가 생각한 여성. 그녀야말로 롤랜드가 남긴 진짜 보물이지."

나는 다시 깜짝 놀랐다. 박사가 한 말의 의미가 이해되지 않았다. 그녀는 보석도 향수도 아닌 살아 있는 인간이다. 1백 년 동안이나 지하실에 갇혀 있었을 리 없다. 박사가 나를 놀리고 있는 걸까.

"대체, 그녀는 어떤 사람입니까?"

박사는 입을 꼭 다물고 웃더니 내게 얼굴을 가까이 대고 나직이 속삭였다.

"……설마."

나는 멍하니 박사를 응시했다.

"일본에는 우라시마타로거북을 살려 준 어부가 그 보답으로 용궁에서 며칠을 호화롭게 지내다 돌아와 보니 지상에는 많은 시간이 흐른 뒤였고, 아는 이들이 모두 죽고 없었다는 전설라는 전설이 있다고 하지. 물론 그녀는 그런 전설 같은 건 모르겠지만 그녀의 몸에 일어난 일은……," 박사는 처음으로 머뭇거렸다. "그와 똑같은 일이었는지도 모르네."

나는 가만히 고개를 저었다. 도저히 믿을 수 없었다.

"그녀는 오랫동안 잠들어 있었지. 그리고 어느 날 깨어나 보니 아는 사람은 모두 사라졌던 걸세."

박사는 그렇게 말하고는 테이블 위에 놓여 있던 책 한 권을 집어들었다. 안개로 뒤덮인 숲을 그린 표지에 제목과 저자명이 타이핑된 간결한 장정의 책이다.

"그녀는 왜 오랜 잠을 필요로 했을까? 대답은 이 소설 속에 있네." 박사가 내게 책을 건넸다. "꼭 읽어 보길 바라네."

나는 여우에 홀린 듯한 기묘한 기분으로 집에 돌아왔다.

방의 불을 켜고 손을 씻고 가스레인지를 켰다. 그리고 커피를 내려 고타쓰에 파고든다. 주머니에서 꺼낸 '미라주'를 가만히 내려놓고, 그 옆에 책을 펼친다. 나는 커피를 한 모금 마신 후 파커 박사의 소설을 읽기 시작했다.

잠자는 공주를
파는 남자

I

어딘가 멀리서 천둥이 쳤다.

팻이 일하던 손을 멈추고 불안한 듯 하늘을 올려다보았다. 줄무늬 죄수복 위로도 선명하게 드러나는 근육과 배우 클라크 게이블을 아주 약간 닮았다고도 할 만큼 남성미가 있는 자가 저 멀리 들리는 천둥소리에 겁먹는 모습을 보고 댄은 미소 지었다.

"댄, 넌 비웃지만," 팻이 억울하다는 듯 입술을 삐죽이며 말했다. "그건 네가 천둥의 무서움을 몰라서야. 코앞에서 벼락이 떨어져 보면 알걸. 낙뢰의 충격으로 십 미터나 날아갔었지."

댄은 빙긋 웃었다. 전에 이 이야기를 했을 때는 7미터를 날아갔다고 했다. 회를 거듭할수록 날아간 거리가 늘어나는 것이 재밌었다. 이대로라면 팻이 대서양을 훌쩍 건너뛸 날도 멀지 않을 것이다.

"여하튼 지금도 살아 있는 게 신기할 정도라고." 팻은 진지한 얼굴로 말했다.

"신께 감사해야겠군." 댄이 놀리듯 말했다.

"행운의 여신이야. 내게는 행운의 여신이 함께하고 있지."

팻이 눈을 가늘게 뜨며 말했다. 정말로 행운의 여신이 함께한다면 교도소라는 후진 곳에 있을 리가 없지만 그 점에서는 댄도 뭐라 할 수 없는 처지다.

댄과 팻은 3년 전에 연이어 이 교도소에 들어왔다. 댄은 런던 대부호의 유산을 훔치려다가 허망하게 체포되었고, 팻은 리버풀에 있는 은행을 습격했지만 1파운드도 뺏지 못한 채 도주하다 그날로 검거되었다. 일확천금의 꿈이 사라진 두 사람이 다다른 곳은 통칭 '윌리엄 8세의 감옥'이었다. 스코틀랜드의 깊은 숲속에 있는, 본디 성채였던 곳이다. 댄은 어떤 사정으로 성이 교도소로 변했는지 모른다. 한여름에 독방 동 지붕의 잡초 제거 사역을 할 때면 그런 건 아무래도 상관없게 된다. 그리고 댄의 형기는 8년 3개월, 팻은 12년이다. 행운의 여신과는 인연이 없었던 반생이라고 할 수 있다.

"신경 쓰지 마, 친구." 댄은 활기차게 말하며 팻의 어깨를 두드렸다. "천둥을 무서워하는 건 너뿐이 아니야."

댄은 턱으로 앤서니를 가리켰다. 작지만 황소처럼 다부진 체격의 아직 젊은 교도관이다.

앤서니는 먹구름 아래로 번갯불이 번쩍이는 모습을 긴장한 표정으로 바라보고 있었다. 문득 생각난 듯 앤서니는 제모制帽를 집어 들었다. 모자를 어떻게 해야 할지 고민하는 듯 몇 번이나 양손에 바꿔 들었다. 모자의 금속 장식에 벼락이 떨어지는 건 아닐지 걱정하는 게 분명했다.

댄과 팻의 시선을 느낀 앤서니는 위협하듯 흘긋 쳐다보고는 황급히 모자를 고쳐 쓴 후 죄수들 사이를 돌아다니기 시작했다.

"어어, 거기! 멍하니 있지 마! 비 오기 전에 끝내도록. 빨리빨리 움직이라고!"

앤서니는 그렇게 말하면서 이쪽으로 다가왔다. 댄과 팻은 황급히 눈에 보이는 잡초를 잡아 뜯었다.

밤의 이발소

그때 머리 위에서 무언가가 터지는 소리가 났고, 굉음과 함께 근처 숲에 벼락이 떨어졌다. 교도소 주위에 대포를 늘어놓고 일제히 쏘아 대는 듯한 굉음이었다. 앤서니는 상아처럼 창백해진 얼굴로 그 자리에 꼼짝도 못하고 있었다. 그의 눈에 허세와 체면을 내팽개칠 결심이 떠올랐다.

"작업 중지! 내가 됐다고 할 때까지 잠시 휴식이다. 모두 그 자리에서 대기한다. 알았나!"

앤서니는 그렇게 소리치고 쏜살같이 건물 출입구로 뛰어들었다. 어이없게도 번개가 자신을 노리고 있다고 확신하는 듯했다.

죄수들은 말없이 눈빛을 교환하며 히쭉거렸다.

댄은 상체를 좌우로 비틀어 허리를 풀어 주고는 지붕 끝으로 걸어갔다. 바람이 강한 탓에 지붕 끝까지 가기 전에 멈춰 선다. 난간이 없어서 발이 미끄러지기라도 하면 끝장이다.

지붕의 잡초 제거는 두 번, 여름의 시작과 끝에 한다. 작업이 끝날 때까지 물 한 잔도 마시지 못하는 중노동이라 죄수들은 모두 이 작업을 싫어했다. 댄도 되도록 피하고 싶은 일이긴 했지만 좋은 점도 있었다. 휴식 시간에 지붕 끝에 서서 바깥 풍경을 바라볼 수 있기 때문이다.

댄은 교도소를 에워싸듯 펼쳐진 호젓한 숲을 바라보았다.

울창하게 자란 나무들에 가려 보이지는 않지만 이 숲 너머에는 작은 마을이 있다.

한껏 멋을 부린 여성들이 거리를 활보하는 모습이나 노점에 한가득 쌓여 있는 형형색색의 식재 등을 댄은 멍하니 상상했다.

팻이 손을 털면서 다가와 댄 옆에 섰다.

"기분 좋은 바람이군. 여기다 담배 한 대만 피울 수 있다면 최고 일 텐데."

팻이 나직이 중얼거리고 말없이 담장 너머를 응시했다.

다행히 벼락은 조금 전의 일격을 끝으로 그친 듯했다. 숲 위를 건 너오는 바람 소리 외에는 한없이 고요했다.

그때 불현듯 무언가가 댄의 코를 간지럽혔다. 어부의 자식으로 태어난 댄에게 친숙한, 더구나 아주 오랜만에 맡아 보는 냄새였다.

"갯바람이다."

"뭐?"

팻이 댄을 돌아보았다.

"지금 바다 냄새가 나지 않았나?"

"갯바람이라고?" 팻은 의아하다는 표정을 지었지만 킁킁거리며 순순히 냄새를 맡았다. "글쎄. 난 모르겠는데."

"그래? 기분 탓인가 보군."

댄이 웃으며 말했다. 바다의 냄새라고 생각했던 것은 실로 순간 으로, 그 냄새는 순식간에 사라졌다. 더구나 이곳은 바다에서 멀리 떨어진 내륙이다. 상식적으로 생각하면 이곳까지 갯바람이 다다를 리 없을 터다.

"그보다 댄, 저길 봐. 손님이 오고 있어."

팻의 목소리에 댄은 시선을 다시 숲으로 향했다.

나무 사이를 뚫고 마을에서 교도소까지 길 하나가 이어지고 있다. 그 길을 호송차 한 대가 달리고 있었다. 호송차는 나무에 가려졌다 나타나기를 반복하면서 느린 속도로 이쪽을 향하고 있었다.

"오랜만에 신입이 오는군."

"그러게. 어떤 녀석인지 기대되는데."

Ⅱ

신입은 퀸이라는 이름의 40세 남자였다. 마르고 키가 큰 과묵한 남자다. 하지만 분위기는 어둡지 않았다. 댄은 처음에 퀸이 교사가 아니었을까 생각했다. 그가 풍기는 사색적인 분위기 때문에 그렇게 생각했는지도 모른다.

범죄자 중에는 자신의 과거를 떠들고 싶어 하는 부류와 그렇지 않은 부류가 있다. 퀸은 후자였다. 그런 사람이 들어오면 사실과 거짓이 뒤섞인 소문이 저절로 떠돌게 된다.

"녀석은 미술상이었다던데?"

"그건 표면상의 얼굴이고. 사실은 미술품 절도 조직의 우두머리였다는군."

"오, 도둑들을 수족처럼 부리며 장물을 그러모았나."

"진짜일까? 절대 그렇게는 안 보이는데. 꽤 미덥지 않아 보여."

"사람은 겉모습으로 판단할 수 없는 법 아닌가."

아니 땐 굴뚝에 연기 나겠느냐고 하지만 불이 없는 곳에서도 화재는 일어난다. 이런 건 역시 본인에게 직접 물어보는 수밖에 없다.

댄은 식사 시간이 되자 퀸 옆으로 비집고 들어갔다.

"이곳 생활은 어떤가?"

댄은 지나친 관심으로 보이지 않도록 조심하면서 말을 걸어 보았다. 퀸은 눈을 올려 뜨고 댄을 관찰하듯 가만히 응시했다.

"글쎄. 쾌적하다고 하기는 어렵군." 흥미진진한 모습으로 귀를 기울이고 있던 주변 죄수들이 일제히 웃음을 터뜨렸다. 퀸은 웃음소리가 가라앉기를 기다렸다가 계속했다. "바다에서 멀리 떨어진 숲속에 있는 게 마음에 드는군."

댄은 그의 말에 흥미를 느꼈다.

"바다를 싫어하나?"

"수영을 못하거든."

퀸은 웃음기 하나 없이 말했지만 주변에서 다시 웃음이 터졌다. 이곳에서는 누구나 웃음에 목말라 있다.

"미술상이라고 들었는데."

"맞아, 미술상이었지. 하지만 지금은 죄수일 뿐이야. 3102번."

퀸은 댄의 호기심을 자르듯 그렇게 말하고 식사로 돌아갔다. 등을 곧게 펴고 차분한 자세로 스푼을 입으로 가져가는 퀸을 보고 있자니 댄은 업타운의 레스토랑에 있는 듯한 기분이 들었다.

묽은 소금물에 가까운, 무섭도록 맛없는 수프를 깨끗하게 비운 퀸은 다른 죄수들의 시시껄렁한 이야기에 귀를 기울이면서 사람들의 식사가 끝나기를 조용히 기다리고 있었다.

III

제1 독방 동의 수감자는 화요일과 목요일 오후에 목공실에서 민예품 제작에 종사한다.

할당된 개수를 채우고 긴장이 풀어질 즈음인 종료 시간 직전에 빌과 롭의 싸움이 시작됐다. 두 사람이 한 조가 되면 꽤 높은 확률로 싸움이 일어난다. 서로 성격이 맞지 않는 것이다. 그러면 다른 녀석과 조를 이루면 좋겠지만 모두가 둘이 한 조가 되도록 재빨리 정해 버린다. 하루하루가 단조롭다 보니 자극에 굶주려 있어서 둘의 싸움이라도 구경하려는 것이다.

롭은 쾌활한 남자지만 입이 무척 거칠다. 싸움의 패턴은 늘 같았다. 일머리 없는 빌에게 화가 치민 롭이 그에게 모욕적인 말을 홍수처럼 쏟아붓고, 말주변이 없는 빌은 반론도 제대로 하지 못한 채 끝까지 참고 참다가 결국 폭발해서 롭을 때려눕힌다.

얻어맞은 롭도 참지 않는다. 쾌활한 롭도 과묵한 빌도 화가 나면 말벌처럼 흉포해진다. 가차 없이 주먹을 휘두르고 때로는 발도 사용한다. 코피가 흐르고 입술이 터지면서 드잡이 싸움이 절정으로 접어들면 교도관이 끼어들어 두 사람을 떼어 놓는다.

그렇게 싸움은 끝나지만 볼거리는 아직 남아 있다.

거친 숨을 내쉬면서 서로를 노려보고 있는 두 사람 앞에 교도관장인 잭이 나선다. 잭은 체중이 1백 킬로그램에 육박하는 거구다. 아기처럼 혈색이 좋은 그가 매끄러운 얼굴에 미소를 띠며 빌과 롭을 번갈아 보았다.

"또 너희들인가. 대체 작업을 몇 번이나 중단시켜야 직성이 풀리겠나. 어!"

동안의 잭이 미소를 지으면 꽤 귀여운 인상을 준다. 하지만 그것은 표면상일 뿐이다. 그는 냉혈한으로 가득한 교도관 중에서도 일이 위를 다투는 비정한 사람이었다. 그 사실을 죄수들은 누구보다 잘 알고 있었다.

"잭, 그게 아닙니다."

능변가인 롭은 잭에게, 빌이 먼저 때렸고, 자신은 맞았기 때문에 어쩔 수 없이 방어한 것이라고 온갖 말로 호소했다. 롭은 말솜씨도 뛰어나지만 그 이상으로 애교가 있다.

잭이 알겠다는 듯 고개를 끄덕이더니 거구를 천천히 빌 쪽으로 향했다. "네가 먼저 때렸나?"

"그게, 하지만……,"

"내 질문에 대답해, 빌."

잭의 목소리에 선뜩한 무언가가 섞여 있다. 위험한 징후였다. 흘러가는 상황을 지켜보던 죄수들은 잔인한 기대감에 침을 삼켰다. 빌을 희생양 삼아 잔잔한 바다에 돛배를 타고 있는 듯한 우울함을 날려 버릴 수 있는 것이다.

빌은 입속으로 변명 비슷한 말을 중얼거렸지만, 마침내 억울한 표정으로 고개를 끄덕였다. 그 순간 빌은 3미터나 뒤로 날아가 바닥에 나뒹굴었다. 잭이 빌의 턱에 무자비한 일격을 날린 것이다. 납작 엎드린 빌이 괴로운 듯 신음했다.

평상시라면 한 방 날리고 나면 끝이었다. 하지만 오늘의 잭은 달랐다.

"거봐. 역시 너잖아."

잭이 즐거운 듯 말하고는 빌의 얼굴을 짓밟았다. 3백 밀리미터 사이즈 가죽 구두 밑에서 빌의 표정이 심하게 일그러진다. 가죽 구두로 빌을 실컷 짓밟은 후, 마침내 잭은 발을 들어 올렸다. 그리고 그 발은 빠르게 포물선을 그린 후 빌의 배를 걷어찼다. 빌은 비명조차 지르지 못했다. 애벌레처럼 몸을 구부린 채 새빨개진 얼굴로 고통을 호소했다.

"넌 대체 왜 자꾸 나를 귀찮게 하는 거냐, 어?"

잭이 애처롭다는 듯이 중얼거렸다. 그 중얼거림이 끝나기 전에 이번에는 빌의 어깨를 걷어찼다. 빌은 공기가 새는 듯한 소리로 헐떡이면서 잭에게서 조금이라도 멀어지려고 몸을 반대로 돌렸다. 무방비의 등이 드러났다. 물론 잭은 그 등을 걷어찼다. 발끝이 정확하게 등뼈에 명중했다. 빌의 온몸에 경련이 일었다. 멍하니 보고 있던 롭의 얼굴에서 핏기가 사라졌다.

"그만하지 않으면 죽습니다."

차분한 목소리가 들렸다. 롭이 아니었다. 잭이 의아한 표정으로 소리가 들린 쪽으로 돌아보았다.

퀸은 잭과 그곳에 있는 모두의 시선을 받고 눈을 끔뻑였다.

"넌 뭐야. 아, 신입이군."

잭이 눈을 가늘게 뜨고 퀸을 응시했다. 상대가 어떤 인물인지 순식간에 간파하는 눈빛이다.

"재밌군. 나를 훈계하는 건가?"

잭이 부드럽게 물었다. 울림이 있는 낮은 목소리다.

"훈계가 아닙니다. 부탁입니다. 그를 의사에게 보내 주십시오. 등뼈를 다쳤을 가능성이 있습니다. 저대로 두면 위험합니다."

퀸이 담담히 말했다. 부드러운 말투지만 늠름한 울림이 있었다.

댄은 그의 목소리가 너무 청결하다고 생각했다. 잭이 가장 싫어하는 유형이다.

"그래. 누군지 생각났어. 미술상이라고 했지? 아주 훌륭한 선생이시군."

잭이 킥킥 웃었다.

"일개 죄인이죠." 퀸이 중얼거렸다.

"겸손이 지나치시군, 선생." 킥킥. "선생에게 여러모로 가르침을 받아야겠군, 이거. 알겠습니다. 선생님의 말씀대로 합죠."

잭이 간사한 목소리로 그렇게 말한 후 젊은 교도관에게 턱으로 지시했다.

"거기, 이자를 의무실로 데려가."

축 늘어진 빌이 끌려가자 잭이 공손히 모자를 벗었다.

"지시하신 대로 했습니다. 이러면 되겠습니까."

퀸이 말없이 고개를 숙이고 돌아섰다.

"기다려 주시오, 선생. 모처럼 친해졌으니, 부디 제 방에서 차라도 한잔하시지 않겠습니까?"

"호의는 감사합니다만 실례하겠습니다."

가려는 퀸 앞을 작은 체격의 교도관이 막아섰다. 앤서니였다.

"교도관장님의 말씀이시다. 잔말 말고 지시를 따라."

"이런, 말조심하게, 앤서니. 그럼 선생님, 가실까요."

잭이 억지로 퀸을 데려갔다.

퀸은 한밤중이 되어서야 돌아왔다.

댄은 자신의 독방 앞을 가로지르는 퀸을 보았다. 눈이 실처럼 보일 만큼 얼굴이 심하게 부어 있었다. 고통스러운 듯 왼쪽 다리를 끌고 있었고, 셔츠에 핏자국이 점점이 묻어 있었다.

퀸은 독방 앞을 지나면서 댄을 슬쩍 보았다. 눈이 마주치자 퀸은 희미하게 웃음을 지었다. 그 웃음이 댄의 마음속에서 한동안 떠나지 않았다.

IV

운동장에는 곳곳에 벤치가 놓여 있다. 별난 독지가가 죄수들의 환경 개선에 일조하길 바란다며 기부한 것이다.

날씨 좋은 날에 벤치에 멍하니 앉아 있는 것이 신에게 버려진 이 땅에서의 가장 사치스러운 시간 보내기였다. 벤치는 중앙 마당과 뒷마당에도 놓여 있는데, 이쪽은 환경이 훨씬 안 좋았다. 특히 뒷마당은 거의 해가 들지 않는 데다가 1년 내내 습기로 축축했다.

소문에 의하면 이곳에 아직 성이 남아 있을 무렵, 이 뒷마당에서 수많은 포로의 목이 베였다. 그리고 성주는 잘린 머리를 전부 뒷마당에 있던 우물 속으로 던져 버렸다는 것이다. 물론 교도소를 지을 때는 우물을 자갈로 완전히 메우고 마당 전체에 벽돌을 깔았다. 지금은 우물이 어디에 있었는지조차 찾을 수 없다.

하지만 그로부터 1백 년이 흐른 지금도 달이 뜨지 않은 밤에는 머리 없는 기마병이 자신의 머리가 던져진 우물을 찾아 마당을 헤매며 돌아다닌다는 괴담이 죄수들 사이에 전해지고 있었다.

그 괴담 탓인지 뒷마당 벤치에서 시간을 보내는 죄수는 거의 없었다. 유일한 예외는 퀸이었다. 그는 상당히 성격이 꼬였는지 수많은 벤치 중에서도 가장 해가 들지 않는 벤치를 마음에 들어 했다. 퀸은 운동 시간이 되면 뒷마당으로 가서 거의 그의 전유물이 된 벤치에 앉아 느긋하게 다리를 꼬고 무언가 사색에 빠져 있었다. 방해꾼이 나타나기 전까지는.

댄은 주머니에 손을 꽂고 불쑥 뒷마당으로 갔다. 사형 집행 장소 바로 앞 벤치에 앉아 있는 퀸의 모습을 발견하고 "어이." 하며 손을 들었다. 퀸은 정색을 한 얼굴로 알은체도 하지 않는다.

댄이 가까이 다가가자 퀸은 들으라는 듯 한숨을 쉬었다.

"무슨 일이지? 지금 생각할 게 좀 있는데."

"너무 매정하시군. 그리고 여긴 자네 집 마당이 아니야."

퀸은 마지못해 댄이 앉도록 자리를 내주었다.

댄은 벤치에 앉더니 속주머니에서 담배를 꺼내 퀸에게 권했다.

"샘이란 남자를 아나? 그자가 이런 기호품을 취급하고 있지. 담배든 술이든 뭐든 조달해 줘. 돈만 충분하면 고갱의 그림까지 살 수 있을걸."

"고갱을 좋아하나? 나쁘지 않은 취미군." 퀸은 소중한 물건을 다루듯 담배를 물면서 말했다.

"자네 얼굴이⋯⋯. 잭한테 또 당했나?"

퀸이 희미하게 웃었다. "그자는 내가 어지간히 좋은가 보더군. 이유가 있건 없건 자꾸 차를 마시자고 권하는 걸 보니."

"쓸데없는 참견인지는 모르겠지만," 댄이 말했다. "잭은 진짜 비열한 자야. 하지만 녀석에게도 딱 한 가지 장점이 있지. 뇌물이 아주 잘 통해."

"그렇군." 퀸이 심드렁하게 중얼거렸다.

"그러니까, 내키지 않겠지만 녀석에게 선물을 줘. 비싼 물건일 필요는 없어. 담배나 술 같은 거면 돼. 녀석은 둘 다 좋아하니까."

"적절한 조언이군." 퀸은 그렇게 말할 뿐으로 말없이 담배만 피웠다. 그리고 짧아진 담배를 조심스럽게 비벼 껐다. "하지만 아쉽게도 난 돈이 없어. 파산했거든. 화랑도 집도 전부 압류됐지."

"그건 큰일이군."

"그런 정도는 아니야." 퀸이 남 일처럼 대답했다. 허세를 부리는 것 같지는 않았다.

댄은 순간 마음의 결정을 내렸다. 바지 뒷주머니에서 위스키 미니어처를 꺼내 퀸의 손안에 밀어 넣었다.

"내가 마시려고 샀는데 자네한테 양보하지. 이걸 쟤에게 줘. 그러면 모든 게 해결돼. 자네도 녀석과 차 마시는 건 이제 사양하고 싶겠지."

퀸은 잠시 위스키를 바라본 후 말했다. "당신한테 뭔가 사례를 해야겠는데."

"됐어. 그런 건 필요 없어."

댄이 그렇게 말했지만 퀸은 주머니를 뒤지더니 무언가를 꺼내 댄의 손바닥에 올렸다. 그것은 깨끗하게 닦인 은화였다. 본 적도 없는 동전이다. 은화 표면에 새겨진 문자는 알파벳이다. 그런데도 읽을 수가 없다. 댄은 은화에서 눈을 들어 질문하는 듯한 시선을 보냈다.

"고대 그리스의 은화야. 엄청 비싼 건 아니니 넣어 둬."

놀란 댄이 손바닥 위의 은화를 다시 보았다. 그렇다면 이 문자는 고대 그리스어인가. 읽지 못한 게 당연했다. "왜 이런 옛날 돈을 갖고 다니지? 그렇지. 자넨 미술상이었지."

"그건 상품이 아니야. 손님이 지불한 대금이지. 부적처럼 갖고 있었을 뿐이야."

"이런 옛날 돈이 대금이라고? 알렉산더 대왕에게 클림트 작품이라도 팔았나?"

퀸이 미소를 지었다. "그런 손님이 있어. 그는 값을 치를 때 요즘 화폐를 사용하지 않아. 늘 옛날 화폐나 은 제품이나 보석 같은 걸로 값을 치르지."

"세상에는 별 특이한 사람도 다 있군." 댄은 황당했다.

"유서 있는 귀족의 후예거든. 하지만 뭐, 조금 특이하기도 하지. 그는 현금이 없어. 그 대신 선조 때부터 전해진 가보를 잔뜩 갖고 있네. 그래서 그걸로 지불하는 거지."

"선조의 가보를 처분하면서까지 사고 싶은 게 있다니. 그 귀족에게 뭘 팔았나?"

퀸이 미소를 지으며 일어섰다. 대답할 마음이 없어 보였다.

"자네와 얘기 나눠서 즐거웠네." 퀸은 미니어처 병을 살짝 들어 보이고 발걸음을 떼기 시작했다.

댄이 퀸에게 은화를 내밀었다.

"이건 돌려주지."

"마음에 안 드나?" 퀸이 뜻밖이라는 표정을 지었다.

"사례하고 싶다면 자네 얘기를 좀 더 들려주지 않겠나?" 댄이 말했다. "자네가 미술품 절도 조직의 우두머리라는 황당한 소문이 있던데, 사실인가?"

퀸이 어이없다는 듯 고개를 저었다.

"내가 절도 조직의 두목으로 보이나?"

"아니, 그렇게 보이지 않네." 댄이 솔직하게 말했다. "하지만 사람은 겉모습으로 판단할 수 없는 법이니까. 게다가 자넨 죄를 지었으니 이곳에 있는 셈이지. 나처럼."

화를 낼 것 같았던 퀸은 흥미롭다는 시선을 던질 뿐이었다.

"살인." 퀸이 속삭이듯 말했다. "공동 경영자를 살해한 혐의로 유죄를 받았지."

예상 밖의 대답이었다.

"의외군. 사람을 죽일 타입으로는 보이지 않는데."

"사람은 겉모습으로 판단하면 안 된다고 말한 건 자네야." 퀸이 말했다. "믿었던 파트너가 돈을 들고 튀었다면 누구라도 살기를 느끼게 되지."

"오, 그것도 의외군. 자넨 혼자서 일할 타입이라고 생각했는데."

"물건을 구하려고 세계를 돌아다녔거든. 사무실에서 상담을 할 수 있는 사람이 꼭 필요했지."

"꽤 많은 돈을 벌었나 보군. 전부 들고 튀었나?" 댄이 호기심을 감추려고도 하지 않고 물었다.

퀸은 미소 지었다. "이십오만 파운드."

"이십오만!"

퀸은 놀라서 숨이 멈춘 댄을 유쾌한 듯 바라보았다.

"그렇군. 그런 거금을 들고 튀었다면 부아가 치밀어서 죽여 버릴 만도 하지." 간신히 댄이 입을 열었다.

"그렇겠지? 하지만 사실을 말하자면 난 죽이지 않았어." 퀸이 은밀하게 말했다.

"무슨 말이야?"

퀸이 위스키 병을 쓰다듬으면서 말했다.

"우린 정당한 장사만 해 왔던 건 아니야. 나도 피트도. 아, 공동

밤의 이발소

경영자였던 자의 이름이 피트일세. 여하튼 우린 적이 무척 많았지. 살해 협박을 받고 피트는 무척 두려워했네. 내가 오스트레일리아에 출장 가 있는 동안 그는 은퇴할 결심을 했지. 하지만 유유자적한 삶을 살려면 돈이 필요하지. 피트는 스스로 정한 퇴직금 액수를 내 계좌에서 빼 갔네."

"그러면 자네의 피트를 살해한 건 그를 협박했던 자들이겠군."

"나의 피트라." 퀸이 빈정거리듯 댄의 말을 따라 했다. "그자들의 범행이라는 증거는 없지만 틀림없을 거야. 난 멜버른 체재 중에 전보를 통해 피트의 죽음을 알았지. 전보에는 횡령 건도 적혀 있어서 동정심은 들지 않더군. 그보다 나는 내 목숨을 걱정해야 했네. 협박자는 우리 두 사람을 죽이겠다고 위협했으니까. 귀국하면 나도 살해당할 판이었지. 하지만 도피를 하든 변호사에게 의뢰를 하든 보디가드를 고용하든 돈이 필요해. 그런데 나는 빌어먹을 피트 덕분에 땡전 한 푼 없는 신세였네. 모든 게 끝이었지."

퀸이 어깨를 으쓱했다.

"다행히 거래의 성공으로 현금 이천오백 달러쯤이 수중에 있어서 현지 브로커를 통해 위조 여권을 샀지. 그리고 영국으로 돌아가지 않고 미국으로 날아갔네. 하지만 살인 청부업자는 곧바로 나를 쫓아왔네. 난 그들의 습격을 필사적으로 피해 가며 돈이 떨어질 때까지 도망 다녔어. 세 번이나 이름을 바꾸고 주소도 바꿨지만 허사였지. 마침내 돈이 완전히 떨어졌네."

"그래서 어떻게 했나?"

"어쩔 도리가 없었지. 난 돈 없이 할 수 있는 유일한 선택을 했네. 경찰에 출두해서 내가 저지른 죄를 자백했어. 돈을 들고 튄 파트너를 살해했다고. 그다음은 설명할 필요도 없겠지. 체포되어 재판에 넘겨져 유죄판결을 받고 교도소로 보내졌네. 살인 청부업자들이 절대로 손을 뻗을 수 없는 가장 안전한 장소에 이른 거지."

"그러면 자넨," 댄이 놀라서 물었다. "살인 청부업자를 피하려고 이곳에 왔다는 건가?"

"그런 거지." 퀸이 태연하게 인정했다. "내 이야기는 여기까질세. 따분함이 가셨나?"

댄이 고개를 끄덕이자 퀸은 만족스러운 듯 말했다. "잘됐군. 그럼 이 술은 받기로 하지. 이건 내가 마시겠네. 이런 스카치를 잭에게 주긴 아까우니까. 그렇게 생각하지 않나?"

V

댄은 침대에 누워 시커먼 천장을 올려다보며 퀸을 생각했다.

살인 청부업자를 피해 '묘지'로 도망 온 남자. 다른 사람에게는 절망의 상징일 뿐인 수해(樹海)의 교도소가 그에게는 구원의 장소인 것이다. 댄은 독방의 지저분한 침대에서만 안심하고 잠들 수 있는 자의 기분을 짐작해 보려고 했다.

하지만 석연치 않은 기분이 들었다. 퀸의 이야기는 일단 앞뒤가

밤의 이발소

맞는다. 하지만 정말 교도소로 도망치는 방법밖에 없었을까. 퀸의 말에 따르면, 그는 살인 청부업자의 표적이었고, 더구나 빈털터리였다. 그 말이 사실이라도 죄수가 되는 것보다 좀 더 나은 방법이 있지 않았을까. 저 남자라면 돈이 없다 해도 살인 청부업자에게서 도망칠 수 있을 듯한 기분이 드는 것이다.

댄이 그런 생각을 하면서 몸을 뒤척인 순간, 갑자기 교도소의 비상벨이 울렸다.

댄은 이불을 걷어차고 맨발로 차가운 바닥을 달려가 얼굴을 문에 바짝 댔다.

온몸의 신경을 집중해서 바깥에서 나는 소리를 하나도 놓치지 않으려고 했다.

독방 안으로도 교도관들의 긴박한 발소리와 성난 고함 소리가 확실하게 전해졌다.

문의 감시창이 열리고 교도관이 바깥에서 들여다본다.

"무슨 일이 있습니까?"

댄이 물어보았지만 교도관은 경직된 목소리로 아무것도 아니라고 대답한 뒤 감시창을 닫았다. 무슨 일이 일어난 걸까?

무슨 상황인지 알 수 없는 불안 속에 하룻밤이 지나갔다.

댄은 한숨도 자지 못한 채 기상 시간을 맞이했다.

댄은 식당에 가자마자 샘을 찾았다. 교도관들과 친한 샘이라면 어젯밤 일에 대해 알고 있지 않을까 생각했다. 모두 같은 생각을 했던 모양이다. 샘은 이미 다른 죄수들에게 질문 공세를 받고 있었다.

댄은 팻과 퀸을 불러 샘 주변에 자리를 잡았다.

"놀라지 마. 잭이 죽었어." 샘이 흥분을 억누르며 말했다.

"잭이? 농담이지?"

모두 믿을 수 없다는 표정이었다.

"나도 내 눈으로 직접 본 건 아닌데, 아무래도 사실 같아."

음식에 손을 대는 사람은 한 명도 없었다. 모두 스푼을 드는 것조차 잊고 샘의 입술에 주목하고 있었다.

"이건 앤서니에게 들은 이야기인데……,"

사건이 일어난 건 어젯밤 8시 무렵이었다.

교도소를 순찰 중이던 앤서니가 중앙 마당을 지난 순간이었다. 뒷마당 쪽에서 미묘한 이상을 감지한 그는 발걸음을 멈추었다. 앤서니는 눈을 가늘게 뜨고 어둠 속을 응시했다. 그리고 귀를 기울였다. 수상한 사람도 보이지 않았고, 소리도 들리지 않았다. 하지만 뭔가 이상했다. 대체 뭘까.

앤서니는 온몸의 신경을 곤두세웠다. 그러다 마침내 이상한 느낌의 정체를 깨달았다. 바다 냄새였다. 그는 고개를 갸웃거리며 코를 킁킁거렸다. 순간의 착각임을 증명하려 한 행동이었다. 하지만 바다 냄새는 여전히 앤서니의 후각을 자극하고 있었다. 마치 한밤의 모래사장에 서 있는 것 같았다. 파도 소리가 들리지 않는 것이 오히려 이상했다.

앤서니는 이 상황에 어떻게 대처해야 할지 잠시 고민한 끝에 냄새의 근원을 밝혀내기로 했다. 바람은 뒷마당 쪽에서 불고 있었다.

밤의 이발소

그는 뒷마당을 향해 걷기 시작했다.

예상대로 뒷마당으로 다가갈수록 바다 냄새가 강해졌다. 동시에 바람 속에서 무언가 다른 냄새가 섞이기 시작했다.

"이건…… 피 냄새다."

앤서니는 순간 긴장했다. 피 냄새의 의미는 명백했다. 그는 오른손을 허리춤의 권총으로 가져갔다. 언제든 총을 뽑을 수 있도록 총에 손을 댄 채 천천히 뒷마당으로 들어갔다.

어둠에 눈이 익자 조금씩 여러 형체가 드러났다. 뒷마당 한가운데에 누군가가 쓰러져 있었다.

"거기, 누구야?" 그는 그렇게 말하면서 조심스럽게 다가갔다. 부드러운 물체가 밟혔고, 심장이 방망이질 쳤다. 앤서니는 다리를 들어 물체를 확인했다. 교도관 모자였다.

저기에 쓰러져 있는 자가 설마…….

황급히 달려가서 쓰러져 있는 사람을 안아 일으켰다.

"교, 교도관장님!"

앤서니의 품에서 축 늘어진 채 숨을 토해 내고 있는 사람은 잭이었다.

"어떻게 된 겁니까! 대체 무슨 일입니까?"

잭이 무언가를 말하려고 했다. 귀를 가까이 대자 피 냄새가 강하게 풍겼다.

"……여자가 있었다." 속삭이는 듯한 목소리로 잭은 그렇게 말했다. "불러 세웠다가…… 당했다……."

갑자기 잭의 숨결이 사라졌고, 품 안에는 영혼이 빠져나간 껍데 기만 남았다. 앤서니의 보고를 받고 휴대용 램프를 든 교도관들이 뒷마당으로 달려왔다. 잭은 다리가 절단된 채 피바다 속에 숨이 끊 어져 있었다.

"그러면 잭이 살해당했다는 건가." 댄이 멍하니 중얼거렸다.

댄은 누군가에게 살해되어 피바다 속에 누워 있는 잭, 그 광경을 떠올려 보려고 했지만 잘 상상이 되지 않았다.

"대체 누구 짓이지?" 팻이 조급하게 물었다.

"내가 어떻게 알아." 샘이 말했다. "잭에게 앙심을 품은 자가 한 둘이 아니니. 하지만 중요한 건 잭이 살해당했을 때 우리 모두 감방 안에 있었다는 거야."

"그렇군. 우리 가운데는 범인이 없다는 거군." 팻이 안심한 듯 말 했다.

"우리가 아니라면 교도관이 범인이겠군." 댄이 목소리를 낮췄다.

모두가 정말 그런 거냐는 표정으로 샘을 보았다.

"그런 거면 사건은 간단한데, 그것도 아닌가 봐." 샘이 팔짱을 끼 고 말했다. "교도관이 피살된 일은 이 교도소의 개소 이래 최악의 불상사야. 제일 당황한 사람은 물론 교도소를 관리하는 모리스 소 장이고. 이대로라면 소장이 관리 책임을 물어야 하거든. 그래서 소 장이 직접 교도관과 직원을 일일이 방으로 불러서 잭이 살해됐을 때 어디에서 무엇을 했는지 심문했대. 하지만 전부 알리바이가 확인된 모양이야. 물론 앤서니는 빼고."

"그렇다면 범인은 앤서니라고밖에 할 수 없지 않을까." 팻이 말했다.

"그런데 문제가 그리 간단하지 않아. 먼저 녀석에게는 동기가 없어. 설령 동기가 있다고 쳐도 잭과 둘만 있을 때 살해할 리가 없지. 자신이 의심받을 게 뻔하니까."

"그렇군." 팻이 마지못해 인정했다.

"또 한 명의 중요한 용의자가 있잖아, 샘." 댄은 슬쩍 주위를 둘러본 후 목소리를 더욱 낮췄다. "소장은 어때? 소장이라면 교도관처럼 시간에 얽매이지도 않고 교도소 안의 어디서 무엇을 하든 누구도 뭐라 할 수 없어. 눈에 띄지 않는 곳으로 은밀하게 잭을 불러죽일 수도 있지."

샘이 싱긋 웃었다.

"정말 소장이 범인이면 재밌겠지만 아쉽게도 알리바이가 있어. 잭이 살해된 시각에 소장은 손님과 면회 중이었거든. 그때 소장은 한 번도 자리를 떠나지 않았다고 손님이 증언한 모양이야."

"뭔가 형사 같은 말투군, 샘." 팻이 놀렸다.

"재수 없는 소리 하지 마." 샘이 얼굴을 찡그렸다.

"그 손님이 범인일 가능성은 없나?" 다시 댄이 끼어들었다. "잭을 살해한 후 시치미를 떼고 소장을 만났다거나."

"그럴듯하군. 하지만 그럴 가능성도 없어. 교도관이 정문부터 소장실까지 손님을 안내했어. 도중에 누구를 살해하는 건 불가능해.

그리고 미리 말해 두는데, 잭이 죽은 시간에 다른 손님은 없었어."

"우리도 아니고 교도관이나 소장도 아니고 방문객도 아니라면," 댄이 천천히 말했다. "범인은 밖에서 몰래 들어온 걸 수도 있겠군."

"설마!" 팻이 웃음을 터뜨렸다. "그건 말도 안 돼, 댄."

"아니야, 소장 측도 비슷한 결론은 내린 거 같아." 샘이 말했다. "어젯밤에 교도관들이 총출동해서 교도소 안을 샅샅이 뒤졌나 봐. 잭을 죽인 범인이 어디 숨어 있는 건 아닌지 조사하려고. 물론 아무도 발견하지 못했지만."

"잭이 봤다는 여자도?" 댄이 물었다.

"잭이 봤다는 여자도." 샘이 대답했다.

대화가 끊어졌다. 댄은 이 사실을 어떻게 받아들여야 할지 결정하지 못하고 있었다. 앤서니의 말이 사실이라면 잭을 죽인 자는 그 여자라고밖에 생각할 수 없다. 하지만 교도소 어디에도 여자는 없었다. 결국 여자는 잭을 죽인 후 수색이 시작되기 전에 교도소 밖으로 빠져나간 것이 된다. 대체 어떻게? 아니, 그 이전에 여자는 어떻게 교도소 안으로 들어왔을까? 교도소의 출입구는 정문 한 곳뿐이다. 정문을 통과하려면 사전에 방문 일시를 연락해서 허가를 받아야만 한다. 그리고 접수처에서 엄중한 조사를 받은 후에야 비로소 안으로 들어갈 수 있는 것이다. 물론 범인으로 보이는 여자는 정문을 통과하지 않았다. 말할 필요도 없겠지만 담을 넘어 들어오는 것도 불가능하다.

그렇다면 여자는 대체 어디로 사라진 걸까?

밤의 이발소

"여자에게 다리가 있던가?"

그때까지 말없이 듣기만 하던 퀸이 기묘한 질문을 던졌다.

"이런. 설마 유령이 범인이었다는 말을 하려는 건 아니겠지."

샘은 농담으로 받아들이려고 했지만 퀸의 표정은 프러포즈하는 남자처럼 진지함 그 자체였다. 샘이 난처한 듯 머리를 긁적였다.

"글쎄. 거기까지는 모르지만, 아마 잭은 여자의 다리는 보지 못했을 거야."

"어떻게 알지?"

"수상한 자가 잭을 습격한 곳은 뒷마당 입구였으니까. 그곳은 나지막한 산울타리가 둘려 있어. 산울타리 너머에 여자가 있었다면 허리 아래로는 안 보이지."

"그 부분이 중요한가, 퀸?" 댄이 물었다.

퀸은 대답하지 않았다. 뭔가에 정신이 팔려 딴생각을 하고 있는 것 같았다.

"그런데 또 한 가지 이상한 점이 있어." 샘은 사람들을 둘러보며 말을 이었다. "잭이 다리가 잘린 채 살해당했다는 얘기는 이미 했지. 그 다리의 상처가 칼이 아니라 마치 맹수의 날카로운 어금니에 물려 뜯긴 듯한 상처인가 봐. 예를 들면 도베르만 같은 큰 개에게."

"날카로운 어금니?"

둔탁한 금속 소리가 났다. 바닥에 스푼이 떨어진 소리였다. 반사적으로 소리가 난 쪽을 보니 퀸이 바닥에 떨어진 스푼은 쳐다보지도 않고 입을 살짝 벌린 채 샘을 노려보고 있었다.

"왜, 왜 그래?"

"그게 사실인가? 잭이 날카로운 이빨에 다리를 물어뜯겼다는 게." 믿을 수 없다기보다 믿고 싶지 않다는 말투였다.

"그렇다고 했잖아." 샘이 화난 듯 되받았다.

"혹시 잭의 시체에 그 밖에도 이상한 점이 있지 않았나?" 퀸이 물었다.

샘이 이상하다는 듯 퀸을 돌아보았다. "어떻게 알았지? 잭의 시체는 비도 오지 않았는데 흠뻑 젖어 있었다는군. 마치 바닷물을 뒤집어쓴 것처럼 바다 냄새가 강하게 풍겼다던데."

"역시 그랬군."

퀸이 고통을 참듯 살며시 눈을 감았다. 불길한 예감이 현실이 되었을 때 사람들이 보이는 표정이었다.

바다 냄새라고? 댄은 고개를 갸웃했다. 최근에 어디선가 바닷바람 냄새를 맡은 듯한 기억이 있었다. 그건 분명히 퀸이 이곳에 온 날이 아니었던가.

"여하튼 찜찜한 이야기야." 샘이 얼굴을 찡그리며 말했다. "여자가 도베르만 같은 큰 개를 데리고 한밤중에 교도소를 산책했다는 거니까. 그리고 여자는 잭에게 발각되자 개에게 명령해서 녀석을 습격하게 했고, 잭은 비명을 지를 틈도 없이 다리를 물어뜯겨 죽었다. 앤서니가 달려갔을 때는 여자는 이미 연기처럼 사라지고 없었다. 완전히 괴담이군."

"여자가 사라지기 전에 잭의 시체에 바닷물을 뿌렸다는 것도 잊

밤의 이발소

지 마." 팻이 덧붙였다. "뭔가 주술 같은 걸까."

퀸은 여전히 눈을 굳게 감고 있었다.

"여자는 왜 잭을 살해했을까." 댄이 마음속에 떠오른 의문을 입 밖에 냈다. "자유자재로 사라질 수 있다면 교도관에게 발각됐다고 그를 죽일 필요는 없지 않을까."

댄의 질문에 대답할 수 있는 사람은 없었다.

VI

"롭 녀석, 사람이 완전히 변했어."

목재를 일정한 크기로 자르면서 샘이 말했다. "이봐, 팻. 똑바로 눌러. 네 손가락 자르고 싶진 않으니까."

팻이 무뚝뚝한 얼굴로 고개를 끄덕인다. 샘이 톱을 움직일 때마다 톱밥이 연기처럼 날아올라서 말을 하면 기침이 나왔다.

"그러게. 녀석이 얌전하면 상태가 안 좋은 거지." 댄이 맞장구를 쳤다.

빌이 잭에게 맞아 크게 다친 후부터 롭은 사람이 변한 것처럼 과 묵해졌다. 빌이 평생 휠체어에 의지해야 한다는 사실을 알게 된 롭 은 남의 눈도 의식하지 않고 오열했다. 그 이후부터 기관총처럼 떠 들어 대던 모습은 자취를 감췄고, 쾌활한 표정도 사라졌다. 오늘은 빌 대신에 퀸이 롭의 파트너로 작업을 하고 있었다. 두 사람 모두 묵묵히 각재에 대패질을 하고 있다. 잭이 살해당한 후 퀸도 변했다. 뒷마당 벤치에서 사색에 잠기는 것도 그만뒀다. 댄이 보기에는 혼자 있는 것을 피하는 듯했다.

작업은 예정대로 조용히 진행되었다. 싸움도 일어나지 않는다. 그럼에도 교도관들은 심기가 불편했다.

댄 일행은 새로운 목재를 가지러 창고로 향했다.

"저 녀석들이 왜 기분이 안 좋은지 알아?" 샘이 속삭였다. "조례 때마다 난장판이거든. 소장이 끊임없이 교도관들에게 역정을 내는 모양이야. 니컬러스가 새 교도관장이 되고 난 뒤부터 매번 녀석들에게 벼락이 떨어지고 있어."

"벼락 얘기는 하지 마." 팻이 얼굴을 찡그렸다. "불쾌하니까."

"소장이 어지간히 추궁을 당하는 모양이군." 댄이 말한다.

"그야 그렇겠지. 교도관장이 살해된 데다 범인도 찾지 못했으니 절체절명의 위기지. 아마 면직을 피할 수 없을걸."

샘은 좋은 징조라고 중얼거리며 각재를 손수레에 쌓아 갔다.

모리스 소장은 필사적이었다. 어제 건물 외부를 일제히 수색한 데 이어, 오늘 아침은 독방 수색이 이루어졌다. 수감자 전원을 식당에 모아 놓고 소장이 직접 돌며 독방을 하나하나 조사했다. 침대고 뭐고 전부 뒤집혔고, 쿠키 깡통 속까지 수색을 받은 자도 있었다. 댄은 소장이 우리가 여자로 변장했을 가능성을 의심하고 있다고 생각했다. 그는 가발이나 여자 옷을 찾아내고 싶었던 것이다. 하지만 소장의 의심은 빗나갔다. 몇 시간 후 소장은 빈손으로 허무하게 철

밤의 이발소

수했다.

무심한 벨 소리가 작업의 끝을 알렸다. 완성된 제품을 창고로 옮기고, 남은 부품은 나무 상자에 보관했다. 공구를 정리하고 테이블을 닦고 바닥의 톱밥을 쓸어 내면 끝이다.

"저기, 댄." 팻이 옷에 묻은 톱밥을 떨며 말했다. "어젯밤 내내 생각해 봤는데,"

"사라진 여자를? 아니면 잭을?"

"그만해." 팻이 불쾌한 표정을 지었다. 팻의 오른쪽 눈은 갈색 홍채가 위축되어 있다. 이전에 잭에게 심한 폭행을 당한 탓에 눈이 거의 보이지 않게 되었다. "내가 잭의 죽음을 슬퍼하겠나. 잭을 죽여준 여자에게 감사하고 싶을 정도라고. 만약 그녀를 만날 수 있다면 보답으로 뜨거운 키스를 선물할 거야."

"얼씨구." 댄이 웃었다. "그 여자는 유령이라는 소문이 자자해. 아무리 여자에 굶주렸기로서니 유령을 꼬실려고?"

"댄, 넌 어때? 역시 유령이라고 생각해?"

"조금 고민 중이야." 댄이 콧등을 긁적였다. "유령 같은 건 안 믿지만 벽을 통과했다고밖에 설명할 수가 없어. 어쩌면 정말로 예전에 이곳에서 목이 잘렸던 여자 유령인지도 모르지."

"하지만 그 여자는 머리가 있었을 텐데."

"그렇지, 깜박했군." 댄이 미소 지었다.

"난 그 여자가 사람이길 바라." 팻이 진지한 어조로 말했다.

"그야 유령보다는 살아 있는 여자가 낫지."

"그런 뜻이 아니야." 팻은 적당한 표현을 찾는 듯 눈동자를 이리 저리 굴렸다. "예전에는 이곳이 성이었다고 했지?"

난데없이 화제가 엉뚱한 방향으로 튀자 댄은 당황했다.

"맞아. 윌리엄 팔세의 성이었지. 무시무시한 영주였나 보군."

"몇 세든 상관없어. 내가 하고 싶은 말은, 성에는 비밀 통로가 있기 마련이라는 거야."

댄이 턱을 쓰다듬었다. "아, 지금도 비밀 통로가 남아 있다고 생각하는군."

"있을 법한 일 아닌가? 여자는 그 비밀 통로를 통해 들어온 게 분명해." 팻이 열심히 말했다. "생각해 봐. 만약 우리가 비밀 통로를 찾아낼 수 있다면 이곳에서 나갈 수 있어. 언제든 원하는 때에."

댄은 양손을 주머니에 꽂은 채 한참 동안 하늘에 떠 있는 구름을 응시했다. 언제든 원하는 때라.

"이봐, 팻." 댄이 미소를 감추지 못하고 말했다. "만약 내가 비밀 통로가 있는 곳을 짐작하고 있다면 어떻게 할래?"

VII

아침에는 활짝 개어 있었는데, 어느새 짙은 구름이 하늘을 뒤덮었고 소리도 없이 흘러온 안개가 교도소를 휘감고 있었다.

"마침 잘됐군."

댄이 안개 속을 거침없이 걸어가며 신나는 듯 중얼거렸다. 산지에 안개가 끼는 것이 드물진 않지만 이렇게까지 짙은 안개는 흔치 않았다.

"사람들 눈을 피하기에는 딱 좋은 날씨야."

서늘한 안개가 모든 소리를 삼킨 듯하다. 평상시라면 운동장에서 들려올 웅성임도 닿지 않고 자신들의 발소리만 허공에 울렸다.

사형 집행소 벽 쪽 벤치에는 이미 팻이 기다리고 있었다.

댄이 팻에게 고개를 끄덕이고 옆에 앉았다.

"실은 퀸도 불렀어. 조금만 더 기다려." 댄이 말했다.

"퀸도 온다고?"

"내 생각에 퀸은 그 여자의 정체를 알고 있어. 하지만 여자가 어떻게 들어왔는지는 모르는 모양이야. 분명 알고 싶어 할 거야."

하얀 벽 너머에서 발소리가 다가왔다. 마침내 희미한 실루엣이 드러나고 심각한 표정의 퀸이 나타났다. 퀸은 댄과 팻을 보자 표정을 조금 누그러뜨렸다.

"재미있는 걸 볼 수 있을 거라고 하던데."

"아마도." 댄이 미소 지었다. "하지만 사람 손이 필요해. 도와주겠나?"

퀸이 승낙했다.

"그럼 빨리 시작하자."

댄이 일어나 걷기 시작했다.

"댄, 어디로 가는 거야?"

"뒷마당." 댄이 돌아보지 않고 대답했다.

"비밀 통로가 뒷마당에 있다고?" 팻이 날카롭게 물었다.

"내 느낌으로는."

"하지만 교도관들이 그렇게 뒤지고도 못 찾았는데." 퀸이 말했다. "녀석들이 놓친 곳이 있다는 건가?"

"정확하게 말하면 우리가 찾는 건 통로가 아니야." 댄이 대답했다. "오래된 우물이지."

"우물? 혹시 사람들 머리를 던져 넣었다는 전설의 우물?"

퀸의 질문에 댄이 말없이 고개를 끄덕였다.

"하지만 우물은 완전히 메워졌을 텐데." 팻이 말했다.

"지금도 메워진 상태인지 아닌지 그걸 확인하고 싶어."

"우물의 위치를 알고 있나?" 퀸이 당연한 질문을 했다.

"내가 어떻게 알겠어." 댄은 쾌활하게 말했다. "구석구석 천천히 찾아보는 수밖에. 그래서 자네들을 부른 거야, 퀸. 조금이라도 사람 손이 많은 편이 좋으니까."

퀸이 어깨를 으쓱해 보였다. "그렇군."

"작은 마당이라고 생각했는데, 뭘 찾으려니까 의외로 넓군."

뒷마당 입구에 서서 댄이 한숨을 쉬었다.

"문제는 우물이 벽돌 아래에 있다는 거야." 팻이 침울하게 말했다. "우물을 찾으려면 벽돌을 전부 걷어 내야 해."

"아니, 그럴 필요는 없을 거야." 댄이 말했다. "우물 위에 깔린 벽돌은 들어낼 수 있게 되어 있을 거야. 여자는 우물을 출구로 이용한

밤의 이발소

후 벽돌을 원래대로 깨끗하게 돌려놨어. 그러니까 벽돌은 간단하게 움직인다는 뜻이야."

"그렇군." 퀸이 말했다.

"벽돌은 회반죽으로 고정되어 있어. 하지만 이 마당 어딘가에 회반죽 색깔이 다른 곳과 다른 부분이 있을 거야."

"좋아. 흩어져서 찾아보자."

팻과 퀸이 안개 속으로 사라졌다. 댄은 입구로 돌아가서 그곳의 벽돌부터 조사하기로 했다.

회반죽 색이 다른 곳을 발견한 사람은 댄이었다.

댄은 뒷마당 중앙에서 조금 안쪽에 위치한 곳에 하얀 회반죽의 질감이 주변과 미묘하게 다르다는 것을 깨달았다. 가까이 가서 살펴보니 회반죽이 아닌 고운 모래가 벽돌 틈에 채워져 있었다. 댄은 손가락으로 모래를 집어 손끝으로 비벼 보았다. 입자가 아주 고운 모래 알갱이의 감촉이 느껴졌다.

댄은 고개를 들고 팻과 퀸을 불렀다.

"찾았나?"

달려온 두 사람에게 댄은 손끝의 모래를 보여 주었다.

"이건 바닷가의 모래야. 수분을 가하면 딱딱해지기 때문에 벽돌을 지탱할 수 있지."

"그렇군, 제법 머리를 썼는데." 퀸이 말했다. "이곳은 습기가 많아서 한번 젖으면 쉽게 마르지 않아. 꽤 오래 눈속임이 가능하지."

"여기를 봐." 댄이 손가락으로 둥글게 원을 그려 보였다. "이 부분의 벽돌은 커다란 덮개처럼 한번에 들어 올릴 수 있게 되어 있어. 봐, 이곳 덮개 주변만 회반죽이 모래로 바뀌어 있잖아."

"어떻게 할까?" 팻이 말했다.

"여기까지 와서 그만둘 수는 없지." 댄이 웃었다.

"당연히 그렇게 나와야지." 팻이 대담한 표정으로 끄덕였다.

"모래를 제거하면 벽돌을 들어 올릴 수 있을 것 같아." 퀸이 한쪽 무릎을 꿇고 지면을 관찰하면서 말했다.

"좋아, 해 보자."

재빨리 주변을 둘러본 후 인기척이 없음을 확인한 세 사람은 손끝으로 모래를 긁어내기 시작했다. 시계가 없어서 정확한 시간은 모르겠지만 이마와 목덜미에 꽤 많은 땀을 흘렸을 즈음 마침내 덮개 주변의 모래를 전부 긁어냈다.

"이 정도면 되겠지. 한번 당겨 보자."

댄이 양손 손가락을 벽돌 가장자리에 걸고 손끝에 힘을 주었다. 다른 두 사람도 거들었다. 벽돌은 한동안 미동도 하지 않았지만, 마침내 저항을 포기한 듯 천천히 들리기 시작했다.

덮개를 들어내자 한 사람이 간신히 빠져나갈 정도의 구멍이 나타났다.

세 사람은 한동안 말없이 구멍을 내려다보았다.

댄은 조심스럽게 구멍 안을 들여다보았다. 컴컴한 바닥에서 시큼한 바람이 올라와 코 안쪽에 퀴퀴한 냄새를 밀어 넣었다.

수 미터까지는 그나마 희미하게 보였지만 그 아래로는 칠흑처럼

밤의 이발소

어두웠다.

"여자가 이곳을 통해 들어온 건가." 팻이 중얼거리듯 말했다.

"그래, 틀림없어." 댄이 고개를 끄덕였다.

"깊을까?" 팻이 댄을 돌아보았다.

"확인해 보자."

댄이 작은 돌멩이를 던져 보았다. 작은 돌은 이리저리 부딪히며 떨어졌다. 시간이 꽤 흐른 후에 돌이 바닥에 고인 물에 도달한 소리가 들렸다.

"상당히 깊은 것 같아. 줄사다리나 로프가 없으면 안 되겠는데."

"로프라." 팻이 중얼거렸다. "샘에게 부탁하면 구해 주겠지만 어디에 쓸 건지 물어보면 곤란한데."

"그건 내가 하지." 댄이 엄지손가락으로 자신을 가리켰다. "사기꾼의 명예를 걸고서라도 샘을 감쪽같이 속여 주겠어."

"그리고 램프가 필요한데. 좋아, 그건 내게 맡겨." 팻이 말했다. "목공실에서 횃불을 만들어 보지. 가늘게 자른 나뭇조각을 묶어서 기름을 적시면 돼."

"그럼 결행은 다음 안개가 끼는 날이야. 됐나?" 댄이 말했다.

팻이 말없이 고개를 끄덕였다.

댄이 퀸을 보았다.

"퀸. 자네도 같이 가겠지?"

"고맙지만 난 빠지겠네." 퀸이 단호하게 말했다.

"살인 청부업자가 두려운 건가?" 댄이 물었다. "하지만 청부업자는 자네의 탈옥을 꿈에도 생각 못 할 거야. 녀석들이 탈옥 소식을 들을 무렵에는 이미 자넨 녀석들 손이 닿지 않는 곳으로 완벽하게 도망가 있을 거라고." 퀸이 무슨 말인가를 하려고 했지만 댄이 막았다. "더 들어 봐. 청부업자가 자네의 위치를 정확히 찾아낸 건 자네가 배나 기차를 이용했기 때문이야. 그래서 녀석들은 자네의 행방을 쫓을 수 있었어. 하지만 내게는 여러 친구들이 있어. 도망자를 아무도 모르게 이 세상 어딘가로 데려가 주는 일을 하는 자가. 별명이 두더지인 남자야. 두더지에게 자넬 부탁하지. 녀석에게 맡기면 절대로 안전해. 내가 보장해." 댄이 서둘러 덧붙였다. "물론 돈 걱정은 안 해도 돼. 두더진 내게 빚이 좀 있어. 그 일부를 받는 것뿐이야. 녀석도 빚이 줄어서 좋아할 거고."

퀸은 한참 동안 눈을 깜박이며 말없이 댄을 응시하고 있었다.

"이렇게 친절한 제안은 처음이야." 마침내 퀸이 조용히 말했다. "거절할 수밖에 없는 것이 너무 안타깝군."

"왜지?" 댄이 물었다. "그렇게까지 청부업자가 두려운가? 기회는 한 번뿐이라고."

"댄. 내버려 둬. 이자가 어떻게 되든 우리와는 상관없어." 팻이 말했다.

"그 말이 맞아." 퀸이 온화하게 말했다.

"왜지?" 댄이 다시 한번 물었다.

퀸이 한숨을 쉬었다.

"내가 이곳에서 도망가지 않는 것은 어디로 도망가든 헛수고이기 때문이야. 나는 머지않아 살해당할 거야. 물론 그 청부업자 따위가 아니야. 청부업자보다 훨씬 무서운 상대에게 쫓기고 있어."

"혹시," 댄이 날카롭게 질문했다. "그 무서운 상대라는 게 잭을 죽인 여자인가?"

팻이 숨을 삼키는 것이 전해졌다.

"그래." 퀸은 담담하게 대답했다.

"놀랍군." 댄이 쉰 목소리로 중얼거렸다. "당신이 여자의 정체를 알고 있다는 건 짐작했지만, 설마 여자의 목표가 당신이라는 생각은 못 했어."

"그 여자는 정체가 뭐야?" 팻이 이상하다는 듯 물었다.

"안개가 걷힌 것 같군." 퀸이 팻의 어깨를 두드리며 말했다.

이야기에 열중해 있는 사이에 구름이 걷히고 햇살이 내리쬐기 시작했다. 젖빛 베일이 조금씩 투명도를 더해 감에 따라 천천히 시계가 넓어졌다.

"아무래도 이야기를 안 할 수는 없겠군." 퀸이 말했다. "하지만 그 전에 벽돌을 원래대로 돌려놓지. 만일 누가 이 모습을 본다면 우린 끝이야."

VIII

"내가 미술상이었다는 얘기는 이전에 했을 거야."

여전히 볕이 들지 않는 벤치에서 퀸은 조용히 이야기를 시작했다. 댄과 팻은 그의 양옆에 앉아 귀를 기울였다.

순찰 중이던 교도관이 이쪽을 힐긋 쳐다봤지만 그대로 지나갔다.

"한마디로 미술상이라고 해도 취급하는 물건은 다양하게 나뉘지. 그림을 취급하는 자, 보석을 취급하는 자, 골동품을 전문으로 하는 자, 물론 장물이나 위작을 취급하는 놈도 있어. 나는 세상에서 유일하게 혼자 특별한 상품을 취급했네. 인어였지."

"인어?" 팻이 말을 더듬었다. "그러니까 인어 장식품이나 그림 같은 거 말인가?"

퀸이 고개를 저었다.

"아니, 진짜 인어."

팻이 댄을 보며 눈을 부라렸다. '틀렸어, 이자는 제정신이 아니야.' 하는 눈빛이었다.

"그건 가공의 생명체가 아닌가?" 댄이 온화하게 물었다.

퀸이 미소 지었다.

"대부분의 사람은 그렇게 생각하지. 다름 아닌 나 자신도 동업자에게 인어의 매매 권리를 양도받기 전까진 인어의 존재 따윈 믿지 않았네."

"인어를 애완동물처럼 팔았다는 뜻인가?" 댄이 고개를 갸웃거리며 물었다. "개나 고양이처럼?"

"그런 게 아니야." 퀸이 진지한 말투로 정정했다. "인어가 포유류인지 어류인지 그 어느 쪽도 아닌지, 그런 건 몰라. 궁금하긴 하지만 어떤 문헌에도 인어의 생물학적 분류는 실려 있지 않으니까. 하지만 그들은 인간에게 뒤지지 않는 지능이 있네. 그래서 인간이 그들을 키우거나 길들이는 건 불가능하고, 애초에 포획조차 어렵네."

"하지만 포획할 수 없다면 매매할 수 없을 텐데." 댄이 지적했다.

"맞아. 내가 취급했던 건 살아 있는 인어가 아니라 통칭 '잠자는 공주'로 불리는 상태의 인어였네."

"잠자는 공주?"

댄과 팻이 동시에 물었다.

"그래. '잠자는 공주'를 처음 봤을 때의 일은 지금도 또렷하게 기억하네. 십 년도 더 된 일이지. 학창 시절에 나는 런던에 있는 화랑에서 일했네. 화랑의 주인은 닥터 토머스라는 사람이었지. 닥터는 별명이었을 뿐이고, 그는 그림과 미술품 복원에 천재적인 기술을 발휘했지. 유럽에서 미술품 복원 의뢰가 쇄도했네. 내가 그를 만났을 때 그는 이미 예순 가까운 나이로 막대한 재산을 축적해 놓은 상태였네. 원하는 것은 무엇이든 가진, 그런 인상을 주는 남자였지. 그는 아내도 자식도 없이 세인트버나드종 닉과 함께 십칠 세기에 지어진 저택에서 살고 있었네.

이유는 모르겠지만 토머스는 나를 총애했네. 나는 그가 시키는 대로 대학을 나와서 그의 화랑에 취직해 조수로 일하기 시작했지. 그와 함께 일하는 동안 나는 그가 혼자서만 하는 비밀 업무가 있다는 것을 눈치챘네. 화랑 깊숙한 곳 한쪽에 토머스 외에는 들어갈 수 없는 방이 있었지. 그리고 지하 창고에도 토머스 전용의 방이 있었네. 그 지하 창고에는 전용 엘리베이터가 설치되어 있어서 화랑 뒤쪽의 셔터가 달린 차고를 통해 아무에게도 들키지 않고 짐을 옮길 수 있게 설계되어 있었지. 지하 창고와 화랑 안쪽의 방도 전용 계단으로 연결된 것 같았네."

"아무래도 뭔가 사연이 있는 남자였나 보군. 자네 보스는." 팻이 말했다.

"확실히. 그의 비밀에 적지 않은 호기심이 일었지만 나는 화랑 운영을 맡고 있었고, 토머스가 조금씩 전수해 주는 복원 기술을 마스터하는 게 고작이었네. 그 시기에는 먹고 자는 것도 잊고 일했고, 그와 함께 유럽을 날아다녔지. 그렇더라도 가끔 그의 비밀 업무에 대해 물어봤지만 그는 웃기만 할 뿐 대답하지 않았어. 하지만 그는 때가 되면 내게 그 일을 물려줄 생각이라는 말을 덧붙이길 잊지 않았지. 나는 그가 밝힐 비밀을 즐거운 마음으로 기다리기로 했네.

그로부터 몇 년 후에 나는 친구와 둘이 독립했네. 그리고 시작한 일이 궤도에 오를 즈음 토머스에게 연락이 왔지. 오랜만에 만난 그는 놀랄 만큼 쇠약해져 있었네. 토머스는 자신이 죽을병에 걸렸다고 했어. 앞으로 일 년도 못 살 거라고.

토머스는 말하더군. 내게 자신의 그 비밀 사업을 물려주고 싶다고. 나는 승낙했네. 사업이 너무 순조로워서 조금 지루함을 느끼고 있었으니까. 나는 토머스와 함께 처음으로 지하에 있는 그의 전용 방에 들어갔고, 그곳에 그녀가 있었지."

퀸이 한숨을 쉬었다.

"그때의 충격을 뭐라고 표현하면 좋을까. 나는 처음에는 인어 조

밤의 이발소

각상이라고 생각했네. 더없이 정밀하게 만든 언어 인형이라고. 그녀는 투명한 막 같은 것으로 뒤덮여 있었네. 아주 미세하게 푸른빛이 감도는 투명하고 매끄러운 막이었지. 하지만 그건 수정도 아니었고 딱딱한 플라스틱도 아닌 금속의 질감이었네.

　나는 조각상을 좀 더 자세히 보려고 다가갔네. 그리고 누워 있는 그녀의 얼굴을 들여다본 순간 도저히 말로는 표현할 수 없는 아름다움에 숨을 삼켰네. 아니, 결코 완벽한 미모는 아니었네. 눈과 눈 사이가 아주 살짝 넓은 듯했고, 입술도 조금 크다 싶었지. 하지만 그런 건 문제가 아니었네. 아무래도 상관없었어. 그녀는 더없이 사랑스러우면서도 육식 동물의 야성미를 겸하고 있었네. 순진무구한 소녀 같으면서도 사악한 분위기도 풍기고 있었지.

　정신을 차리고 보니 나는 어느새 그녀의 목덜미에 입술을 대고 있었네. 가냘픈 목덜미를, 섬세한 어깨의 우묵한 부위를, 그리고 자그마한 유방을 나는 천천히 음미했지. 흐르는 듯한 긴 머리카락을 지치지도 않고 손끝으로 만지작거렸네. 그녀의 피부를 덮고 있는 막은 최상급의 도자기조차 흉내 낼 수 없이 매끄러웠고, 나는 그 감촉에 몇 번이나 전율했지. 그녀를 탐닉하는 동안 계속해서 나를 간지럽혔던, 그 비유조차 할 수 없는 향기는 또 어땠는지! 마침내 정신을 차렸을 때는 이미 날이 밝아 아침이 되어 있더군."

　퀸은 돌아보며 토머스를 찾았다. 토머스는 소파에 기댄 채 이쪽을 보고 있었다.

"퀸. 그건 인어일세. 그리고 살아 있지. 난 '잠자는 공주'라고 부르네만, 내가 발견했을 때부터 그녀는 자고 있었네."

"어디서 찾았습니까, 토머스?"

겨우 그 말을 하는 데에도 퀸은 두 번이나 호흡을 가다듬어야 했다. 그녀를 탐닉하는 동안 숨 쉬는 걸 잊기라도 했던 것처럼.

"사해의 동굴이었네."

"그녀는 살아 있습니까?"

"분명히 살아 있네. 아마도 가사 상태일 걸세. 그녀의 몸을 뒤덮고 있는 투명한 막은 자신이 분비한 물질이야. 그래서 건조한 환경에서도 살아 있을 수 있는 거지."

"언제 발견했습니까?"

"내가 서른 살이었을 때네."

"뭐라고요?"

"그러니까 삼십 년 전이지."

"삼십 년 동안이나 이 상태로 있었다는 겁니까?"

"아마 내가 발견하기 훨씬 전부터 이 상태였을 걸세."

"하지만 왜? 무슨 목적으로?"

"그건 나도 모르네. 왜 그녀가 가사 상태를 유지하고 있는지, 언제까지 이 상태로 있을지, 언제 깨어날 생각인지는 나도 모르네."

그녀의 몸에 상처는 보이지 않았다. 병에 걸린 걸까? 하지만 황홀한 꿈을 꾸는 듯한 얼굴을 보면 병에 걸린 것 같지 않았다.

"그녀의 이름은 뭡니까?"

"그걸 내가 어떻게 알겠나. 그녀가 깨어난다면 물어보게. 애초에 인어에게 이름이 있는지 없는지 짐작도 안 가네만. 그리고 그녀만 그런 상태로 있는 게 아닐세. 내가 그녀를 발견했을 때 그녀 옆에는 똑같은 모습으로 잠든 인어들이 세 명이나 있었지."

"정말입니까?"

"그뿐이 아니네. 나는 그 이후 시간을 쪼개 가며 인어를 찾으러 세계의 끝까지 답파했네. 내가 최근 삼십 년 동안 찾아낸 '잠자는 공주'는 백 명 가까이 되네."

"그렇게 많이?" 퀸은 놀랐다.

"닉 덕분이었지." 토마스는 애견의 머리를 쓰다듬으며 말했다. "이 녀석은 '잠자는 공주'의 향기를 세상 누구보다 정확하게 찾아낸다네."

"찾아낸 인어들은?"

"오십 명 정도는 이 창고로 옮겼네."

퀸은 창고를 둘러보았지만 그녀 외에 다른 인어는 없었다.

"그 인어들은 지금 컬렉터들에게 있다네." 노인이 대답했다.

"팔았습니까?"

"돈이 목적이 아니라네. 진정한 심미관이 있는 고객만 엄선해서 양도했지."

"설마 그녀까지 팔 생각은 아니시겠죠?"

"그녀는 매물이 아니야. 자네가 원한다면 양도해 줄 수도 있네."

"정말입니까!"

퀸은 자신도 모르게 소리쳤다. 그는 그녀를 손에 넣을 수 있다면 모든 것을 버려도 괜찮다고 진심으로 생각했다.

"처음부터 그럴 생각이었다네, 퀸." 토머스가 미소 지었다. "나는 자네를 후계자로 삼겠다고 결정했었지."

토머스가 죽은 후 퀸은 그가 하던 일을 계승했다. 퀸이 가장 먼저 한 일은 토머스가 찾아냈던 50명의 '잠자는 공주'를 회수하는 것이었다. 이 작업은 꽤 많은 시간이 필요했다. 인어들은 세계 곳곳에 흩어져 있었고, 지하 창고에는 열 명 정도밖에 둘 곳이 없었다. 그래서 퀸은 우선순위를 매겼다. 누군가에게 발견될 위험이 있는 인어부터 먼저 데리고 돌아왔다.

퀸이 토머스의 일을 계승했다는 사실을 들은 컬렉터들이 열정적으로 접근해 왔다. 그들은 '잠자는 공주'에 완전히 빠져 있었다. 토머스가 말한 대로 그들은 뛰어난 심미관이 있는 사람들이었다. 동시에 엄청난 재력가이기도 했다. 그들은 전화를 걸 때마다 제시액을 높였다. 그들은 당연한 듯 3백 파운드부터 교섭을 시작했으며 이내 6백 파운드, 9백 파운드로 가격을 올렸다. 그들이 손이 커서가 아니다. '잠자는 공주'에게 그만큼의 마력이 있었던 것이다.

퀸은 빈말은 하지 않았다. 컬렉터들에게 최대한 비싸게 팔았다. 퀸이 모은 '잠자는 공주'의 최저 매가는 1천 파운드. 최고액은 2천 파운드였다. 물론 비밀 거래로 진행된다. 인어를 매매하고 있다는 사실을 퀸도 컬렉터들도 공개할 수 없다. 퀸은 몇 명의 '잠자는 공

밤의 이발소

주'를 판 것만으로도 억만장자가 되었다. 말할 필요도 없이 이 매매로 생긴 수익에는 세금이 붙지 않는다. 화랑 안에서 '잠자는 공주'의 존재를 아는 이는 공동경영자인 피트 한 사람뿐이었다.

낯선 인물에게 한 통의 편지가 날아든 건 진눈깨비가 내리는 추운 아침이었다.

편지를 읽은 퀸은 깜짝 놀랐다. 발신인은 '잠자는 공주'의 구매를 희망했다. 대체 누구한테 들었는지 궁금해하며 퀸은 당황했다. 당국의 함정수사가 아닌지 의심마저 들었다. 하지만 퀸은 편지를 구겨 휴지통에 던져 버릴 수가 없었다. 편지에 제시된 조건이 너무 매력적이었기 때문이다. 놀랍게도 제시액은 2천5백 파운드였다. 열흘 후 다시 편지가 왔다. 제시액은 3천 파운드로 올라 있었다.

퀸은 위험을 알면서도 편지의 주소지로 찾아갔다.

북부 잉글랜드 절벽 위에 서 있는 오래된 성에서 퀸은 편지의 주인을 만났다.

일흔은 훌쩍 넘어 보이는 노신사는 파블랑 백작이라고 자신을 소개했다. 가계도는 멀리 11세기 노르망디 공 윌리엄 시대까지 거슬러 올라간다고 한다. 파블랑 경은 9백 년을 잇는 귀족의 후손에 어울리는 용모였다. 젊었을 때는 꽤 미남이었을 노인의 얼굴에서는 상류계급의 품위보다도 오히려 비바람을 견딘 바위 표면 같은 치열함이 강하게 느껴졌다. 넓은 어깨에서는 신비로운 향기가 풍겼고, 비록 휠체어에 몸을 의지하고 있지만 거의 눈도 깜박이지 않고 퀸을 노려보는 두 눈은 내면의 강인함을 남김없이 방출하고 있었다.

파블랑 경은 깍지 낀, 거칠고 울퉁불퉁하지만 피아니스트처럼 긴 손가락을 두툼한 무릎 담요 위에 올리고 또박또박 용건을 꺼냈다.

백작은 퀸이 소유하고 있는 인어를 전부 사고 싶다고 말했다.

"그 조건을 수락한다면 한 명당 삼천오백 파운드를 지불하겠네."

퀸은 토머스에게 양도받은 한 명을 빼고 마흔세 명의 '잠자는 공주'를 소유하고 있었다. 그러니까 백작과 계약을 하게 되면 15만 파운드가 그대로 손에 들어오게 된다.

"하지만," 백작은 말했다. "안타깝게도 현금으로 값을 치를 수는 없네. 그 대신 우리 선조들이 대대로 수집해 온 물건으로 지불하고 싶은데, 어떤가?"

백작은 저택 곳곳에 장식된 수집품을 퀸에게 보여 주었다.

몰락 귀족의 가보가 얼마나 가치가 있을지 내심 미심쩍어했던 퀸이었지만, 하나하나 살펴보고 만져 보는 동안 몸 깊숙한 곳이 달아오르기 시작했다.

그곳에 있는 모든 것은 더할 나위 없는 귀중한 보물이었다.

세계의 어떤 박물관에서 소유하고 있는 것보다 아름다운 고대오리엔트의 금화와 은화, 한숨이 절로 나올 만큼 훌륭한 중세 이탈리아의 은세공 장식품. 고대부터 근대까지 망라한 희소 미술품과 보석류. 그 전부를 현대의 가치로 환산하면 틀림없이 30만 파운드 이상이었다.

퀸은 백작과 계약을 체결하기로 했다.

밤의 이발소

IX

"내가 '잠자는 공주'를 전부 백작에게 팔기로 계약했다는 사실을 안 컬렉터들은 격분했지. 그들은 나를 배신자라고 무섭게 매도했네. 그중에는 '이대로는 끝내지는 않는다, 반드시 후회하게 될 거다.'라고 협박하듯 말하는 자도 있었네. 나는 그들의 협박을 흘려들었지. 컬렉터들은 지위도 명예도 있는 명사들뿐이었네. 진짜로 실력 행사를 할 리가 없다고 쉽게 생각했던 거지. 하지만 사태를 너무 만만하게 봤네. '잠자는 공주'에 대한 그들의 비정상적인 애착을. 그리고 그것을 본 자들에게 '잠자는 공주'는 마약이라고 할 만큼 강렬한 소유욕을 유발한다는 사실을. 그건 나 자신이 똑똑히 경험했으면서도.

그뿐인가. 난 공동 경영자인 피트의 생각조차 파악하고 있지 못했네. 나는 피트를 믿었지. 피트는 내 유일한 친구였고, 그의 인간성을 충분히 파악하고 있다고 생각했네. 설마 피트가 회사 자금을 송두리째 들고 모습을 감추리라고는 상상도 하지 못했지.

피트가 살해된 곳은 리옹 근교의 숲속이었네. 난 유럽만 빠져나가면 해결이 되리라 생각했지만 컬렉터들이 보낸 살인 청부업자는 어디든 쫓아왔네. 나는 북미에서 남미로, 그리고 아시아로 끊임없이 도망 다녔지.

그들은 실로 집요했네. 나는 수없이 습격을 받았고, 몇 번이나 목숨을 잃을 뻔했네. 지금 돌이켜 보면 살아남은 게 요행일 뿐이지.

그렇게 도망 다니던 중에 기묘한 상황을 깨달았지. 살인 청부업자들 외에 또 하나의 조직이 나를 따라다니고 있었던 걸세."

"자넨 참 여러 방면으로 원한을 샀나 보군." 댄이 기가 막힌다는 듯 말했다. "아니면 경찰이었나?"

"인어."

댄이 팔짱을 낀 채 퀸에게 물었다. "자네 앞에 인어가 나타났나?"

"아니, 모습을 보진 못했지." 퀸이 말했다. "하지만 안 봐도 알 수 있네. 이건 거의 알려지지 않은 사실인데, 살아 있는 인어는 엄청나게 비린내가 나네. 그래서 그들이 가까이 오기만 해도 입속에 비늘을 가득 머금은 듯한 기분이 드네."

"오, 인어에게서 그렇게 냄새가 나나?" 팻이 의외라는 듯 말했다.

"그렇게 냄새가 지독한 인어를 화랑 창고에 숨겨 놓고도 무사했었군." 댄은 의문이 들었다. "문틈으로 냄새가 새 나가서 주위 사람에게 들킨 적은 없었나?"

"그 점은 문제가 없었네. '잠자는 공주' 상태일 때는 아까 얘기했던 대로 피부에서 나온 투명한 분비액이 온몸을 뒤덮거든. 그렇게 되면 비린내는 완전히 사라지지. 아니, 오히려 미세한 향기마저 감도네. 정말 신비한 생태일세."

향기로운 냄새를 풍기며 잠들어 있는 절세의 미녀인가. 수많은 남자가 인어에게 운명을 건 것도 이해가 간다고 댄은 생각했다. 자신은 사양하고 싶지만.

"도망간 곳곳에서, 뉴욕의 혼잡한 거리에서, 상파울루 호텔 로비

밤의 이발소

에서, 요코하마의 교회에서, 뉴델리 교차로의 온갖 냄새가 뒤섞인 공기 속에서 나는 몇 번이나 인어가 옆에 있다는 걸 느꼈네. 그리고 그들의 냄새를 느낀 직후에는 반드시 내 신상에 위험이 닥쳤지. 이건 사실이네.

이유는 말할 것도 없겠지. 난 조용히 잠들어 있는 그들 동족을 함부로 들고 나가 팔아 버렸네. 그들은 내게 복수를 하려는 거야."

"그렇군."

"내가 경찰에 출두한 바람에 인어들은 일단 나를 놓쳤네. 하지만 그들은 포기하지 않았지. 마침내 내가 있는 곳을 찾아낸 것 같네."

"그리고 인어가 면회를 왔다는 건가." 팻이 물었다. "하지만 인어는 왜 당신이 아닌 잭을 죽였지?"

"나를 붙잡기 전에 잭에게 발각됐겠지." 퀸이 말했다.

"목격자를 없앴다는 건가." 댄이 한숨을 쉬었다. "하지만 인어는 잭을 죽인 후에도 자네 앞에 나타나지 않았어."

"분명 예상보다 빨리 잭이 발견돼서 소란스러워졌기 때문에 다시 기회를 엿보기로 했을 걸세." 퀸이 대답했다.

"인어가 자넬 노리는 이유가 동족을 매매한 것에 대한 복수라면," 댄이 물었다. "백작이나 컬렉터들도 같은 죄 아닌가? 그자들 중 인어에게 살해당한 사람이 있었나?"

"아니, 지금까지 그들은 무사하네."

"자네만 노리는 이유가 뭘까?" 댄은 말했다.

"'잠자는 공주'가 있는 곳을 아는 사람이 나뿐이니까. 나를 죽이면 '잠자는 공주'는 더 이상 노출될 염려가 없어지지."

"그렇군."

"게다가 인어는 자신들의 존재를 드러내고 싶어 하지 않아. 컬렉터도 백작도 '잠자는 공주'를 소유하고 있다는 사실을 비밀로 하고 있지만, 그들에게 위해를 가하면 공포에 휩싸인 그들의 입을 통해 비밀이 누설될 가능성이 있지. 인어는 그걸 두려워한 걸세."

"인간을 그렇게까지 두려워한다고?" 팻이 이해가 되지 않는다는 듯 말했다.

"당연히 두렵겠지." 퀸이 말했다. "우리 인간이 지금까지 얼마나 많은 생명체를 멸종으로 내몰았는지를 안다면 수적으로 완전히 열세인 인어가 우리를 두려워하는 건 당연하네."

X

세 사람은 벤치에 앉아서 바람을 맞으며 각자의 생각에 빠져 있었다.

"저, 퀸." 댄이 먼저 말을 꺼냈다. "자네가 어렸을 때 들었던 인어의 전설은 어떤 이야기였지?"

"글쎄, 뱃사람들 사이에서 전해지는 얘기였던가." 퀸이 대답했다. "인어의 노랫소리에 홀려 있는 동안에 배가 얕은 여울로 유인되어 좌초한다는."

"나도 제일 기억나는 게 그 이야기야." 댄이 말했다.

"안데르센 동화의 인어 공주는 꼬맹이 때 읽은 적이 있지." 팻이 말했다.

"네가 독서가인지는 몰랐군." 댄이 그렇게 익살을 떨고 말을 이었다. "그럼 '잠자는 공주'의 전승은 어때? 인어가 자신을 가사 상태로 만들어 깊은 잠에 빠져든다……. 이런 얘길 들어 본 적 있나?"

팻이 고개를 저었다. "아니. 오늘 처음 들었어, '잠자는 공주' 같은 건."

"퀸, 자넨?"

"나도 몰랐네." 퀸이 인정했다. "토머스 저택의 지하 창고에서가 첫 대면이었지."

"그러니까 우리 모두 몰랐다는 거군." 댄이 말했다. "나와 팻은 학교도 제대로 안 나왔으니 그다지 믿을 게 못 되지만 자네가 처음 들었다면 적어도 '잠자는 공주'가 사람들 입에 오르내리지는 않았다고 생각할 수 있어."

퀸은 진지한 표정으로 댄의 말에 귀를 기울이고 있었다. 댄이 이야기를 계속했다.

"만약 '잠자는 공주'가 한 명뿐이라면 돌연변이 같은 극히 희귀한 현상일지도 몰라. 하지만 '잠자는 공주'가 백 명이나 있다고 했지?"

"토머스가 발견한 것만 그만큼이야." 퀸이 대답했다. "실제로는 더 많겠지."

"결국 '잠자는 공주'가 되는 건 인어들에게는 그리 드문 일이 아니다, 그렇게 생각해도 되겠지?"

퀸이 천천히 고개를 끄덕이자 댄은 다시 질문했다.

"궁금한 게 있는데, '잠자는 공주'가 있던 곳은 발견하기가 아주 힘든 장소였나? 이를테면 대지진 등으로 해저가 뒤집어지지 않는 이상 절대로 발견할 수 없는 그런 곳에서 잠들어 있었나?"

퀸은 대답하기 전에 잠시 생각했다. "쉽게 발견될 만한 곳은 아니었네. 하지만 토머스가 혼자 백 명이나 발견해 냈으니 요령만 파악하면 그리 어렵지 않을 일이겠지."

댄이 고개를 끄덕였다. 그는 어쩌면 자신의 추측이 의외로 핵심을 찌르고 있는지도 모른다고 생각했다.

"한 가지 더 묻지. 고대에는 빈번하게 목격됐던 인어가 왜 근대에 들어서면서 갑자기 사람들 눈에 띄지 않게 되었지? 공상 속의 생명체라면 이해하겠어. 이를테면 드래건이나 켄타우로스 같은. 하지만 인어는 실존하는 생명체야. 그렇지, 퀸?"

퀸이 고개를 끄덕였다. "물론 인어는 존재하네. 난 인어 덕분에 억만장자가 됐고, 이번에는 빈털터리가 돼서 이렇게 벤치에 앉아 있으니까."

"실재하는 인어가 왜 목격되지 않게 되었을까?" 댄은 같은 질문을 되풀이했다.

"자네라면 어떻게 설명하겠나?" 퀸이 되물었다.

댄이 콧등을 긁적였다. "여러 가지로 생각해 봤지만 한 가지밖에 떠오르지 않는군. 최근 수백 년 동안에 인어의 개체수가 급격하게

밤의 이발소

감소해서 인간의 눈에 띄지 않게 되었다."

퀸이 눈을 크게 떴다. 한참 동안 댄을 가만히 응시하고는 마침내 조그맣게 고개를 끄덕였다.

"자네도 그렇게 생각하는군."

"그냥 추측이야. 사실인지 아닌지는 모르지." 댄은 말을 끊고 코를 훌쩍였다.

"자네가 상상한 대로 인어가 멸종 위기에 처했다면 그들은 어떻게 할까?" 퀸이 무척 흥미롭다는 듯 물었다.

"글쎄. 만약 개체수가 계속해서 감소해 파트너를 찾기조차 힘든 상황이 됐다면 인어는 어쩔 수 없이 생존 방식을 바꿨겠지. 살아남기 위해서."

"동감이야. 그것이 '잠자는 공주'가 탄생한 이유겠지." 퀸이 말했다. "그녀들은 동시대의 남성이 없는 환경에서 허무하게 세월을 보내는 걸 두려워했지. 그래서 '시간을 동결'하기로 한 걸세. 가사 상태가 돼서 온몸을 투명한 막으로 덮는다. 그리고 향기를 발산한다. 그 향기는 남성 인어에게 자신의 존재를 알리기 위한 신호겠지. 남성 인어가 '잠자는 공주'를 만지면 깨어나게 되는지도 모르지. 여하튼 조금이라도 효율적으로 상대를 찾아내서 자손을 남기기 위한 최선의 적응을 했겠지. 그런데 토머스와 내가 '잠자는 공주'에서 미술품으로서의 가치를 발견했고, 남성 인어가 발견하기 전에 전부 옮겨 버렸네. 인어들은 과장이 아니라 정말 멸종 위기에 몰린 거지." 퀸이 자조적인 웃음을 지었다. "그리하여 인어들은 나를 능지처참

해도 모자랄 만큼 증오하게 됐다."

"그걸 깨닫게 된 건 언제였나?" 댄이 물었다.

"뉴델리의 싸구려 호텔에서. 청부 살인업자와 인어에게 쫓겨 세계 곳곳으로 도망 다니던 중이었지. 그 사실에 생각이 미쳤을 때, 나는 더 이상의 도피를 포기했네."

팻이 입속으로 조그맣게 탄성을 질렀다. '굉장하군.' 하고 중얼거린 듯했다.

"자, 이게 내가 자네들의 권유를 거절한 이유일세." 퀸이 후련한 표정으로 말했다. 모든 것을 각오한 사람의 얼굴이었다. "충분한 설명이 됐는지 모르겠군."

댄이 미소로 대답했다.

"조금. 내 생각을 말해도 될까, 퀸?" 의아한 듯 돌아보는 퀸에게 댄이 말했다. "인어는 무척이나 머리가 좋아. 그리고 무서울 만큼 강하네. 권총으로 무장한 교도관을 일격에 쓰러뜨릴 수 있지. 그런 인어가 자넬 죽일 생각이었다면 자넨 이미 죽었을 거야."

퀸이 잠자코 고개를 흔들었다.

"자넨 몇 번이나 살인 청부업자의 습격을 받았네. 그리고 그때마다 습격을 피해 도망갔지. 이상하다고 생각하지 않았나? 자넬 습격한 지는 전문 살인업자야. 거금을 들고 도망친 공동 경영자를 간단하게 잡아서 살해한 무서운 실력이지. 그런 살인 청부업자가 당신을 죽이려고 할 때만 몇 번이나 실패했어."

"무슨 말을 하고 싶은 건가."

"살인 청부업자가 당신을 죽이려고 할 때마다 방해꾼이 끼어들었을 수도 있네."

"설마." 퀸이 쓴웃음을 지었다. "내 편은 세상에 한 명도 없네."

"그럴까? 이를테면 자네 옆에는 인어가 있었어."

"말도 안 되는 소리. 내가 인어의 원한을 산 건 자네도 인정했을 텐데."

"분명 인어는 자넬 증오하고 있겠지. 하지만 인어는 처음부터 자넬 죽일 마음이 없었다는 게 내 생각이야."

퀸이 댄을 뚫어지게 응시했다. "어째서?"

"인간이 '잠자는 공주'에게서 미술품으로서의 가치를 찾아낸 이상, 자넬 죽여도 제이, 제삼의 퀸이 나타날 게 분명하니까."

퀸은 무슨 말인가를 하려고 했지만 결국 입을 다물었다.

"그래서 그들은 생각했을 거야. 자네가 '잠자는 공주'를 찾아내서 파는 것은 단순히 돈이 목적이지 인어의 번식을 방해하려는 건 아니다, 그렇다면 자네가 팔려는 '잠자는 공주'를 인어가 다시 사들이면 된다고. 발상의 전환이지. 게다가 그 방법을 쓰면 세계로 흩어진 '잠자는 공주'를 찾아내는 수고도 덜 수 있네. 자신들을 대신해서 인간이 찾아 주는 것이니 인어에게는 일석이조인 셈이지."

"설마." 퀸의 얼굴이 창백해졌다. "설마…… 파블랑 백작이 인어라는 말은 아니겠지?"

"분명히," 댄이 말했다. "백작은 휠체어를 타고 있었어. 파블랑의 다리는 물론 봤겠지?"

퀸은 괴로운 듯 눈을 감았다.

"백작은 심한 류머티즘을 앓고 있어서 찬바람이 닿으면 안 된다며 늘 두꺼운 담요를 무릎에 덮고 있었네. 발끝까지…… 완전히."

"백작은 다리를 보이고 싶지 않았는지도 모르지." 댄이 말했다.

퀸은 대답하지 않았다. 어느새 이마에 땀이 살짝 맺혀 있었다.

"결정적인 증거는 백작이 상식에서 벗어난 높은 가격을 붙여서 경쟁 상대를 따돌리고 '잠자는 공주'를 전부 독점했다는 사실이야. 선조가 남긴 미술품으로 구입하는 거라면 협상해서 금액을 최대한 낮추려고 해야겠지. 하지만 백작은 아까워하는 기색도 없이 귀중한 재산을 넘겼네. 난 백작의 행동을 도저히 이해할 수 없어."

"아니, 자네는 잘못 생각하고 있어. 그 재산이야말로 파블랑 경이 진짜 귀족이었다는 증거일세." 퀸은 자극을 받은 것처럼 두 눈을 떴다. "알겠나. 인어라면 그만큼의 수집품을 절대로 마련할 수 없어. 미술상으로서 단언하는데, 백작이 소유했던 재산은 전부 그 시대에서가 아니면 손에 넣을 수 없는 것들뿐이었네. 현대에서는 아무리 많은 대가를 지불해도 그 수집품을 모으는 건 절대 불가능해. 그래도 자네는 무조건 수집할 수 있다고 우길 텐가?"

댄은 팔을 뻗고 기분 좋은 듯 눈을 가늘게 떴다.

"생각해 보게, 인류의 기나긴 역사 속에서 지금까지 얼마나 많은 배가 폭풍우나 좌초나 해적의 습격 등으로 물귀신이 되어 사라졌는지. 난 상상도 되지 않아. 깊은 바다의 바닥으로 가라앉은 물건들에 인간은 다가갈 수조차 없어. 심해의 침몰선에 실린 보물을 입수할

밤의 이발소

수 있는 자는 아마도⋯⋯."

댄은 말을 끊고 퀸을 응시했다.

퀸은 고개를 숙이고 무릎 위에서 꼭 쥔 손을 가만히 보고 있었다. 과거에는 섬세함 자체였을, 그리고 지금은 완전히 거칠어진 손을.

운동 시간 종료를 알리는 벨이 울렸다.

짧은 휴식을 끝낸 죄수들이 줄줄이 독방으로 돌아가는 모습이 보인다.

"인어가 잭을 죽인 건 자넬 잭에게서 보호하기 위함이었어. 어쩌면 그 비밀 통로도 자네가 도망갈 수 있도록 준비한 건지도 모르고." 댄이 부드럽게 말했다. "더 이상 인어를 두려워할 필요는 없네. 그런데도 계속 이곳에 머물 생각인가, 퀸?"

퀸은 여전히 고개를 숙인 채 대답하지 않았다.

댄은 어깨를 살짝 으쓱하고는 팻을 재촉하며 일어섰다.

댄이 몇 발짝 걸어갔을 때쯤 뒤에서 이름을 부르는 소리가 들렸다. 댄이 돌아보니 퀸이 쑥스러운 듯, 하지만 어딘가 후련한 표정으로 걸어왔다.

"알았네. 자네가 이겼네."

퀸은 쥐고 있던 유일한 재산을 댄과 팻의 손 위에 떨어뜨렸다. 은화가 발하는 한 점의 어두움도 없는 광택을 직접 보니 은화가 마치 2천 년의 시공간을 뛰어넘어 손바닥에 나타난 듯한 기분이 들었다. 댄은 이 은화를 본 덕에 인어의 존재를 온전히 믿을 수 있었다.

"아름답군." 팻이 자신도 모르게 환성을 질렀다. "이것도 인어가

해저에서 주운 건가?"

"고대 그리스의 드라크마 은화일 걸세, 아마." 퀸이 미소 지었다.
"지중해산이지."

팻이 휘파람을 불더니 애정이 넘치는 동작으로 퀸의 배를 치는
시늉을 했다. "걸리적거리면 안 돼, 파트너."

"노력하지." 퀸이 고지식하게 대답한다.

두 사람이 대화하는 모습을 보면서 댄은 은화를 입술에 대어 보
았다.

상상으로밖에 몰랐던 지중해의 바람이 불어오는 듯한 기분이 들
었다.

에필로그

배질 파커 박사는 고풍스러운 호텔 바에서 날 기다리고 있었다.

바 안으로 들어가니 카운터석에 박사의 등이 보였다. 박사와 바텐더 외에는 아무도 없다. 박사 앞에는 맥주가 담긴 유리잔이 놓여 있었다.

나는 조용히 박사 옆에 앉아 같은 것을 주문했다.

"읽었습니다." 나는 박사에게 말했다. "솔직한 감상을 말씀드려도 되겠습니까?"

"물론이네. 하지만 딱딱한 이야기를 시작하기 전에," 파커 박사는 유리잔을 들고 천천히 내 쪽으로 몸을 틀었다. "먼저 건배를 하지 않겠나."

우리는 가볍게 잔을 부딪친 후 호박색 액체를 입에 머금었다.

"그래. 자네는 어떻게 생각했나?" 박사가 조용한 어조로 내게 물었다.

"마치 실제로 본 것처럼 묘사되어 있었습니다." 내가 말했다.

"사실이야." 박사가 말했다. "번거로운 일을 피하기 위해 나는 일부러 시대와 장소를 애매하게 만들어 이 소설을 썼네. 하지만 내용은 전부 사실일세. 그 점은 확실히 말해 두지."

"그렇다면 이런 가설이 성립하겠네요." 나는 유리잔을 내려놓으며 말했다. "롤랜드의 정체는 퀸이라는."

파커 박사는 잔을 내려놓지 않은 채 말했다. "계속하게."

"롤랜드의 전반생이 알려지지 않았던 이유는 그가 탈옥수였기 때문입니다. 이름이 달랐던 것도 그 때문이고요. 그는 영국을 탈출해

서 대륙으로 건너갔습니다. 댄이 말했던 '두더지'라는 자가 안내해
줬겠죠."

박사는 눈을 가늘게 뜨며 미소 지었다. "그리고?"

"독일에 정착한 퀸은 롤랜드로 이름을 바꾸고 향수를 팔았습니
다. '미라주'는 뛰어난 향기와 희소성으로 크게 평가를 받습니다. 그
는 막대한 부를 축적했고, 사교계의 유명인이 되었습니다. 하지만
여기서 간과할 수 없는 의문이 생깁니다."

"어떤?"

"퀸은 예전에 유럽의 귀족과 부호에게 '잠자는 공주'를 팔았습니
다. 그들은 당연히 퀸의 얼굴을 기억하겠죠. 그들의 세력권인 사교
계를 드나들다 보면 롤랜드가 퀸이라는 사실이 노출될 위험이 있습
니다. 하지만 실제로는 아무도 롤랜드의 정체를 눈치채지 못했습니
다. 그가 퀸이 아니었기 때문입니다."

"그러면 그의 정체는 뭐였을까?" 박사가 천천히 물었다.

"댄이나 팻, 둘 중 한 명이겠죠. 탈옥수로 수배 중인 퀸에게는 그
두 사람 외에는 믿을 수 있는 사람이 없습니다. 저는 댄이라고 생각
합니다."

"왜 그렇게 생각하나."

"롤랜드가 미술에 식견이 있는 인물이었기 때문입니다. 그 소설
을 읽어 보면 댄이 나름대로 미술에 대한 지식이 있다는 것을 알 수
있습니다. 부자를 대상으로 한 사기꾼이었던 댄은 그런 지식을 몸
에 익혔겠죠. 팻은 퀸을 대신할 수 없습니다."

"그렇군." 박사가 고개를 끄덕였다.

"또 한 가지 의문이 들었던 것은 '미라주'에 대해서입니다. 퀸은 미술상이었습니다. 미술품의 진위를 판단할 수 있는 눈이 있었고, 그림 복원 기술도 뛰어났죠. 하지만 퀸이 향수 제조 기술을 숙지했다는 기술은 소설 어디에도 없습니다. 분명 향수에 관해서는 전문 밖이었다고 생각됩니다. 그러면 그는 어디서 그 기술을 배웠을까요? 탈옥한 이후가 되겠죠. 전 당시의 유럽에 대해 거의 지식이 없지만 도망 중인 범죄자가 제대로 된 장인의 제자가 되어 배우는 것은 불가능하리라 생각합니다. 그러면 퀸은 독학으로 향수 제조 기술을 익혔을까요. 그것도 조금 현실적이지 않습니다."

박사는 흥미로운 듯 내 이야기에 귀를 기울이고 있었다.

"나는 처음에 '미라주'가 '잠자는 공주'가 발산하는 향기를 모아서 만든 것이 아닐까 생각했습니다. 그런 거라면 '미라주'가 다른 향수와는 전혀 다른 종류의 향기라는 점도, 당시의 조향사들이 미지의 재료로 만들어진 것이라고 단언했던 것도 이해가 됩니다.

하지만 '미라주'의 고객도 역시 귀족과 부호들입니다. 그들 중에는 '잠자는 공주'의 컬렉터도 있었을 겁니다. '미라주'가 '잠자는 공주'와 같은 향기라면 향수 판매에 퀸이 관여했다는 사실이 이내 들통나게 됩니다. 그래서 '미라주'의 향기는 '잠자는 공주'의 향기와 다르다는 결론이 나옵니다."

"흐음. 계속하게."

"퀸에게 향수 제조 기술이 없었다고 한다면 '미라주'를 만들어 낼 수 있는 존재는 인어뿐입니다. 그렇다면 인어들은 왜 '미라주'를 만들어 냈을까. 그 힌트도 소설 속에 나와 있습니다. 살아 있는 인어에게는 엄청난 비린내가 난다고 했죠. 포도 별장에 고양이들을 불러들인 것도 그 냄새일 겁니다. 그렇다면 일반적인 향수로는 그 비린내를 도저히 감출 수 없습니다. '미라주'만이 그것을 가능하게 한 겁니다. '미라주'는 향수가 아니었습니다. 인어가 자신들의 비린내를 지우기 위해 만들어 낸 악취 제거제입니다. 당연히 재료도 제조법도 인간의 향수와는 전혀 달랐겠죠. 그래서 조향사도 '미라주'를 분석할 수 없었던 겁니다."

"인어들은 왜 자신들의 체취를 지워야만 했을까?" 박사가 조용한 어조로 물었다.

"아마 인어 중에도 다양한 생각을 지닌 자들이 있었던 것 아닐까요. 인간과 조화롭게 공존하자는 자도 있었을 테고, 설령 멸종하더라도 지금까지의 삶의 방식을 관철하려는 자도 있었을 테고. 전자의 인어가 '미라주'를 만들어 퀸과 함께했고. 그리고 후자의 인어가 퀸이 탄 배를 바다 밑으로 끌어당겼는지도 모르죠."

결국 퀸도 댄도 팻도 깊은 바닷속에 가라앉았다. 인수할 사람이 없어진 롤랜드의 유산은 1백 년 이상이나 잠들어 있었고, 21세기가 돼서 마침내 미네하라에게 발견된 것이다.

"훌륭하군." 파커 박사는 만족스럽게 고개를 끄덕였다. "맥주 한 잔 더 하지 않겠나."

한동안 말없이 새 맥주를 음미한 후, 나는 가장 궁금했던 것을 말했다.

"그 사진 속 여성이 '잠자는 공주'죠? 토머스가 퀸에게 넘겨주었다는."

"맞아. 그녀야." 박사가 조용히 말했다.

"'잠자는 공주'는 왜 깨어났을까?" 나는 중얼거렸다. "만약 그녀가 남성 인어와 접촉해서 깨어났다면 미네하라는 의문을 품지 않았을 겁니다. 하지만 그녀는 어두운 지하실에서 홀로 깨어났습니다. 그래서 미네하라는 그 사실을 이상하게 생각했습니다."

"자네 말이 맞을 걸세." 박사가 고개를 끄덕였다.

"그녀는 왜 각성 조건이 채워지지 않는데 눈을 떴을까요?"

"분명," 박사가 처음으로 머뭇거렸다. "남성 인어가 멸종했기 때문이겠지. 남성을 만날 가능성이 없다면, 더 이상 '잠자는 공주'로 있을 이유도 없으니까. 그래서 그녀는 깨어났을 걸세."

그런 것이었을까. 그녀의 얼굴에 떠올라 있던 표정이 되살아났다. 그녀도 어렴풋하게 깨닫고 있는지 모른다. 두 번 다시 동족과의 만남이 이루어질 수 없다는 것을.

미네하라는 어떻게 생각했을까. 직감이 날카로운 녀석이니 그녀의 추측이 맞다는 것을 알지 않았을까. 녀석은 그래도 만에 하나의 가능성을 기대하며 내게 편지를 보냈다. 끝까지 포기하지 않는 점이 미네하라다웠다. 하지만······.

눈을 감자 인어를 안아 들고 바다로 향하는 오솔길을 내려가는 미네하라의 모습이 보이는 듯했다. 미네하라는 그녀를 바다에 놓아

주고, 그대로 비행기를 타고 유럽으로 향해 그녀와 재회한 것이다.

"자. 이제 그만 가야겠군." 박사가 빈 유리잔을 내려놓으며 말했다. "대화 즐거웠네."

"저야말로 덕분에 멋진 시간을 보냈습니다."

나는 인사를 하면서 문득 어떤 사실을 깨달았다.

파커 박사는 어떻게 해서 그 소설을 쓴 걸까. 등장인물을 인터뷰할 수 없는 이상, 퀸 일행 중 누군가가 '윌리엄 8세의 감옥'에서 일어난 일을 기록으로 남겼어야만 한다. 하지만 그럴 사람이 있었을까? 설령 있었다고 해도 수기는 그들과 함께 바닷속으로 사라졌을 가능성이 크다. 박사가 수기를 읽었을 가능성은 거의 없어 보였다.

역시 이 소설은 박사의 순순한 창작의 산물인 걸까? 하지만 그렇다면 우리가 포도 별장 지하실에서 발견한 대량의 향수는 어떻게 설명하지? 미네하라 집안에 전해진 기묘한 유언은? 한겨울의 포도 별장에 홀연히 모여든 고양이들은? 모든 것을 내던지고 영국으로 간 미네하라의 행동은? 전혀 설명이 안 되지 않는가.

"자네와는 어디선가 다시 만나게 될 것 같군."

박사는 그렇게 말하면서 내게 손을 내밀었다.

"네, 꼭." 그 손을 맞잡으면서 박사의 얼굴을 보았다. 그 순간 나는 무심코 소리를 지를 뻔했다. 왜 지금까지 눈치채지 못했을까. 박사의 오른쪽 눈은 홍채가 위축되어 있었다.

나는 해양생물학자의 뒷모습을 망연히 지켜보았다. 설마…… 박사가 팻?

하지만 그런 일이 있을 수 있을까?

'……있을 수 있어.' 나는 생각했다. 인어의 살을 한 점 먹은 것만
으로 8백 년이나 살았다는 전설 속 비구니처럼 팻도 인어 고기를
먹고 영원의 생명을 얻었다면…….

문득 내 머릿속에 고향 마을의 모습이 떠올랐다.

안개 낀 밤에는 무언가가 바다에서 올라온다…….

농담처럼, 하지만 묘하게 진지한 얼굴로 어른들이 말했던 무언가
가 어쩌면…….

머릿속 영상에서, 안개 속에서 한없이 야기 미키를 기다리는 남
자의 얼굴이 나타났다.

복부에 칼이 찔린 남자는 골짜기 아래로 내던져졌다. 그런데도
그는 아무 일 없었다는 듯 마을로 돌아왔다.

그는 왜 죽지 않았을까?

그 당시 나는 친구가 살인자가 아니었다는 사실에 안도해서 상황
의 불가해함을 깊게 생각하지 않았다. 하지만 냉정하게 생각하면
남자는 틀림없이 죽었어야 했다.

그도 역시 안개 낀 밤을 방황하던 나날들 속에서 금단의 고기를
먹었는지 모른다…….

난 아무래도 제정신이 아닌 듯하다. 끊임없이 기묘한 망상이 떠
오른다.

그럼 작년 여름, 소년들과 몰래 들어갔던 마을 외곽의 폐공장은?

그때는 눈치채지 못했지만 지금 생각하면 부자연스러웠던 점이

마음에 짚인다.

고쿠후 씨는 가동이 정지된 공장을 왜 매각하지 않고 몇 년씩이나 그대로 두고 있는 걸까?

만약 공장이 빚을 떠안고 도산했다면 미네하라 집안이 포도 별장 매각을 결정했던 것처럼 공장의 땅을 팔아서 빚을 변제했어야 한다. 고쿠후 씨의 의향이 어떻든 채권자가 그렇게 요구할 것이다.

하지만 공장은 방치된 채 현재까지 이르고 있다. 그러니까 채권자는 없는 것이다. 그런데도 왜 고쿠후 료코는 공장을 폐쇄했을까?

공장이 폐쇄된 이유는 경영 부진이 아니었다. 어떤 제품을 만들었든 수요는 있는 법이다. 그런데도 가동을 멈출 수밖에 없었다.

아마도 나의 지나친 생각일 것이다. 하지만 '미라주'를 둘러싼 상황과 비슷하지 않은가. '미라주'는 지금도 수많은 사람이 원하고 있지만 재료를 구할 수 없어서 만들지 못한다. 고쿠후 씨의 공장도 마찬가지라고 한다면…… 당연히 제품 공급이 불가능해질 것이다. 그러면 고쿠후 씨는 왜 공장을 남겨 두고 있을까? 물론 언젠가 재개하기 위해서다. 분명 고쿠후 씨는 모르고 있다. 인어가 멸종 위기에 있다는 것을.

나는 그 공장에서 생산되던 물건이 식품첨가물이 아니었길 진심으로 빌었다. 그렇지 않으면 최근 수십 년 동안 일본인의 수명이 비약적으로 늘어난 이유가 의료의 발달이나 식생활 향상이 아닌, 전혀 다른 것이 된다.

나도 모르게 목덜미가 서늘하게 땀에 젖어 있었다.

밤의 이발소

나는 손수건을 꺼내기 위해 재킷 주머니에 손을 넣었다. 손가락이 딱딱한 병에 닿았다. '미라주'다.

서늘한 향수병의 감촉이 다시 내 기억을 흔들었다.

기억이 다다른 것은 재작년 늦가을, 다카세와 둘이 산에서 길을 잃었을 때다.

한밤중의 이발소에서 만난 기묘한 유괴범들. 거금을 훔쳐 도망간 그들이 검거되었다는 소식은 지금까지 들리지 않는다.

하지만 애초에 세 사람이 정말로 유괴범이었을까……. 아키모토라는 기자가 우리에게 그렇게 말했을 뿐 아닌가. 생각해 보면 아키모토 씨가 정말로 기자였는지도 확실하지 않다. 겨우 명함 한 장을 받았을 뿐이다.

나는 머리가 어질어질했다.

어리숙한 우리는 미카미 씨의 말을 쉽게 믿어 버렸다. 만약 우리가 미카미 씨의 이야기에 의심을 보였다면 우리는 과연 무사히 하산할 수 있었을까.

아키모토 씨와 만난 건 정말로 우연이었을까. 그가 추리해 보인 것은 정말 진실일까. 만약 우리가 그의 추리에 수긍하지 않았다면 어떻게 되었을까.

그때 샴푸를 하던 우리 뒤로 지나간 인물.

그 사람이 정말 아키모토 씨 말처럼 유괴된 여성이었을까.

나쓰미는 그 여성과 같은 향수를 뿌리고 있었다고 한다…….

나는 손바닥 안의 '미라주'를 꽉 쥐었다.

내 생각이 망상인지 아닌지를 확인할 수 있는 방법이 있다. '미라주'의 향기를 확인해 보는 것이다. 만약 '미라주'가 나쓰미가 뿌렸던 향수와 같다면, 이 세상은 내 희망과는 달리 불가해한 일들로 넘쳐나는 것이 된다. 만약 다르다면, 모든 것은 나의 망상이 된다.

나는 마음을 굳게 먹고 '미라주'의 뚜껑을 열어 천천히 얼굴로 가져갔다.

밤의 이발소

편집자의 말

몽환적이고 어딘가 석연치 않은 이야기

사와무라 고스케는 「밤의 이발소」로 2007년 제4회 미스터리즈 신인상을 수상하고 데뷔했다. 미스터리즈 신인상은 도쿄소겐샤에서 주최하는 신인 공모 단편상으로, 데뷔 단편 추리소설에 주는 상이다. 1994년부터 2003년까지 '소겐추리단편상'이라는 이름으로 개최된 이 상은 발표지의 변경에 따라 2004년부터 '미스터리즈 신인상'으로 이름이 바뀌어 현재에 이른, '소겐추리단편상'의 후신이다.

「밤의 이발소」의 응모 당시의 제목은 「인디언 서머 소동기騷動記」였다. 『밤의 이발소』는 이 수상작을 첫 편으로 여섯 편의 단편이 더해진 연작 단편집이다.

마지막 단편인 「에필로그」까지 읽은 독자라면 알 것이라 사료된다. 어떠하신가? 뭔가 어리둥절하지 않은가. 몽환적이고 어딘가 석연치 않은 이야기. 나는 작가의 데뷔작인 「밤의 이발소」에서 시작된 이야기가 이렇듯 발전해 이러한 결말을 맞을 것이라고는 전혀 예상하지 못했다. 작가 역시 애초에, 이렇듯 큰 그림을 구상하고 첫 단편을 쓰지는 않았으리라 생각된다. 사쿠라라는 주인공의 일상에서 일어난 수수께끼를 주제로 한 퍼즐 미스터리풍의 흐름이 단편집 중반을 넘어가면서 손을 뒤집듯 분위기가 바뀐다.

이 연작 단편집은 일곱 단편으로 구성되었지만, 수수께끼 풀이 위주의 퍼즐 미스터리 성향을 띠는 앞의 세 편과 기괴하고 환상적인 느낌을 풍기는 뒤의 네 편을 묶어 한 편, 모두 네 편으로 구성되었다고 보아도 무방하다. 뒤의 네 편을 한 작품으로 본다면 액자소설 형식을 취하는 중편으로 볼 수 있다.

「밤의 이발소」는 산에서 길을 잃고 우연히 만난 무인역에서 하룻밤을 보내야 할 처지에 몰린 두 등장인물이 역 주변 상가의 가게가 모두 문을 닫은 모습을 목격하는 내용으로 시작된다. 그리고 깊은 밤이 되자 폐가 같았던 이발소에 불이 들어오고, 호기심을 이기지 못한 두 사람은 이발소의 문을 연다. 이발소에서 뭔가 석연치 않은 경험을 한 두 사람은 다음 날 자신들의 마을로 돌아와 아침을 먹으러 간 식당에서 어떤 기자를 만나 지난밤의 수수께끼를 풀게 된다. 꽤 정직한 미스터리지만 폐가 같았던 이발소에 전기와 수도와 가스가 나온다는 의혹을 작가는 두루뭉술하게 넘긴다. 퍼즐 미스터리에 최적화된 독자라면 「하늘을 나는 양탄자」와 「도플갱어를 찾아서」에서도 뭔가 장황한 듯 보이는 미심쩍은 점들을 지적했으리라 생각된다. 퍼즐 미스터리풍 연작 단편집이라고 생각하고 있던 독자는 인어가 등장하는 「포도 별장의 미라주Ⅰ」에서부터 살짝 동공이 흔들리지 않았을까.

작가가 용케 상을 수상한 본격 미스터리 단편을 발전시켜 환상이 가미된 미스터리로 전환하는 데 성공했고, 「에필로그」를 통해 단편집에 통일성을 부여하는 걸맞은 결말을 지었다고 생각했다.

일곱 단편을 모두 읽고 작가에 대한 자료를 찾아보았더니(자료가 그리 많지 않았다), 작가는 '미스터리즈 신인상'을 수상한 「밤의 이발소」에 앞선, 전년도인 2006년에 「잠자는 공주를 파는 남자」로 이 상에 응모했다는 사실을 알게 되었다. 「잠자는 공주를 파는 남자」는 그해 최종 후보에는 들었지만 수상에는 실패했다. 아시다시피 두 단편은 매우 상반된 분위기를 띤다. 당시 심사 위원이었던 아야쓰지 유키토는 「잠자는 공주를 파는 남자」를 두고 '이야기가 추리소설적인 해결로 향하지 않고, 기괴환상소설적인 분위기로 나아가다가 끝을 맺는다.'라고 평하며 불만을 나타냈다.

이러한 내막을 알게 되자 이 단편집이 왜 중간에서 방향이 바뀌어 환상적이고 몽환적인 분위기를 띠었는지 이해가 되었다. 앞서 '작가 역시 애초에, 이렇듯 큰 그림을 구상하고 첫 단편을 쓰지는 않았으리라 생각된다.'라고 한 내 추측은 완전히 빗나간 것이었다.

작가는 상을 받으며 데뷔한 「밤의 이발소」를 시작으로 단편집을 구상한 것이 아니라 「잠자는 공주를 파는 남자」를 중심에 두고 양쪽으로 이야기를 곁가지 친 것이었다. 「에필로그」에서 주인공을 통해 앞선 이야기들에 관한 의혹을 제기하는 대목에서 작가의 영리한 의도를 엿볼 수 있다. 앞선 세 편의 퍼즐 미스터리를 읽으며 느꼈던 석연찮은 기분들은 모두 마지막 단편인 「에필로그」로 수렴된다.

사와무라 고스케는 중학생 시절 요코미조 세이시의 『혼진 살인 사건』을 읽고 퍼즐 미스터리의 재미에 눈을 떴다고 하며 언젠가 자신도 그런 미스터리를 쓰고 싶다고 생각했고, 실제로 집필을 시작한 것은 그로부터 한참 후인 서른이 넘어서였다. 작가가 마흔 살에 받은 신인상 수상작 「밤의 이발소」에 대한, 현재 일본 미스터리계를 이끌고 있는 세 거장의 평을 소개하며 '편집자의 말'을 마무리할까 한다.

아야쓰지 유키토는 '일상 밀착형 전개와 기묘한 수수께끼의 제시. 「잠자는 공주를 파는 남자」를 쓴 사람과 같은 사람이 썼다고는 도저히 생각할 수 없는 분위기의 작품으로, 이러한 놀라움은 아주 마음에 든다. 작가의 다채로운 글쓰기 역량을 느끼게 해 주기 때문이다.'라고 평했고, 아리스가와 아리스는 '미스터리의 재미에 눈을 뜬 때를 기억나게 해 주어서 감회가 새롭다. 셜록 홈스 시리즈의 심플함, 아 아이이치로 시리즈의 부유감이라고 한다면 이해가 될까. 추리에 비약이 있고, 결말이 다소 당돌하다. 하지만 무리한 점은 작가도 인지하여 수습을 하고 있으며, 무리를 보완하고도 남을 매력이 있다. 비약적인 추리를 분명 즐기게 될 것이다.'라고 평했다. 와

카타케 나나미는 몇 가지의 약점을 지적하면서도 '등장인물 전원, 특히 범인 일당이 '미스터리 세계의 인물들'로서 판타지와 리얼리티를 갖고 움직이고 있는 것은 분명하다. 미스터리 팬으로서 재미있는 작품임은 확실하다.'라고 평했다.

밤의 이발소

초판1쇄 발행 2020년 11월 30일

지은이 | 사와무라 고스케
옮긴이 | 박정임
발행인 | 박세진
교 정 | 양은희
표지디자인 | 허은정
용 지 | 두송지업
인 쇄 | 대덕문화사
제 본 | 자현제책사

펴낸곳 | 피니스 아프리카에
출판등록 | 2010년 10월 12일 제25100-2010-000041호
주소 | 03958 서울시 마포구 망원동 419-3 참존 1차 501호
전화 | 02-3436-8813
팩스 | 02-6442-8814
블로그 | www.finisafricae.co.kr
메일 | finisaf@naver.com